魅丽文化　飞言情工作室

俞心向晚

大西瓜皮 著

YU XIN
XIANG WAN

广东旅游出版社
GUANGDONG TRAVEL & TOURISM PRESS
悦读书·悦旅行·悦享人生

中国·广州

图书在版编目（CIP）数据

俞心向晚/大西瓜皮著.—广州:广东旅游出版
社,2019.12
ISBN 978-7-5570-2072-9

Ⅰ.①俞… Ⅱ.①大… Ⅲ.①长篇小说－中国－当代
Ⅳ.①I247.5

中国版本图书馆 CIP 数据核字 (2019) 第 257276 号

出 版 人：刘志松
总 策 划：邹立勋
责任编辑：梁 坚 林伊晴

俞心向晚
YU XIN XIANG WAN

广东旅游出版社出版发行
（广州市越秀区环市东路 338 号银政大厦西楼 12 楼）
邮编：510060
湖南凌宇纸品有限公司印刷
（长沙县黄花镇黄垅新村工业园区财富大道 16 号）
880 毫米 ×1230 毫米　　　32 开
9 印张　　210 千字
2019 年 12 月第 1 版第 1 次印刷
定价：38.80 元

目录

001　Chapter 01　当月光拥吻桔梗

　　他走到门口，俞熹禾恰好在这时候回头，眉眼如画。

　　他脚步一顿，刹那间明白为什么会有"金屋藏娇"这个说法。

　　如若得她，当是金屋藏娇。

047　Chapter 02　还吻你万千

　　他感受着来自胸腔的钝痛，良久之后才开口："不管什么时候，不管我在哪里，只要你想见我，不远万里，我都会来到你身边。"

091　Chapter 03　有且仅有你

　　她看见了陈幸的那张脸。近距离下，他浓密纤长的眼睫微卷，泛着月光。

　　俞熹禾全身的血瞬间倒涌了起来，心跳如擂鼓。

129　Chapter 04　你是我的军旗

　　"我在国内看过一句话，是这么说的：当我跨过沉沦的一切，向着永恒开战的时候，你是我的军旗。"他微抬眼眸，目光深深地凝望着她，"俞熹禾，你就是我的军旗。"

Chapter 05　在劫难逃

166

陈幸无奈地笑了一下，道："你不知道，你这样很容易被我欺负吗？"

"你这是恃宠而骄。"俞熹禾道。

陈幸没有反驳，反而承认道："嗯。"

他确实是在恃宠而骄，恃爱行凶。

Chapter 06　就像是他的幻觉

205

她"看"着陈幸，桃花眼微扬，带着笑意。陈幸即使知道她看不见，也还是伸手掩住了她眼眸。

他想说，你别看我，我会想吻你。

Chapter 07　势均力敌

243

俞熹禾还没有明白他的意思。

"我喜欢你，"陈幸低头吻了一下她的眼尾，轻笑，"像司马昭之心。"

——已经是路人皆知了。

Chapter 08　番外

276

冷峻帅气的实验室老师又补了一刀："不过桃花这种东西，当面说也好。"

林桃连忙摆手，道："不、不了，我是江湖骗子……"

Chapter 01 当月光拥吻桔梗

　　他走到门口，俞熹禾恰好在这时候回头，眉眼如画。

　　他脚步一顿，刹那间明白为什么会有"金屋藏娇"这个说法。

　　如若得她，当是金屋藏娇。

俞熹禾下车匆匆赶到秀场时，已经错过了开场秀。她的位子在前排，现在也只能硬着头皮在众人瞩目下落座。

她身旁还有好几个知名记者，在模特出场走秀的间隙，低低谈论着今天压台的那个人。只是四五年的时间，他在男模圈已经有了举足轻重的地位。

当记者们口中的那人踩着节奏出场时，俞熹禾不由得紧张了起来，尤其是他从光线黯淡的秀台尽头走出，整个人出现在炫目灯光下时，他漫不经心地望过来一眼，瞬间独冠了人间春色。

底下的闪光灯不停闪烁。

他身上的服装是这次时装秀的重头，衬衫禁欲地扣住每一粒，扑面而来的费洛蒙席卷全场，俞熹禾听见有好几个人在同时叫他的名字——陈幸。

他微垂的眼尾修长，在灯光下显得有些迷惑人心，仿佛氤氲了无限春色，实打实地切合了这场时装秀的主题。

时装秀结束后，有位助理把俞熹禾带到了休息室，当时陈幸就坐在沙发上冷眉冷眼地应对着他二叔陈远年的长篇大论。

陈远年在国内外的时尚圈都有很高的地位，有自己的时装工作室，名下唯一一个御用模特就是陈幸，光是这个，就令半个男模圈的人羡慕透了。

陈远年还没止住话，就见在他跟前十句话无半句回应的臭小子忽然起身走向了俞熹禾，完完全全无视了他。

见到俞熹禾，陈幸的第一句话是："你迟到了。"

错过了他的第一轮走秀不说，现在来休息室找他还慢吞吞的。

"实验数据出了点问题，重新做了一遍，所以来晚了。"俞熹禾解释。

但对面的人明显没有认真听，垂着眼盯着她的脸看。休息室灯光充足，显得他的眉眼愈发璀璨出众。

俞熹禾刚想问怎么了，他却抬起手，指腹蹭过她的脸颊，低了头，声音低缓疏懒地灌入她耳中："你的脸怎么那么红？"

她总不能说是刚刚看秀看得太入神了，差点被他给蛊惑了……

现在好了，不仅是脸红了，耳尖估计也红透了。

俞熹禾支支吾吾了一会儿，反应甚快地把话题扯到了陈远年身上："你今天的服装都是二叔设计的吧？很好看。"

靠着沙发的二叔还没来得及露出笑容，陈幸就把话题截了过去，眉目淡淡地拆台道："是我好看。"

英俊二叔被噎，黑了大半张脸，现在只想赶人！

俞熹禾和二叔打了声招呼就和陈幸一起离开了秀场。此时已入冬，温度极低，秀场里有暖气还好，一到室外，俞熹禾就打了个喷嚏。

海市冬天不下雪，却湿冷得厉害。

陈幸拉住俞熹禾的手，又冰又冷，他皱了下眉，拉开了宽大羽绒服的拉链，把人直接拉进了自己的怀里，用衣服裹住。

他的羽绒服大了几号，勉强可以裹住她大半个身子。

"怎么不多穿点？"

"出来太赶了，来不及……陈幸，你这样子，我们不好走路。"

俞熹禾轻轻推了陈幸一把，推不动，反而被搂得更紧了。陈幸微垂着好看的眼睫，似乎是有点累，只懒洋洋地应了声"嗯"。末了，又觉得这样态度不对，他温温吞吞地加上了一句，"那怎么办呢？"

俞熹禾看不见他的神情，只觉得自己被裹在温热里，近处就是怦然的心跳，搭着他胸膛的指尖还是冰凉的，被他发梢蹭过的耳后却已烫了起来。

她在陈幸怀里，即使他微微弯了腰，她也只能堪堪露出半张脸，刚要开口，就听见陈幸低低地说了一句"有些累"。

他是男模圈的新贵，知名学府的风云人物，大多时候都是闲散慵懒、运筹帷幄的样子，何曾显露过脆弱的一面？

按照俞熹禾对他的了解，她估计这句话也只是他随口一说，但也还是认真想了几秒，声音在湿冷冬日里显得温软含糊："明晚要去吃鱼吗？学校北门的秋刀鱼很好吃，我请客。"

陈幸闷闷地"嗯"了一声，还是靠着她不动，却想起在休息室里，俞熹禾还没来时二叔说的那段话。

"这个圈子里什么人没有？但我就从没见过像你这样的，明明有足够的背景和天赋支撑你去获取所有想要的，你却从不声张，几乎是克己。"

在秀台上，他光芒万丈，每个踩着节奏的台步都有着凌厉的气场，在台下，他却是散漫慵懒的模样。

那时候他是怎么回答二叔的？

他说的是："我的克己，是为了得到更多。"

陈幸搂紧了怀里的人，低头时柔软的碎发蹭过她又薄又白的耳垂，惹得她下意识地往后一缩。

他不高兴，又把她扯了回来，这才心满意足。

嗯，为了得到更多。

俞熹禾在大学学的专业是化学，学术圈老教授不少，她能力出众，很早就跟着一个教授做项目了。导师主要研究香水研制方面的课题，她大部分时候都待在实验室里，几乎没什么空闲时间。

林桃和她是同一个实验组的，在等实验结果出来时拿着手机刷微博，将一条推送递给她看。

"从昨天开始，我的微博就被刷屏了，陈幸直接成了热度和人气最高的男模。"林桃靠着试验台啧啧有声，"昨天不是私人秀场吗？怎么关注的人这么多？"

林桃给她看的推送是时尚圈一个大牛人物发的秀场图，陈幸居秀台中央，全场惊艳，评论区全是捧着桃心嗷嗷叫的小姑娘。

模特圈本就比较小，媒体曝光率不高，不是圈子里的人，一般都不会有过多关注。陈幸似乎是个例外，他进模特圈有五年了，在陈远年的助力下，他起点极高，入圈初始就收获了无数粉丝。而他根本不是职业模特，只在陈远年工作室有需要时才会出场走秀。

之前就有个营销号戏称，模特圈里大半的粉丝都是陈幸的，就算不是他的粉，也是想睡他的人。

俞熹禾把手机还给林桃，评论了一句："嗯……他是不是有个外号叫'费洛蒙'？"

"是啊，模特圈的费洛蒙公子，举手投足间每一个小动作都能让人脸红尖叫，肾上腺素飙升。"林桃接道，又看了俞熹禾几眼，"这么多年了，你们就没点什么？还真是'兔子不吃窝边草'，你们走的是亲人路线？"

俞熹禾与陈幸两家是世家，在她有记忆以来，除了初中她去外省读书的那三年，剩下的记忆里都是有陈幸的。

她太理智了，冷静自持，宠辱不惊，几乎没有乱了分寸的时候。

俞熹禾想了想，仍回答不出这个问题。刚好实验结果出来，就放下了这个话题。因为她和陈幸先前约了去北门吃秋刀鱼，记录下实验现象，誊抄好实验数据后，她就先离开了。

结果，俞熹禾才走到实验室门口，还没来得及换下实验服，就有一个师弟抱着书过来问她数据问题。她解答完后他也没有离开，而是顾左右而言他，之后才躲闪开目光，红着耳根问道："师姐你待会儿有时间吗？"

实验室门边就是楼梯，陈幸踩着阶梯上来时就听到了这么一句，顿时皱起了眉。俞熹禾还没想好措辞来拒绝，就听见背后响起一道冷慢的声音："她全部的时间都是我的。"

俞熹禾蓦然回头，陈幸刚好抬步上前把她拉到了身边，垂着漆黑的眸子看着那个师弟，眼底瞧不出情绪。

"你是谁？"他冷声逼问，锋芒和冷冽一点点显露出来。

在海市S大没有哪个人会不认识陈幸，他是天之骄子，不论是家世背景，还是学术水平，都是具有碾压性优势的。

师弟愣了半天，直到俞熹禾说了一句"不好意思"，他才反应过来，神情尴尬地走了。

俞熹禾抬眸看了陈幸一眼，发现他神情有些不耐烦，问道："怎么了？"

才做完实验，她还穿着雪白的实验服，束着马尾，温和的眼里闪着微芒，再往下……是她薄红的唇，上唇嵌着一颗小小的唇珠，精致又漂亮。

陈幸知道她很招人喜欢，从高中开始就是，这让他心烦意乱。

"不准随便答应陌生人的邀约。"他说，强迫自己将视线从她的唇珠上移开。

"他们都不怀好意。"他的喉咙微微发干。

她那么好看，让人想要亲一亲。

S大北门的秋刀鱼店一到晚上就生意红火，俞熹禾提前订了餐位，餐位靠着玻璃墙，周围来来往往的人大部分都是校内的学生。

　　秋刀鱼端上来的时候，陈幸脱了黑色大衣，拿过木盘上的刀叉，去掉秋刀鱼的大骨，将鱼肉切成小块后，他把盘子推向了俞熹禾。

　　"还是有鱼刺的。"陈幸擦了下指尖刚刚沾到的盐渍，看向她，"慢点吃。"

　　俞熹禾应了一声，刚想告诉他自己下个月要跟着导师去国外参加一个研讨会，一个女生在桌边站定，期待又紧张地问了句："是Xin吗？"

　　刚刚还只是看到一个侧脸，等陈幸闻声看过来时，女生几乎可以确定是他了，她红着脸颊，捧着手机说道："我在微博上看了你的时装秀，很精彩。我能和你合张影吗？"

　　陈幸只是说了一声："抱歉。"他客气有礼，即使眉目冷淡慵懒，也不会给人嚣张的感觉，只会让人觉得……这个人太遥远了。

　　女生顿时露出了失望的神色，还想说些什么，看了看他对面的俞熹禾后，还是失落地离开了。

　　女生走后，俞熹禾问了一句："不方便合影？"

　　陈幸单手在桌面上支着下巴，桌上的热饮氤氲起水汽，他隔着缭绕的水汽看着她，忽然开口道："我要退出模特圈了。"

　　俞熹禾差点愣住，但随即就点头表示理解。陈幸家族里大有作为的人不在少数，他是不可能一直走这条路的。

　　陈幸喜欢投资，那种高风险、高回报的行业。

　　他在高二的时候，把一笔钱分成三股分别投资，从华尔街到瑞士联邦，换来的资金增值几乎是原来的十倍。而原来的那笔钱是五万欧元。

　　俞熹禾和他同年级，因为初中分开过三年，俞熹禾不清楚陈幸是什么时候喜欢上投资的，最开始投资又是在什么时候，只知道他那一次出手时，连她不苟言笑的父亲都夸陈幸有胆识，有天赋。

在暴利的投资行业，有天赋，对于同行竞争者来说，是一件很可怕的事情。

陈幸其实不喜欢当模特，但陈远年觉得，他无论从哪方面来看，都很合适做模特。苦于自己设计的衣服没有能入得了眼的模特穿，陈远年列了一大堆好处任他挑，他一开始懒得理会，不知道后来为什么又答应了。

俞熹禾因为好奇，问过一次，陈幸说是因为欠了二叔一个人情。

"一般都是你趁火打劫，居然也会欠人情啊？"彼时是在高三，她坐在图书馆墙边的书桌后，不知道想起了什么，眉眼微微弯起。

光影透过窗边大树的枝叶落进来，坐在她对面的少年靠着椅背看向她时，眸光浮动。

"我怎么趁火打劫了？"他伸手轻捏她的脸颊，浓密的长睫敛下的全是笑意，"我对你不够好吗？小没良心的。"

他们离开秋刀鱼店时已是八点半，到了这个时间点，街上的人更多了。

陈幸让俞熹禾走在街道内侧，给她买了一杯热饮暖手，看见她手腕内侧一片紫黑色，目光瞬间就沉得过分。

他拉起她的手时，又觉得冰得过分。

俞熹禾解释道："这是做实验时一不小心沾到的试剂，过几天就会掉色，对皮肤没有很大的伤害。"

陈幸听到后，脸色并没有好看多少，指尖在她手腕间摩挲了一下，才说："学化学是很危险的。"

"我会注意的。你看啊，这是我努力投身于科研实验的证明。"俞熹禾拉了拉他的手，笑起来时桃花眼微微弯着。

话题聊回陈幸要退出模特圈的事，陈幸在路灯下停了下来，几分认真地注视着俞熹禾，说："我想在退圈前和你拍一组海报。"

俞熹禾没参加过这类拍摄活动，想了想，便道："我没有试过，成片不好的话，会给你丢脸的。如果要一个搭档的话，还是找有经验的人比较合适吧？"

他拉住了俞熹禾的手，指尖有意无意地蹭着她柔软淡粉的掌心，想起了某个纨绔好友的打趣："哎，你不是喜欢投资吗？高风险，高回报，要会玩才行。你向来会玩人心与资本，对这些研究得十分透彻，怎么对喜欢的人倒不讲究了？"

俞熹禾哪里像资本与权势那样，可以轻易得到？陈幸要的是绝无意外，一旦出手，她就不可能再逃开。

他要的是，每个清晨醒来，她都在他怀里。

在这之前，他会给她全部的自由，之后则是对她的温柔占有。

路灯闪烁了一下，陈幸低头，另一只手的指尖抚上了她细白微凉的后颈，嗓音低低，像是诱惑："不可以吗？"

卓越如他，稍微有点示弱的神色，就能让人的防线彻底崩溃。

俞熹禾也不例外。她犹豫着答应后，才发觉与他距离太近了，想要后退一点，却被压着后颈拉近，身体忽然就灼热了起来。

"下月初我要跟着导师去国外，可能……"

他忽然又靠近了一点，指尖从脖颈慢慢移到了她耳后，仿佛刻意做出诱惑的姿态，嗓音低沉，喑哑在喉咙里："可能什么？"

明明没什么，他们从小亲近，可俞熹禾还是不免紧张了起来，下意识地躲开他的目光，声音微软："可能要去一个月，要假期后才有时间……"

"我可以等。"

他声音含笑，眼底的笑意轻浅又柔软，俞熹禾像被迷惑住般，忍不住看了他一眼，恰好落进他的眼里。

纵容又宠溺。

俞熹禾只感觉心跳乱了起来，而陈幸偏偏又问了一句："和其他人接过吻吗？"

不只是胸腔炸裂，心跳声震耳，俞熹禾还觉得自己好像听不懂陈幸话里的意思。明明是冬日，身体灼热感却不减，一时间意乱神迷，她只能呆呆地"啊"了一声。

陈幸眨了一下眼睛，像是少年时期那样，又痞又坏。

"我就接过一次吻，是和你。"

那一次，俞熹禾不小心走错实验室，不小心撞见了一对情侣正在室内拥吻。反应过来的俞熹禾立马后退并关上了实验室的门，结果一转头就看见了慢悠悠朝她走来的陈幸。

"怎么了？"

俞熹禾连忙摇头，不敢说自己在实验室里撞见了别人拥吻，只支吾着说："里面有人……"

一双桃花眼忽闪着，比当事人还紧张、尴尬。而不用她说完，陈幸就猜到了七八分。

他拉住她的手腕，看她窘迫得脸都红了，微微咬着唇，一副又乖又软的模样。

陈幸心头一跳，觉得自己像是被蛊惑了一样，低头轻轻吻了下她的嘴角，声音低哑道："是这样吗？"

三年过去，陈幸忽然提起这件事，俞熹禾整个人呆住，手脚都不知道该放在哪里。

"陈幸……"

她只能低低地叫他名字，希望他别再说了。

可某人偏偏不。

陈幸弯下腰，低头吻上了她的唇。

呼吸缠绵——这就是他想要的。

一月底的时候，俞熹禾和导师出了国，同行的还有学院里的其他师生。研讨会在美国举办，如果顺利，半个月就能结束。

俞熹禾是一行人中年纪最小的，除了教授外，其他人都是研究生或在读博士。她的导师是学术界大牛，也是个很有涵养的女性，非常喜欢学术能力出众的俞熹禾，所以破例带上了她。

俞熹禾没想到会在机场遇见陈远年。

因为工作缘故，陈远年经常国内外到处飞，两个人能在机场碰见，实属巧合。

离飞机起飞时间还早，俞熹禾和导师打了声招呼后，走到一边和陈远年聊了几句。话题从学业转到模特圈时，俞熹禾想起了什么，问："二叔，那时候陈幸答应做模特是欠了你什么人情？"

闻言，陈远年目光意味深长起来，反问道："那家伙没和你提过？"

俞熹禾摇摇头。

二叔笑了一下。陈、俞两家关系很好，对于某些事，他也是乐见其成的。

"等那小子什么时候愿意说了，他会告诉你的。"

陈远年要搭乘的那班飞机马上要起飞了，走之前抬手摸了一下她的发顶，叹了口气说了最后一句："陈幸喜欢投资，所有高风险在他这里像是不存在一样。如果没有你在身边，他不知道会疯玩成什么样。"

无论多大的一笔资金，在他手里也只是游戏的筹码而已。

俞熹禾手机里还有几分钟前陈幸发来的一条消息："我接手 AK 了。"

这是陈氏旗下最大的投资公司。

他开始进投资圈发展了。

这是那个吻之后，他们的第一次联系。

在飞机落地后，俞熹禾拿手机搜索了一下有关陈氏集团的新闻。陈家掌权人的独子进入金融圈，这个消息不可谓不轰动。投资行业本身就充满枪林弹雨和明争暗斗，陈幸很清楚其中的游戏规则。

学生和导师的行程并不相同，学术教授下飞机后要先去开个短会，学生自行去落地酒店。在她看新闻时，一个师姐走过来问了句："这次举办研讨会的地点离拉斯维加斯很近，如果研讨会能早点结束，我们打算去赌城看看，熹禾你去吗？"

拉斯维加斯，无数资本堆砌起的纸醉金迷之城。

权势和金钱在这里博弈，俞熹禾很想知道，属于陈幸的世界，是什么样子的，于是便答应了。

好在研讨会进行得还算顺利，比预计的时间还要早两天结束。按照原先的约定，一行人征得了导师的允许后，便租车去了拉斯维加斯。

赌城繁华，俞熹禾到达的时候拍了一张照片发给陈幸，问了一句："我在拉斯维加斯，你有什么想要的吗？"

因为时差问题，到了美国后他们的联系并不多，俞熹禾没有想到他会立马打来电话。

"拉斯维加斯？"

国内应该是凌晨，他的声音有些低沉，尾音酥软。

"嗯，和师兄师姐们一起来的，待会儿可能要去兑换筹码。"

走在俞熹禾前面的一个师姐忽然回头，看她正在打电话，揶揄道："是男朋友吗？"

离俞熹禾很近的一个活宝师兄立刻接话："我就说小师妹这么可爱，怎么可能没有男朋友？在场的有些人，心思可得打消了啊！"

俞熹禾是在场一群人中最小的那一个，师兄师姐们好不容易能放松一下，都逮着机会逗她。

"不是……"

她刚想解释，手机里就传来了陈幸的声音："不是什么？"

俞熹禾才想到通话还没结束，立马扯开了话题："刚刚在和师姐说话……你还没说你想要什么呢。"

最开始"引战"的师姐正挑眉看着她，一脸的意味深长。她还以为小师妹一心沉醉于科研，没有七情六欲呢。

手机那头的陈幸低低笑了一下，俞熹禾生怕他听到了，对方却只说了一句："我想要你早点回来。"

俞熹禾几乎能想象得出，他眉眼含笑的模样。

有时候，她都分不清陈幸是在开玩笑，还是也喜欢她。认识这么多年，他总是漫不经心的样子，好像对什么都不在意，很少直接显露出喜怒，又或者说，让人捉摸不透。

"你别开玩笑了。"

赌城到了傍晚，灯光迷醉，俞熹禾感觉自己像是身临其境地处在一场恢宏的电影里，如果陈幸这时候在她身边，她应该会很高兴。

但此时她只是微微皱着眉，像是有些无措。

隔着手机，俞熹禾听到陈幸应道："阿禾，我没有那么恶劣。"

他那边传来了细微的人声，和玻璃杯碰撞的声音，俞熹禾猛然意识到他可能是在外面，耳边又传来他带着笑的声音。

电话挂断后，陈幸所在的包厢随即哄闹了起来。包厢的光线忽明忽暗，他靠在沙发上，眉眼的笑意还在。

包厢里不过三个人，其余两人在陈幸打电话时默契地保持了安静，现在通话结束，两人看向陈幸的目光可谓意味深长。

"俞熹禾打来的电话？"严嘉笃定地问道。

一旁原本就好奇的陆谨言蒙圈了："别欺负我高中就出国不了解情况就打哑谜啊！俞熹禾是谁？阿幸的初恋还是前任？"

"你哪有这么多话？"严嘉意味深长地笑了一下，"先前不是跟你提过？那是俞家的独女，某人的心肝大宝贝！"

某人冷冷地看过去一眼。

他们几个从小就认识，背景相近，难得的是，关系也很好。严嘉是认识俞熹禾的，但陆谨言因为从高中就出国读书，最近才回来，对一些事还都只是略有听闻。

这时候俞熹禾还不知道，陈幸已经提前从 S 大毕业了。

她由师姐陪着，在一个赌局边看了很久。

满眼是五花八门的牌面和零乱堆积的筹码，周围游客的惊呼不时将气氛调得火热。

新的一场赌局开始，师姐还在犹豫要不要参加时，就见一直安静不语的俞熹禾已经押下了筹码，她诧异不已。接下来更让她震惊的是，十二人的赌局，其他人都紧张得绷紧了脸，只有俞熹禾神情淡然，每一次加码都毫不犹豫，出手即翻倍。

除了出牌者本人，谁都不知道牌面大小，师姐看她那样冷静，以为她牌面肯定好得不行，也放松了下来。筹码加到了一个巨大的数额，俞熹禾依旧翻倍加码，还因为筹码数不够，借了师姐的。

剩下的唯一一个对手冷汗都冒出来了，犹豫了半天，还是放弃了。

俞熹禾拿走桌上全部筹码后就去了另一张赌桌。师姐好奇地问她刚刚牌面是不是很大，刚刚那局，她都替俞熹禾紧张，心跳得厉害。哪里想到俞熹禾摇了摇头，说道："刚刚的牌很差。"

师姐吓了一跳。那局的筹码加到那个程度，无论输赢，都是笔不小的数额，她不免感慨道："还好，你运气好。"

"他们不会跟码。"俞熹禾笑了笑，"和我同局的人之前不是大输就是大赢，波动很大的。如果他们再跟码，一旦输了就是血本无归。他们是老手，不会轻易冒险。"

"这样说起来，我的运气确实不错。"

在另一张赌桌上，师姐亲眼看见俞熹禾又赢了一局，面前筹码高高堆起。

这次却不是靠运气了。俞熹禾记下了先前出现过的全部牌数，还有荷官洗牌、发牌的习惯，推测出了自己对家可能的牌面大小。

短短几个小时里，俞熹禾赢得了一大笔的财富，另外几个师兄师姐都闻声赶了过来。见她手上的筹码越来越多，每一次俞熹禾下注，他们就跟着心惊肉跳。

不少人围了过来，想要一睹这个来自东方的，还没有输过的漂亮小姑娘的芳容。

俞熹禾去了赌场内最大的那张赌桌，这回的庄家是个美籍华裔年轻人，看起来温润有礼。

到最后一次加码时，庄家温柔地问她："要加多少？"

俞熹禾想了想，押下了先前赢来的所有筹码，周围一片哗然。

庄家看着她，用中文放慢了语速问她："确定要押这么多筹码吗？我的牌很大。"这是一场两人的赌局，也是俞熹禾头一次遇见华人对手。他看起来谦逊有礼，主要是还很好看。

师兄师姐劝她再想想。

周围听不懂汉语的外国人更是议论纷纷。

"嗯。"俞熹禾笑了一下，桃花眼微微弯起，"我想好了，如果这局我输了，我要回国向一个人表明我的心意。"

庄家看着她，似乎从没见过这样的女生。

他问："如果赢了呢？"

俞熹禾迎上庄家的目光，回答道："那我会把这些筹码全部都送给他。"

拉斯维加斯迎来了新的一天。

白日里的赌城没有夜晚那般繁华喧闹，大部分人已离开，赌场渐渐清冷下来。

在某个赌场的房间，男人坐在沙发上，等着下属向他汇报。

"程少，那个女孩来自中国海市，叫俞熹禾。"

男人眉眼微垂，笑了一下，重新将手中那串古朴圆润的佛珠戴上腕间。

他想起赌局的最后，在周围人的惊呼声里，女孩跟他道谢，一双桃花眼仿佛含着柔情，温软又乖巧。

"她会是我的。"他说。

没想到一场一掷千金的赌局，竟赌来他的所爱。

俞熹禾回国的时候发起了低烧，过海关的时候被要求隔离检查。导师和师兄师姐们不放心，打算留在机场等她，直到陈幸赶了过来。

大家都知道他和俞熹禾的关系，见他来了，便放心地将俞熹禾交给了他。

检查结束后，俞熹禾虽然没有感染病毒，但也要等烧退后才能离开。

她下飞机时是早上九点，等到被放行，已经过去了五个小时。知道陈幸向来不喜欢等人，俞熹禾有些苦恼，在他走近时低低地开口："让你等这么久……"她的下巴埋在围巾里，因为生着病，看起来不是很精神。

"没关系。"陈幸不放心地伸手探了一下她的额头，说道，"要我等多久都是可以的。"

俞熹禾心头一跳，攥在手心的东西硌得厉害。她明明已经在心里演练过无数次接下来要做的事，可还是不免紧张。

"你不喜欢等人。"

陈幸笑着看她，一手拉过她的行李箱，另一只手揉了揉她的发顶："我对你一向没什么原则。"

陈幸对旁人，永远是七分客气，三分疏离，礼数十足，但谁都知道他是不好接近的。俞熹禾不明白，是不是因为和他认识多年，所以自己在他眼里才特别了一点。但在拉斯维加斯的那场豪赌，至少让俞熹禾知道了陈幸喜欢做的事是什么样的——惊险，刺激。

那么，有没有可能，陈幸也是喜欢她的？

在拉斯维加斯，俞熹禾说过要表明心意的。

于是，她告白了。

"在拉斯维加斯的赌场里，我化了三个小时总共赢得了八十万的筹码。"

机场大厅人来人往，而俞熹禾像是在会议厅做学术报告一样认真。

"在最后一局的时候，我把这些筹码都押了上去，告诉自己，如果输了就要向一个人表明心意。"

陈幸愣住，握着行李箱拉杆的手指猛地用力，指关节泛白。他看着俞熹禾向自己摊开了手，掌心里躺着一枚金红色的筹码。

她语调轻松，道："结果我输了，只剩下这一枚筹码，所以只能送这个给你了。"

等了半天只有一枚筹码，没得到想要的东西。陈幸皱着眉，问道："表白呢？"他看起来漫不经心，其实紧张得要命。

生怕俞熹禾下一句说的是，她喜欢的是别人。

俞熹禾看着他，莞尔一笑："你不要筹码吗？"

陈幸的眉头皱得死紧，现在心中只有一百八十种强势掠夺的想法，偏偏她正笑意浅浅地看着自己。

在他接过筹码，想把人狠狠地圈在身边时，她忽然靠过来踮起脚又轻又快地亲了他一下。

"我喜欢你，陈幸。"

心跳声几欲将胸腔震裂。

俞熹禾轻轻抿抿唇，心中忐忑。

陈幸垂着眼看她，眼里看不出情绪。

他一直沉默着没有开口，俞熹禾慌了。她没想到陈幸会是这个反应。她小心翼翼地拉了一下他的手，被反扣住手腕，力道之大，让俞熹禾懵了几秒。

"陈幸……"

他还是没有接话，扣着她的手腕快步往外走去，直到到了车边，他打开车门把俞熹禾抱了进去。

光线乍然一暗，俞熹禾眼前一黑，耳边传来车门被用力甩上的声音，在她头脑空白一片时，陈幸凶狠地吻了下来，咬她的唇，从唇珠滑到舌尖。他把她逼到车窗边，抵在怀里深深地吻她。

喘息难平，纠缠在一起的灼热呼吸，让车窗蒙上了一层淡淡的白雾。

他指尖勾起她鬓边的长发，瞟见她眼尾的潮红时，先微微退开，再靠过去咬她玉白般的耳垂，一下一下，濡湿又温热。

俞熹禾瞬间酥软了下来，无措又慌乱，却还是下意识地叫着陈幸的名字。

他挑唇笑得恣意，头一次在她面前展现什么叫欲望。之前他有多克制，现在就有多危险，多具侵略性。

那枚金红色的筹码不知道什么时候掉在了车座上。

"这种时候不要随便叫我的名字……"

只是一个告白、一个吻，就能让他理智全乱，更何况她还猫叫似的一声声念着他的名字。

他的吻落在她的眼尾，那里晕着一抹艳艳的红。他低低地笑了一下，嗓音销魂蚀骨："我会忍不住。"

一场豪赌，八十万筹码付诸东流，俞熹禾也平静得心如止水。

此刻，她的心跳声却混乱又嘈杂。

何其幸运，陈幸也喜欢她。

陈幸送俞熹禾回了S大，两人一路无言，气氛却十分暧昧。

直到俞熹禾要下车时，陈幸扣住了她的手腕。在后者不解的目光下，陈人公子沉吟半晌，语意不明地开口："你的唇还是肿的。"

俞熹禾下意识抬手碰了一下嘴角，有微微刺痛感，不用看也能想得到她的唇瓣现在是什么模样……

他咬得太重。

从告白到现在，俞熹禾的思绪还是混乱的。她告白时抱着不成功便成仁的想法，她也在赌，赌陈幸没有喜欢的人，赌他对她应该是有一点好感的。

她那时候还想，如果做不成恋人，还自欺欺人地以青梅竹马的身份留在陈幸身边，那对他未来喜欢的人也太不公平了。她一向果断，只在喜欢陈幸这件事上犹豫了很久，然而直到现在她才慢吞吞地回过神来，原来陈幸也是喜欢她的。

是他先喜欢上她，然后步步为营，等着一个准确告白，要她先开口，再死死咬住她，全身心都想要占据她。

某腹黑竹马处心积虑这么久，可惜她是不会知道了。

"那怎么办……"如果此刻俞熹禾头脑稍微清醒一点，没有被陈幸蛊惑到，绝对不会问出这样一句正中陈幸下怀的话。

"和我再待一会儿？"陈幸诱哄道，嗓音微微低沉，有些性感，"再等一会儿说不定就消肿了。"

俞熹禾想了想，觉得挺有道理的。

于是一等就等到了晚上。每当俞熹禾觉得差不多可以走的时候，陈幸就把她拉回来，按在怀里亲一会儿后才松开，再一脸无辜地看着她。

"陈幸！你这样我怎么回宿舍！"

"那再等一会儿？"

如此反复，直到宿舍门禁的前一分钟，俞熹禾才红肿着嘴唇回到宿舍。

还好，室友不在。

陈幸跟俞熹禾提过自己已经结束了学业的事，并且他刚接手 AK 的这段时间会很忙，而俞熹禾也要开始准备期末考试以及论文。

就是在这段时间，海市投资圈掀起了不小的风浪。

CBD（中央商业区）是一个城市、一个区域的经济发展中枢，AK 新上任的执行官拟定计划，欲收购下三分之二的中央商业区，从首席财务总监到最高运营，悉数听命于他。

在海市大厦的最高楼，陈幸正在谈判桌上与人交锋。对方仗着资历深、年纪大，咄咄相逼，在收购议案中不肯退让，甚至放言收购商业区就是一个错误，必定血本无归。

陈幸垂着眼，漫不经心地转动着指尖的钢笔。直到那人分析完失败的局面，得意扬扬地停止发言时，陈幸猛地收住了手，笔尖以锋利之势转停在桌面上。

"签署对赌协议，输了，就让出各自的股权。"

他从谈判桌边站起身，锋芒毕露。

一时没有人敢接话。

几年前，从华尔街到瑞士联邦，他就是以赌的形式，让资金不断翻倍、沉落在他手里，现在，他亦是以赌的形式参与这个局势。

涉及如此巨额的资本，他也姿态慵懒得像是在参与一场游戏，漫不经心，却又处处狠厉。

双方签下对赌协议，输了，就要按照利润指标的达成情况，对目标公司的管理层予以股权调整。谁都不知道陈幸哪里来的资本与底气，最后不仅赢了，还赢得漂亮。

资本市场一片哗然，AK 的地位在投资界从此无可撼动。AK 的资金回报率达到历史最高水平，各大公司高层人员将重新洗牌。

俞熹禾得知具体消息时是在家里，论文与考试都已经结束了，俞父与她提起时只评论了一句："如果收购失败，AK 得承受崩盘的惨痛打击，最轻也是资本沉没。"

但是陈幸赢了，AK 一下子变成了陈氏集团最大的子公司。

他刚刚进公司掌权就收获了人心，否则此次收购案根本不可能实施。所有营销、投资、运营的策略，他熟烂于心，甚至精通在每个过程中的人心变化，才能一击致命。

俞熹禾的父亲从政，对很多事看得通透。

无人否认陈幸今后可能会拥有更可怕的成就，前些年的克己，如今换来的是整个海市资本市场的洗牌。

后生可畏。

当天下午，林桃在离开学校回家前把俞熹禾约了出去。

在购物广场里的一家猫咖里，林桃对她大吐苦水："我服了我家皇太后了，这几天给我打电话，明里暗里地各种提醒，要我带个对象回去。我全身心投入化学研究，哪里有时间去风花雪月？"平时做实验忙起来都恨不得一个人顶十个人用。

林桃咬着吸管，看看对面抱着暹罗的俞熹禾，连连叹气："只有我们两个是黄金单身女了，唉，科研项目的奠基人。"

俞熹禾轻轻咳了一下，沉吟了一会儿，说："我不是了。"

林桃愣了一下，回过神来后差点打翻桌上的奶茶，脑海里有一百只柴犬在跳 disco（迪斯科），于是她头脑空白地应了声："汪？"

那只暹罗很应景地"喵"了一声。

俞熹禾忍不住笑了起来，随后在林桃的逼问下坦白了自己向陈幸告白的事，并隐去了某些部分。

"你居然没有第一时间告诉我！我明明是你们情侣组的粉头！"

"前段时间在考试。"林桃天天往图书馆跑，一副"头悬梁，锥刺股"的干劲，她怕打扰到林桃的复习。

林桃思考了一下，自己要是在考试前夕知道了自己喜欢的两个人终成眷属，估计就不会复习了，直接转发锦鲤去了。而且作为情侣组粉头，她还可能会兴奋得像中了彩票。

"陈大公子是从哪个神坛下来的人物啊？青梅竹马这个梗，我吃一万年都是甜的。"林桃笑眯眯的，又想起了什么，继续说了下去，"你还不知道高三那件事吧？"

"什么？"

"有一次午休时间，有几个公子哥儿翻墙进来想见你，在教室闹事。刚好那天你请假不在，陈幸从楼上下来把那些人按在墙上打得鼻青脸肿。"

那时候少年一身戾气，把闹事的人直接踹翻在墙根，又冷又帅。

他警告说："我先前就说过，有的人你们想都不能想。"

那之后，大家不知道为什么，都很默契地没有在俞熹禾面前提过这件事，老师也统统不知情。

俞熹禾完全不知道这件事，她高三只请过那一次假，隔天去学校也没发现有什么异常，陈幸也从来没有提过这些。

林桃说："大家不让你知道，应该都是想要保护你吧。"

陈幸刚刚接手 AK，公事繁多，俞熹禾再见到他已是春节前几天的事了。那天她刚起床，下楼去客厅倒水喝，一个转身就看见了他。

临近春节了，俞熹禾的父母还在出差，一个在国外，一个在外省视察，家里就只剩下俞熹禾一个人。

"你怎么进来的？"

陈幸像是刚从外面处理完事务赶来，身上的黑色大衣还没脱，走近她时说道："阿姨给了我钥匙，让我看好你。"

俞熹禾手里还拿着水杯，她才睡醒没多久，还有些蒙："看好我？"

"阿姨说你太会闹事，三天两头往外跑，一点都不省心……"陈幸声音里带着笑意，完全把话反着来说。她长相娴静，长发散落在肩头，抬着水汪汪的桃花眼看人时，漂亮得不行。偏偏她又喜欢科研，没有一点儿浮躁劲儿，看起来就更好欺负了。

陈幸最后问出一句："我是不是该把你关起来？"

俞熹禾这下彻底清醒了，瞪了他一眼，正想问一句"你不忙了吗"，又反应过来——几天后就是春节了，再忙的公司也要放假了。

于是她换了话题，问道："伯父伯母还好吗？"

"去国外过二人世界了。"陈幸嗓音带着些懒散，尾音微微上扬，"你要不要收留我？"

俞熹禾毫不客气地拆台："你一分钟前还说要把我关起来。"

她水杯还拿在手上，刚要放下时眼前一暗，陈幸弯腰低下头咬了一下她的嘴角，声音低沉含笑："记仇。"

"陈幸！"

俞熹禾一惊，差点打碎了手里的玻璃杯。

她哪里够得上陈幸的段数，朝夕相处这么多年，如果不是对方隐忍克己，早就生吞了她……如果不是怕会吓跑她。

晚上陈幸带俞熹禾去了市中心的一家私房菜馆。那菜馆的装修颇具中国风，每个包间都古色古香。

这顿饭算是陆谨言约出来的，他死活想见一下俞熹禾真人，陈幸被他吵烦了，差点拎着他丢进江里。

陆谨言和严嘉到得早，俞熹禾认识严嘉，见面就喊了声："学长。"

严嘉收起了在外放荡不羁的姿态，介绍道："这是陆谨言，前几年都在国外，你可能不认得。"

俞熹禾看向陆谨言，他染成亚麻色的头发微卷，眉目细致得像是漫画里的美少年，看起来年纪比她要小。她笑了笑，自我介绍道："你好，我叫俞熹禾。"

她亭亭玉立，穿着和陈幸同款的大衣，长发随意绾起，肤色很白，露出的长颈像是块软玉。

话痨陆谨言顿时就明白了为什么陈幸要把人藏起来。他在国外主修美术，艳丽的、清秀的……各种风格的女孩都见过，况且在海市上流圈里，最不缺的就是漂亮的女孩，但俞熹禾不一样，她让人想起禅意——美学上的永恒和美丽。

陆谨言对这样的女生向来都很有好感，赶紧打招呼："Hello！"

他话多，饭局上也大多都是他的声音，陈幸懒得接话，年纪最大的严嘉就得贴心好哥哥般地给陆谨言找场子。

俞熹禾和陈幸离开前，陆谨言还邀请俞熹禾去他开的艺术馆看画展，被陈幸果断回绝。

等包间里只剩两人时，陆谨言悲愤地说道："阿幸刚刚从我身边走过的时候低声警告我！让我离他的人远一点！"

不想再接话的大哥哥严嘉很是心累："是，那你就离人家远一点，不然他能活剥了你。"

九点多的海市，整个市中心沉浸在一片流光里。车辆行驶在高架桥时，霓虹灯的光缓慢地落下来。

俞熹禾在车上小睡了一会儿，醒来后发现已经到家门口了。也不知道什么时候到的，陈幸没有叫醒她，他把大衣披在她身上，还关掉了车内所有的灯。

"醒了？"他的嗓音低沉，带着点笑意，在冬日夜色里充满了柔情，"怎么这么能睡？"

"导师昨晚给我发文件，我改到今天中午才睡的。"

她马上要本科毕业，课程安排不多，主要是跟着导师做实验，准备毕业论文和课题，改完这个文件后倒是没有什么事了。

陈幸退圈前的那组海报就定在这几天拍摄。摄影团队是个国外的工作团队，也没有过春节的概念。

俞熹禾把大衣还给了陈幸，说："我要下车了。"

"我呢？"

俞熹禾正要拉开车门的手一顿，刚一回头就迎上了陈幸含笑的目光，仿佛笃定了她拿他无可奈何。

实际上，也确实是这样的。

"你住客房。"

第二天他们就去了摄影场地，是一栋林间别墅，算起来还是陈氏的产业。这次海报的主题是"清晨"，这会儿林间冬日的晨曦很是柔和。

陈幸做模特时几乎不怎么接受采访，也从不拍广告，但陈远年在时尚圈影响力不小，他和国外团队也有过多次合作。

有国外的媒体曾经评价他，称之为"纳西索斯"，是来自东方的天之骄子。

摄影团队的人早些时候就来了，摄影师在准备拍摄设施的时候，俞熹禾被一个金发碧眼的小姐姐拉到一边看服装。小姐姐中文说得很流利，语调欢快："你是 Xin 的朋友吗？我第一次见他身边有女生呢。"

俞熹禾将视线从琳琅满目的服装上移开，疑惑地问了句："之前都没有吗？"

"Xin 从不和女性合作的，他的叔叔都说不动他。"小姐姐眨了眨那双翡翠般的眼睛，凑过来小声地嘟囔道，"我之前还追过他的，可他都不记得我是谁。我还听说他不想当模特了，是真的吗？他可是圈子里的神话呢。"

他出道时起点就高，第一场秀就是在巴黎，主题是"海"。三年一次的时装展，有来自全世界的知名设计师，陈远年站上设计圈塔尖后就鲜少参加这种活动了，但那一年他出乎所有人意料再次归来，并且带来了一个惊喜。

陈幸就此一举成名。

"我们都很遗憾，在圈子里大家从来没有这么欣赏过一个人。"

俞熹禾看了一眼十几步之外的陈幸，他正在和一个高大的寸头男人交谈着，许是察觉到她的目光，微微侧过脸朝她这边看了一眼。

四目相对，他笑了起来，随后和寸头男人说了一句什么，大步向她走了过来，抬起了她的下巴："嗯？偷偷看我？"

俞熹禾轻声应了一句："因为你很好看。"

一旁的小姐姐兴奋不已，直勾勾地观望着这两个人。

难得被反调戏的陈幸没料到她会这样说，愣了一下。因为有人在旁边仿佛一百二十瓦大灯泡一样亮着，他只能低头轻轻在俞熹禾耳边说了一句："哦……我等着你把我关起来，慢慢看。"尾音缱绻，带着蛊惑人心的温柔。

温热的气息喷在耳边，惹起阵阵酥麻。

俞熹禾感觉耳根处瞬间烧了起来。好不容易有胆子调戏一下他，结果被反杀。还好，一旁的工作人员有事找他，他摸了一下她的发顶后就去了另一个房间。

他刚一离开，那个金发碧眼的小姐姐就兴奋得嗷嗷叫了起来："原来你就是 Xin 的小公主！"

俞熹禾有些不好意思。她眼睛亮晶晶地看着俞熹禾，又问了一句："你是做什么的呀？"俞熹禾回答道："学化学，从事科研。"

小姐姐笑得十分灿烂，像开启了话匣子一样继续问道："你为什么喜欢化学呢？我在校期间最怕这门学科了。"

俞熹禾想了想，很认真地回答："因为它充满了不可预测性，奇迹往往诞生在这里。从假设到预言，最后用实验证明，物质会慢慢发生转化，但是永远不会消失。"

停顿了几秒后，她又道："这个学科还有一句很浪漫的情话：焓变为负，熵变为正，即使世界绝对零度，我对你的爱依然自发。"她的桃花眼里盛满了笑意，唇珠娇艳，莞尔一笑时，十分灵动。

陈幸直到正式开始拍摄的前一刻才再见到俞熹禾，别墅内有暖气，她穿着蕾丝大摆长裙，裙尾是绯红的晚霞颜色，仿佛所有云霞都落在了上面。

她站在飘窗边上，窗外是从枝叶间漏下的熹微晨光，一头长发微微散开，被故意打理得有些缭乱，垂在盈盈一握的腰间。

他走到门口，俞熹禾恰好在这时候回头，眉眼如画。

他脚步一顿，刹那间明白为什么会有"金屋藏娇"这个说法。

如若得她，当是金屋藏娇。

化妆师给俞熹禾的眼尾画了一道红色，洇湿般的潮红，衬着那双桃花眼，像是含了情。

拍摄时俞熹禾表面看起来很自然，但其实她没有经验，心里多少都有些紧张。她不想出错拖累进度。两人换了个姿势，陈幸搂过她腰时，她刚想说他有些用力了，一抬眸直直迎上了他的目光。

深邃暗沉，分明是忍耐的样子。

"陈幸……"

"你别说话。"

一说话就让人着魔似的想亲她，把她按在怀里，惹她哭。

陈幸感觉有些烦躁，一手掐着她的腰，目光牢牢地攫住她，另一只手扯着衣领纽扣。

想亲她，发了疯地想。

一整个早上都在拍摄中度过，因为还要后期处理照片光线等问题，成片不会这么快出来。

结束拍摄后，摄影团队离开，那个金发碧眼的小姐姐三步两回头，走到一半了，又跑回来给了俞熹禾一个拥抱。

和大家告别后，俞熹禾转身就被陈幸压在门后，迎接她的是极重的吻。

陈幸自己也不明白，和她青梅竹马这么多年，为何没有什么七年之痒，有的只是越来越强烈的占有欲。他自己很清楚，有些事一旦开了头，就必然没有全身而退的可能。

嘴上不停地侵略，占据，他咬住了她的舌尖，气息全乱。

俞熹禾的全部——他势在必得！

俞熹禾是和陈幸一起过的新年。

临近十二点时，数不清的烟花在市中心的广场点燃，也有数不清的人在这里等待跨年。虽然这不是他们共同度过的第一个新年，但之前他们还不是这样的关系。

俞熹禾站在广场边上突然想起高三那一年的事，她被陈幸拉到江边看烟花，烟花迟迟不放，她无聊了，就开始背各种化学方程式，从有机到无机，陈幸居然有耐心听下去。

想不到今年也遇上了同样的情况，广场的烟花放到一半就停了。

俞熹禾一时兴起，开始背起各种定律来，从质量守恒定律到休克尔极限。陈幸目光沉沉地看着她，有些头疼他的阿禾不解风情。

他哪里有什么耐心听这些枯燥的定律或方程式，只不过是因为念的那个人是她，才会不一样。

只要她在他身边，不管她说什么，听在他耳中都是天籁。

零点，广场钟声重重敲响的那一瞬间，周围沸腾了，烟花在这时候骤然盛放，盛大无比。

"新年快乐，我的公主。"在钟声敲响的那一瞬间，陈幸这么对俞熹禾说。

那时候，俞熹禾以为她会和陈幸一直在一起，每一年都是这样过年。

春节之后，陈幸参与了一场投资谈判，外省的投资方带着自己的团队过来，企图从海市资本市场分一杯羹。整个谈判过程中，陈幸鲜少开口，他运筹帷幄，看似漫不经心，实则果断狠厉，他说的每一句话都直击要害。

这几个月来他顺风顺水，连严嘉这个搞医药的都能感受到投资圈的风云与雷霆。

陈幸和俞熹禾的海报在新年期间出来了，在陈幸刚刚注册的微博上，九张海报图全是清晨的慵懒风。

照片上的陈幸一贯地表情冷漠，姿态却处处流露出深情。他是名门少爷，又做过模特，自然懂得一举手一投足的表现力。

陈远年的工作室也在这时发出"Xin退圈"的公告，简直让整个圈子炸开了。

严嘉和陈幸见面时，忍不住打趣："你和外国方合作，他们拜托你注册一个社交账号宣传，你都没答应，现在随随便便就注册了？"

陈幸淡淡地回了一句："只有她才值得炫耀。"

陈幸在模特圈地位虽高，但这个圈子毕竟不大众，他又不是职业模特，也不常暴露在公众视野下，所以大家都没想到这次他发的微博竟然在全网都掀起了不小的波澜。

那条微博像是燎原的火，引来数不清的评论、转发和浏览。

底下有一条热评：这是什么神仙海报？！

他那条微博的描述文字只有四个字——我的桔梗。

有人挖出了陈幸曾经在某杂志上做的采访，记者问他喜欢什么花，他回答说，桔梗。

一个人评论说：桔梗花！永恒和美丽！这是什么神仙告白啊？！

他的粉丝在底下一遍又一遍地艾特Xin，问他还有没有可能回来。

只是这些都已经与陈幸无关了。

资本商圈，才是他的主场。

林桃有个微博号是黄澄澄的大V，平时用来写美食推文的，为了装样子，关注了一大堆文艺博主，当她看到那些清风明月般的文艺博主居然齐齐转发一条ID为Xin的博主的微博时，当即打了个电话给俞熹禾。

"你跟我说……你和陈幸才刚刚交往？"

电话那边的俞熹禾疑惑地"啊"了一声。

"我看微博图片上你俩的亲密状态明显不像……明明是奸情很久了的样子！你看看海报的最后一张图！陈幸亲你眼尾！一副预谋很久的样子！"

电话那边忽然没了声音，林桃皱着眉隐隐感觉哪不对劲时，俞熹禾咳了一声，说："他在我身边。"

林桃立马"啪"地丢掉了手机。

就算高中也同校，陈幸这种神仙级人物，她还是不敢招惹的，也就敢背后吐吐槽、配配对。

俞熹禾看了一眼书桌前的陈幸，他正在低头翻看她的实验记录本，没什么反应。她以为他没听到，才松了一口气，陈幸蓦然出声："预谋很久？"

"她不是这个意思……"

"你的那个同学还挺有眼力的。"陈幸打断了她的话，挑眉说道，"我确实预谋很久。"

其实那海报的最后一张照片，一开始怎么也拍不好，摄影师找不出问题，后来化妆师觉得可能是妆容不对，正要改动，陈幸止住了化妆师，抬手滑过了俞熹禾眼尾，将那抹颜色晕染成红晕，最后吻了下来。

"你眼尾红透时，像是在哭。"

俞熹禾下意识觉得陈幸不会说出什么正经的话来，赶紧制止："你别说了……"

陈幸哪里会听，故意恶劣地调笑："就想让你手足无措，只能躲进我怀里。"

她懵了片刻，不解地看着他，全然依赖的模样。青梅竹马这么多年，陈幸看着她冷静拒绝每一个前来告白的人，和陌生的、不愿深交的人保持距离，从来没有向谁示弱过。

陈幸放下实验记录本，走到坐在沙发上的她的跟前，弯腰对上她的视线。

"可我又舍不得让你真的哭。"

俞熹禾心跳如擂鼓，在陈幸目光注视下，好半天才支吾出一句："那我去滴点儿眼药水？"

陈幸脸色一变，想弄哭某人的心思都有了。

这种心思一直持续到年初的一场私人宴会上。那次宴会由某一位海市名流发起，受邀人士颇多。这倒不是平日里那些歌舞升平的商宴，准确来说，是个订婚宴。

举办人在海市私交甚广，为人不错，陈、俞两家也收到了请帖。

如果不是父母出差在外，不得不代为出席，俞熹禾是不会来参加这种宴会的。这种性质的宴会存在较多攀关系、联谊的情况，人们三五成群，侃侃而谈，常是表面客套，私底下则你来我往，暗自交锋。

这场宴会在一处位于山脚的别墅里举办，他们在那里还遇见了严嘉和陆谨言。

如果林桃也在的话，就会发现，这场宴会上还有高三那会儿去班级找过俞熹禾的那些公子哥儿，此刻他们正衣冠楚楚地和人碰杯交谈。

陆谨言找俞熹禾说话，自来熟到不行，聊了一会儿后，问道："你最近有时间吗？"

俞熹禾还没回答，插在他们之间的陈幸冷冷出声道："你想要做什么？"

"我要开个画展啊，想加幅人物画像，缺个模特……"

陈幸打断他："做梦。"

严嘉飞快地给了俞熹禾一个眼神，于是她打圆场和陆谨言说："在回校前我都有时间。"

刚好严嘉的合作方就在附近，严嘉立马拉上神情不悦的陈幸过去了，走前叮嘱陆谨言："照顾好熹禾。"否则他都保不住这个话痨。

严公子怎么也没想到，陆谨言这话痨仿佛跟缺了心眼似的，在他们离开没多久就出了事。

陆谨言这人虽看起来软绵绵的，平时也都是一副纯天然、无公害的模样，但他实际上练过几年格斗，还打过擂台，夺过冠，打起架来跟疯了似的，所以严嘉原本还是放心的。

直到宴会露台上传来打斗声。

俞熹禾原本是在露台和陆谨言谈画展的事，他长得一副正太模样，却很健谈。

陆谨言正说着话，从外边走来了一行人，为首的人看见他们后，停下了脚步，目光顿时意味深长起来。

俞熹禾不常出席这种宴会，陆谨言也是刚刚从国外回来的，这些公子哥儿也就以为他们是攀附别人来参加宴会的小艺人、小模特。

"跟谁来的？哥带你走。"

一个穿着酒红色西服的公子哥儿走向了俞熹禾，正要把手中的酒杯递给她，结果被陆谨言拦了下来。他瞬间变了脸，神色阴沉冷漠，盯着来人不悦地吐出一个字："滚。"

那人似乎没想到会被如此对待，脸一垮，其他的几个人也纷纷围了上来。有个人想越过陆谨言去拉俞熹禾，被陆谨言拽住衣领来了个过肩摔。

场面瞬间就乱了起来。

俞熹禾担心地叫了一声："陆谨言——"

面容还显稚气的他回过头冲她眨眨眼，微微露出虎牙，笑道："我没事的。"

但是对方人多，仗着有背景，开始肆无忌惮起来。不知道是谁直接拿了瓶香槟过来，正要冲陆谨言当头砸下时，俞熹禾用力将他拉向一边，酒瓶砸在一旁的桌角上，碎片溅到了她的手臂中，空气中顿时混杂了酒香和淡淡的血腥味。

陆谨言心里"咯噔"一下，感觉自己要完蛋了。

拿酒瓶的那人正要不怀好意地朝俞熹禾伸过手来，却被一只手当空扣住，往后一折，掀翻在地。

赶来的陈幸一脚踹在了男子的胸膛上，脚下是肋骨，再往下是心肺，现场出现几秒的混乱。

他的眼神冷厉得像把刀："谁让你动她的？"

紧接着，就是几声肋骨断裂的声音，哀叫声连连。

其余公子哥儿认出了陈幸，心惊胆战地愣在了原地。

严嘉立马让人去叫别墅的随行医生，接着又想劝阻陈幸，只是一触及他的目光，就明白自己说什么都没用了。

俞熹禾就是陈幸的肋骨，折断即刺穿心肺，没得救的。

宴会乱成一团，宾客全都诧异地围过来议论纷纷，在事情往最糟糕的方向发展前，俞熹禾拉住了陈幸的袖口："我还要包扎伤口，你能不能陪着我？"

宴会主人急急忙忙地赶来，冒着冷汗打圆场："和气和气——"他看了看那几个呆若木鸡的公子哥儿和躺在地上哀叫的倒霉蛋，顿时没什么好气了，"各位还是收敛一点。"

在场的人都知道陈幸的身份，海市商界是陈氏独大，而陈氏的未来掌权人必定是他。

不仅是他的背景不好惹，关键在于陈幸这个人本身就是危险的。

宴会主人在商场、政坛上摸爬滚打这么多年，怎么可能这点眼力都没有？他随即向陈幸道歉："世侄给我个面子？在场这么多人……"

陈幸目光冷沉，没有回应，但还是收回了脚，转身看向了俞熹禾。她正眸光温软地看着他，没有半分责怪他把她丢下的意思。如果他一直陪着她，这种情况就不会发生。远远看着她被人围住，只片刻，他就动了杀意。

"是不是很疼？"

令人大跌眼镜的是，面对那个女孩时，陈公子瞬间褪去了全身的冷硬与肃杀，神情温柔又珍重。

俞熹禾摇摇头，余光里，每个人的神情都不一样，但都与她无关。

陈幸垂着寒星般的眸子看着她，转眼又瞧见她手臂上的伤口与血，神情又一点点冷硬起来。

医生在这时匆匆赶到，陈幸轻声对她说了句："我让严嘉留下来陪你包扎伤口。"

俞熹禾皱紧了眉。

随后他转过身，那些公子哥儿畏畏缩缩地正要离开，他冷冷开口："滚出来。"

全场是一片诡异的寂静，没有人敢反驳，也没有人敢阻拦。

陆谨言也跟着一起离开了。

玻璃碎碴卡在伤口里，清理时流了很多血，严嘉在一旁看得惊心。她却仿佛没有感觉，安静地坐在沙发上任医生处理，只是皱着眉问了严嘉一句："不会有什么事吧？"

那一瞬间，严嘉突然觉得，就算不是因为陈幸，自己也迟早会认识她。

没有哪个出身名门的女孩子能像她这样，愿意吃苦，投身科研。严嘉甚至听说，有一次她所在的实验室意外发生爆炸，她从容又漂亮地处理了现场，成功避开了几秒后的第二次爆炸。可惜，她做科研时知道进退，却不懂陈幸。

"不会的，他只是有点偏执。"严嘉轻轻笑了一下，"他这个人不会讲什么规则，也没有什么道理可言。就连在投资谈判场上，他也从来不讲原则，你看谁能比得过他？对你，更是不讲原则。"

正说着，俞熹禾手臂上的伤口已经包扎好了。

严嘉同她解释："他不会想你看到他的另一面。"

俞熹禾正迷惑不解，陆谨言打来电话，接电话的严嘉神色一变，拉着俞熹禾就往外走。

举办宴会的别墅在山底，不远处有条直通山顶的山道，因为是还未开发的地段，路况不好，有好几处山路贴着断崖，没有护栏。

陈幸和人飙车，把那些人连人带车逼得险些坠崖。

严嘉带着俞熹禾赶过来时，看见一辆黑色豪车半个车身悬空，停在道路边上。

陈幸站在另一辆车边，半个人隐在夜色中，看不清喜怒。那些人站在离他几步远的地方，刚刚才从差点坠崖的车上下来，腿脚都是软的。

"陈少，我们不知道她就是俞家的……"为首那个男人脸色惨白，话还没有说完，陈幸见到严嘉开车来了，不耐烦地看了他一眼，那人瞬间噤声。

陆谨言在一旁眼观鼻，鼻观心，半句话都不敢插，生怕陈幸连他一块解决了。

俞熹禾下车时看见的就是这样诡异的场面。她不知道那些就是高三那年找过她的公子哥儿。此刻他们全都低着头，不敢再看过来一眼。

陈幸大步朝她走了过来，目光落在她手臂的纱布上，神色变得很不好看。他微微皱着眉，夜色里眸光冷冽。

名流圈子向来很乱，很多人是声色犬马的欢场常客，陈幸不敢想，如果他们不知道俞熹禾的身份，把她带走后会发生什么。

知道陈幸有个青梅，圈子里的子弟都很好奇，只不过碍于陈幸的手段，不敢造次。高三那年他们去找俞熹禾，就是想见见被陈家公子放在心上的人是什么样的。

末了，严嘉和陆谨言留下来善后处理，陈幸则送俞熹禾回俞家。

路上陈幸一言不发，俞熹禾也一直在斟酌用词，好半天才开口问了一句："你还在生气吗？"

陈幸开着车在夜色中平稳行驶，脸上已经没有了一个小时前将人逼至崖边的戾色。

他不作答，握着方向盘的手指修长漂亮，骨节精致，泛着冷色。

俞熹禾继续说道："我一直以为我很了解你，我知道你喜欢什么，比如射击和赛车。我知道你每个表情代表着什么，能猜到你的情绪。可今天之前，我都不清楚你的立场是什么。"

车辆平稳驶入俞家院内，陈幸将车熄了火。

"你是以保护我作为原则的，对不对？"

陈幸转头看向她，目光沉静，良久才回应一声："是。"

"我有很多做得不好的地方，我会改。"俞熹禾靠过去，她伸手捧起陈幸的脸，认真地看着他，温温软软地笑，"你别为了我太冲动，好不好？我很害怕。"

这是她第一次说害怕。

她身为俞家独女，家教严格，向来以礼待人，也从不示弱。所以在实验室爆炸时，她稳了稳心神，在身边的人惊恐后退时，上前关掉电闸总开关，再熄掉实验台上的火焰。

陈幸回应她的，是听来有些莫名其妙的一句："俞熹禾，如果我不是你的爱人，那你的婚姻一栏只能是空白。"

俞熹禾却听懂了，说道："好。"

这是她给的承诺，如果爱人不是他，那她婚姻一栏只会是空白。

回到俞家，俞熹禾让陈幸先在客厅等一会儿，她上楼去卧室找了一样东西后又返回到他的面前，递给他。

是一把钥匙。

"公寓在学校附近，我用跟导师做项目得到的奖金付完了最后的尾款。这是钥匙，一共就两把。"

陈幸静静地看着她，眸光浮动，一瞬间心跳加速。那天她在机场告白，他的心跳就是这样。

想把这个世界揉碎了，送给喜欢的人。

"金屋藏我？"

他问了一句，听不出情绪。

"嗯。"俞熹禾轻轻拉住他的衣领，陈幸配合地弯下腰，她很轻地亲了一下他，声音又软又甜，"我会一直在你身边。"

陆谨言的画展初定于五月中旬举办，还有一段时间用来准备新画。

他的美术馆临湖而建，背靠繁茂的树林。美术馆有一整面墙全由硬度极高的玻璃打造，夜晚灯光亮起时犹如水晶宫。

俞熹禾还有三天回校，为了不耽误陆谨言的工作进度，这天早早就赶了过来。陈幸因为AK公司年初有一些事务要处理，没有一起过来。

俞熹禾赶到时，陆谨言在展厅里等她。

陆谨言带俞熹禾逛了一遍美术馆，在二楼看油画时，陆谨言停下对藏品的介绍，突然跟她道歉。

俞熹禾反应过来，他是在说宴会那天的事，她摇了摇头，道："和你没关系，应该是我说抱歉才对。"

"让你受伤了，我其实挺内疚的。"陆谨言笑了笑，"那天我们离开宴会场后，那些人一直在求阿幸放过他们。"

那天陈幸在猎猎冷风里，只说了一句话。

他停顿了一下，将陈幸的原话复述给她听。

他说："你们选一种方式，如果能赢，今天的一切，我都不追究。"

那些人踌躇半天，最后提出了赛车。他们是赛车俱乐部的，原本抱着十足的信心能获胜。从山底到山顶，也是他们定下的路线，这条路也是他们俱乐部经常用来比赛的赛道，驾车的人更是非常熟悉路况。

陈幸那天开的车并不是最适合飙车的一款车型，他右手搭在方向盘上，不紧不慢地跟在前一辆车后，陆谨言起初以为陈幸是有心放水，或者是无心参与这种局势。

但是随后陆谨言就否定了自己的想法。在半山腰的一个弯道，陈幸猛地踩下了油门，方向盘打转，车身贴着弯道内侧疾驰而过，将前车逼至没有护栏保护的山路绝地。

陆谨言在那一刻听到了刺耳的刹车声和惊惧的尖叫声。

那一瞬间，陆谨言心跳差点骤停。

陆谨言同俞熹禾说："你知道他喜欢投资的吧？投资通常是大起大落，玩的就是心跳，阿幸很擅长这些的。他一向行事不留余地，最后停下也是因为你。"

说完这些话，陆谨言抓了抓自己亚麻色的碎发，难得有些腼腆地笑了："阿幸好喜欢你的。"接着，他话锋一转，又开始滔滔不绝地介绍他的宝贝藏品了。

俞熹禾有些意外陆谨言会和她谈这些。

陆谨言是标准的豪门小少爷，不同于严嘉熟知商场一套，对所有事都游刃有余，更不像陈幸有自己的行事准则，单刀杀入便可主宰全场。可能是因为他学美术，率性自然，才会如此直白。

陆谨言打算画写实油画，他让俞熹禾在美术馆旁的湖岸边站着，浴在火红的落日余晖中。

湖水一半幽蓝，一半红绯，她回眸一笑，万籁俱寂。

陆谨言画的就是这一幕。

他花了一两个小时打底稿，拍了几张照片后便停了笔。剩下的细节部分，他根据照片就可以修饰，不用麻烦俞熹禾一直站着。

俞熹禾离开之前，陆谨言匆匆跑进馆内抱出一个密封的纸盒子递给她。

"就当是谢礼。阿幸现在肯定还在 AK，我直接送你过去吧！"

豪门小少爷笑得纯真无害，俞熹禾想不出理由拒绝，在对方的软磨硬泡下，带着那个纸盒子坐上了车。

那盒子沉甸甸的，不知道装的是什么。

AK 公司在停车场就有直达高层的电梯，陆谨言将她送至这里，便有陈幸的助理专门下来接她。陈幸结束管理层会议回到办公室时，见到的就是他的助理和俞熹禾聊得不亦乐乎的场面。

太招人喜欢了……也得关小黑屋。

小助理见大老板来了，立马抱着资料和老板打声招呼溜走了。老板再好看也是老板，是大魔鬼董事长！

整个办公室就剩下了俞熹禾和陈幸，后者身着白色的高级手工衬衫，明明是经典的款式，却被他穿出了禁欲感。

陈幸朝她走来时看见了桌上放着的纸盒子，挑眉问了句："这是谁送的？"

"陆谨言非要送的。"

俞熹禾才说完，陈幸就拆开了那个纸盒子。

里面除了《有机化学：机理与应用》《结晶化学导论》和一叠外文的化学资料外，最底下还躺着一本《恋爱指南：如何度过七年之痒》。

俞熹禾沉默了，头都不敢抬，生怕迎上陈幸意味深长的目光。

半晌，她才故作镇定地解释道："我不知道里面是这些……"

做完一系列心理建设后，俞熹禾才抬头，只见陈幸拿起那本名字又长又窄的粉红小书，翻开看了一下目录，玩味地挑唇笑道："这本是送给我的？"

俞熹禾什么都来不及说，就听见陈幸旁若无人地念出目录标题下的小字："日常发生分歧，可以考虑从性事和谐上来解决……"

语气低沉性感得像是在调情。

俞熹禾顿时就烧起来了，就差没上前一步捂住陈幸的嘴："陈幸！你别念了……"

闻言，他居然乖乖停了下来，不再念了，而是做出好学模样问了俞熹禾一句："我们日常会有分歧吗？"

俞熹禾觉得这个话题不能再继续下去了，装作没听到，说："我后天就回S大了。"

陈幸点点头，合上了那本书："那我把行李也搬过去。"

俞熹禾懵了，疑惑地问："搬到哪里去？"

"公寓。"陈幸微微向后，靠在桌边，他肩宽腿长，腰际被白衬衫勾勒出引诱的轮廓，"你一个人住不安全。"

她没有说她一定要住进那间公寓里，更何况公寓里只有一张床，而且——

"S 大离 AK 有一个多小时的车程。"

俞熹禾试图打消陈幸的这个想法，他却慢悠悠地来了一句："我们这样算是产生分歧了吗？"

他声音酥软，带着明显的笑意。

又回到了最开始的话题上，于是她默默抿着唇不说话了。等回到停车场，俞熹禾回想起陆谨言在这里挥手和她说再见时的神情，忽然就有一种自己被诓骗了的感觉。

他到底哪里纯天然、无公害了？

返校之前，俞熹禾还抱着陈幸是在开玩笑的想法。她的父母都已经回到本市，出于某种说不清的原因，俞熹禾并没有将自己和陈幸交往的事告诉他们。

当她这么和陈幸提起时，对方目光灼灼地看了她半天，吐出一句话："你该不会想对我始乱终弃吧？"

俞熹禾差点噎住，在他审视的目光下，无奈道："我不会始乱终弃的。"

她怎么敢对他始乱终弃？就算她真的敢了，林桃作为他们情侣组决不逆拆的粉头，绝对会拿着长刀冲上来逼她改主意。

那天，陈幸送了她一块梵克雅宝的星空表，他将手表带上她手腕，调好表带后，说了句："不许摘下来！"

陈幸的手腕上就有一块同款的，一看就知道是情侣腕表。

他分明就是在宣示主权，不高兴她在父母前隐瞒他们交往的事，又傲娇得不肯说出来。

俞熹禾抿住唇忍着笑意问他："如果有人问起这块表是谁买的，我要怎么说？"

"当然是男朋友。"

"那如果我爸妈问男朋友是谁，我该怎么回答？"

陈幸双手撑在墙面上，将她圈在怀里，语气认真又严肃地跟她说："不许说谎，要实话实说。"

他们不说，两家父母也迟早会发现的。

陈幸满脑子想的都是怎么尽早捅破这层关系纸。

S大开学，陈幸送俞熹禾回了学校。她现在做项目，会更忙一些，作息很不稳定，住在校外可能会方便一些。

陈幸把他的行李也带了过来，美名其曰，女生一个人住在外面非常不安全，他是在履行男朋友的职责。

不敢再有分歧的俞熹禾犹豫半天，支吾道："公寓只有一张床，得再买一张……"

陈幸飞快拒绝道："我没钱。"

俞熹禾无话可说——她刚刚付完公寓尾款，明明她才是真的没钱。

嘴里说着没钱的陈幸当天就联系了一个设计师进行室内布局，购置了一系列家具，就连地毯都是天然染色的手工织品。

什么都有，就是没有第二张床。

俞熹禾很想说，光是这些家装就要超过这套公寓的总值了。

后来，陈幸还买了一只赛级布偶猫，水汪汪的蓝色大眼睛像是宝石。

"你买猫做什么？"俞熹禾喜欢猫，但因为学业和住宿问题，一直没养过。

陈幸坐在刚刚买来的柔软沙发上，侧脸看她。

他总不能说，养一只猫是为了提醒某人每天早点回家吧？

陈幸没有回答，俞熹禾以为他没有听见，抱着猫走到他身前轻轻蹲下，和猫一起仰着头看着他，又问了一遍。

那双桃花眼弯弯的，漾着水一般。

勾人得要命。

陈幸低眸看着俞熹禾，朝她伸手。她以为陈幸是想摸猫，微微凑了上去，结果羊入虎口，陈幸想摸的是她。

指尖在她细腻白皙的脸颊上轻轻一捏，最后滑向她的眼尾，那里泛着微微的红晕，像是天生的桃花颜色。

他低低地说了一句："可爱。"

与此同时，与中国遥隔大洋的美国内华达州，美丽繁华的赌城此刻是上午八点。

清俊的年轻男人坐在深红色的沙发上，静静地看着一整面墙的赌场监控，画面像素极高，清晰得每张牌上的花纹大小都能看得一清二楚，除了图像之外，还收集了声音。

穿着制服的下属面无表情地守在一边，直到沙发上的那人淡淡地说了一句："换成三号那天的。"

下属点点头，上前调换了监控日期，画面切回到了三号那天。

女生出现在画面上，和身边人低声交谈时眉目温软，桃花眼里笑意清浅。她有礼节，有教养，虽身在赌场，却半分未沾染纸醉金迷之气。

公事公办如这位下属，也不禁觉得这个女生确实漂亮，但又不仅只是漂亮。这一天的监控视频，他看过多次——和他的上司一起。

年轻的男人整个人陷在深红色的沙发里，姿态冷清，看似温润有礼，实则暗藏狠厉。随后他走上前按停监控，画面定格，那个女生正好抬眸笑着看过来，桃花眼中水光盈盈。

凶狠冷辣的人一旦柔软起来，会是什么模样？他惊讶地发现，自己居然也会对一个人生出强烈的争夺欲。

"程少，"下属恭敬地叫了他一声，"您去中国的时间暂定在四月中旬。"

他思忖了几秒，问道："那个人现在在哪？"

他没有提及名字，但下属已经停下要汇报的工作事项，神情严峻地道："据悉，他现在有可能离开了欧洲。"

男人抬手抚上了画面中女生的桃花眼，袖口滑下，露出了腕间佛珠。他在纸醉金迷的繁华世界中太久，一直从容有礼，某些时候甚至是温柔的。

"那就三月去中国。"

——去争夺一个人。

♥ Chapter 02　还吻你万千

他感受着来自胸腔的钝痛，良久之后才开口："不管什么时候，不管我在哪里，只要你想见我，不远万里，我都会来到你身边。"

三月初的时候，S大的垂枝早樱提前开了，望不见尽头的绯红花瓣铺展在阳光下，仿若红云。

陈幸已经修满学分提前毕业，回校第一天，他陪俞熹禾去化学实验大楼，刚好路过这开满樱花的地方。

有摄影社团的成员在这附近拍照，陈幸是S大风云人物的"头牌"，有认出他的小师妹慕名前来想拍张照，都被他拒绝了。

他眉目出众却很冷淡，有时候看来有些不近人情，拈起落到俞熹禾鬓边的樱花花瓣时偏偏柔爱万分。

俞熹禾感觉有些痒，想要后退，却被陈幸按住她细白的后颈，他声色极低："别躲。"

他靠得太近，风又有些大，樱花花瓣洋洋洒洒落下来，迷住了俞熹禾的视线，她恍了神，忽然就提了一句："你之前那么冷淡，我还以为你不喜欢我。"

陈幸收回视线看向她，眸光很深。

俞熹禾被他看得有些不自在，拉了拉他的袖口，想继续往前走时，陈幸弯腰将指尖的樱花贴在她唇边，隔着花很轻地亲了一下她，如蜻蜓点水。

不远处就是三五成群来校报到的学生，他仿佛毫不在意，退开些后漫不经心地说了句："我要露出一点马脚，你才知道我喜欢你。"

嗯……男模圈神坛上的Xin苏起来真的是很勾人。

因为是回校第一天，导师将大家聚集起来开了个会。林桃正襟危坐在俞熹禾身边，私底下却讲着刚听来的小道消息："有人为我们学院投了一笔资金，好像数额不小，你看导师今天神采飞扬的样子……"

一般来说，很少会有投资方注资科研团队，谋利太少。

俞熹禾很好奇林桃说的这个人是谁，但也没过多留意。一个月后，她快忘记这件事的时候，却见到了投资方。

原本她正在实验室做滴定，结果导师突然打来电话，让她去校长办公室一趟。校长办公室在行政楼最高层，俞熹禾敲门进去时，见到的就是严肃的一幕。

年轻温润的男人坐在沙发上，闻声抬头看过来一眼，眼尾上扬了几分。

俞熹禾迎上他的视线时心里"咯噔"了一下。

坐在沙发另一边的校长乐呵呵地介绍："程先生，这是我们化学院的学生俞熹禾同学，前些时候还去美国参加了研讨会。"

俞熹禾适时接了一句："程先生你好。"视线偏移，落在他腕间古朴的佛珠上，俞熹禾发现这人和初见时有些不太一样。

美国拉斯维加斯赌场上，那局八十万筹码的游戏，他是温润谦逊的庄家。再次见面，他竟然成了他们学院的投资人。俞熹禾看着他站起身，在身边人诧异的目光中，背着光朝她走来。

"你好。"他嘴角噙笑，垂着眸子看人时温润有礼，完全不似几分钟前俞熹禾还未出现时的冷漠姿态，"我是贵校化学院此次的合作方，程煜。"

身为 S 大本科生代表的她嘴角微弯，反应极快地回道："我校建立百年，注重学术研究与慎思笃行，一定不会让程先生失望。"

程煜微不可察地眯了一下眼睛，目光若有若无地落在她脸上。

他记得很清楚，在几个月前的那场赌局上，女生提起一个人时桃花眼里蕴着笑意的模样，眼尾微扬，十分动人。

而不是现在这样礼数十足，温淡而疏离。

俞熹禾是临时被叫来的，遇上程煜也完全是意料之外，她根本没有想过还会遇见这个人。

校长办公室里，几位化学院的教授在与程煜谈项目，俞熹禾的导师不在，但另一位教授认识并很喜欢她，所以提及她的次数就多了些。

而每次被提及，在一旁坐姿乖巧，充当背景板的俞熹禾都感觉有视线落到自己身上。

谈话结束后，程煜状似无意地提了句想四处看看，校长当即一拍手，便想作陪。但转念一想，程煜跟自己年龄相差太大，也没太多共同话题，反倒让他逛得不自在，于是大手一挥，决定让俞熹禾陪同程煜逛一逛校园。

原本以为终于可以回去做实验的俞同学有些无奈。

想拒绝是不可能的，俞熹禾只能和程煜一起下楼。离行政楼最近的就是校史馆，俞熹禾正在想最快捷的参观道路，程煜忽然开口："在想些什么？"

俞熹禾抬眸看他一眼，用官方疏离的语气问："程先生想去哪里参观？最近的有校史馆，北门附近有一条街种植有垂枝樱，也很好看。"

程煜很轻地勾起了嘴角，没有回答，只是说："我以为你多少会有些惊讶。"

俞熹禾皱眉，她对很多事都是不在意的，更何况是在赌场上只有一面之缘的人。

彼此间沉默了一会儿，俞熹禾礼貌地说："谢谢你最后愿意留给我一个筹码。"

程煜了然："你把它送给那个人了？"

俞熹禾"嗯"了一声，眸中映着道路边的绿植，波色清浅。

可能她自己也没有注意到，在与他相处的整个过程中，只有这个时候她的笑最甜。

程煜走在道路的外侧,那一瞬间他有抬手轻抚她眼尾的冲动,就像在拉斯维加斯看监控录像时那样。他生在美国,长在美国,在拉斯维加斯一手经营起赌场,对生意之外的事从不留意,却在几个月前有了例外。

那时候下属来汇报,说赌场上出现一个东方面孔的女孩,赢了很多局,还从未输过。赌场输赢胜败很平常,只要不触及底线,程煜是不会插手的,于是他只是随意问了声:"手法有问题吗?"

下属回答:"手法干净,没有出老千。"

程煜在办公桌后微微抬目,漆黑若沁墨般的发丝垂落下来,让他的眉目显得冷淡又凌厉。

他忽然就感到了好奇。

于是他下了楼。

那时候大厅里人来人往,停步在楼梯口的程煜却一眼就看到了她。

在迷离的灯光之下,她是东方软玉,礼貌微笑时,眼尾如染桃花。

后来他假装成来游玩的华侨,成为了她下一场赌局的庄家。

他听见她说:"如果这一局我输了,我要回国向一个人表明我的心意。"

想起这些,此刻走在 S 大绿荫道路上的程煜皱了一下眉。

现在她是如愿了吗?

俞熹禾两个小时后才回到实验室,刚一换上实验服,林桃就跟野兔一样蹿了过来。

"不是因为谈恋爱被抓吧?"

"当然不是，这里可是大学，你怎么会有这种想法？"

林桃的表情愤愤然，唯恐被人拆了心中的情侣组一样："树大招风啊！你们一谈恋爱就有无数男女同时失恋，指不定就有哪个大兄弟一恼怒就投诉呢。"

俞熹禾忍不住想笑，解释道："是化学院投资方来了，校方让我作为学生代表过去一趟。"

听到这话，林桃放心了，随后话锋一转，可怜巴巴地"央求"道："我的俞甜甜，你愿意今晚陪一个小可怜参加一个生日趴吗？有肥宅快乐水！"

林桃到哪都能打成一片，五湖四海皆兄弟。但是，有的人表面与人称兄道弟，开朗外向，实际上怕得要命，动不动就要"社恐"一下。

俞熹禾不说话，就这么看着她。

林桃一咬牙，忍痛道："就一次！我保证回去就头悬梁，锥刺股，天天向上，争当五好青年。"

俞熹禾想了想，答应了未来五好青年林同学的请求。实验结束后，俞熹禾接到了陈幸打来的电话，说他临时有事，晚上可能很晚才回来。

因为时差问题，陈幸偶尔会在深夜和欧洲投资方开视频会议，担心会吵到她，一般是住在休息室里。而其他时间，他即使回来了，也是睡在沙发上——因为没有第二张床。

俞熹禾应了声好，在挂断电话前，俞熹禾似乎听见了陈幸那边有一个女孩子的声音，很轻地叫了他的名字，带着笑意。俞熹禾停顿了一下，还是很平静地结束了通话，然后和林桃一起乘车去了市中心的一家清吧。

不论是 S 大化学院还是其他院系，认识俞熹禾的人都不在少数，但她几乎不参加这种聚会活动。在场的人见她来了，都不自觉端坐起来，严肃地表示热烈欢迎。

林桃知道俞熹禾不太喜欢这种陌生人很多的场合，也就没有向她介绍周围坐的是谁，怕她无聊，还很认真地跟她讨论起了实验数据的问题。

一个过来拿汽水的寸头大哥无意听到了几句，当即大声拆台，道："你魔怔了？什么时候这么热爱学习了？"

一直在绞尽脑汁回忆实验数据，嘴上却滔滔不绝的林桃卡住了，连脸都黑了。周围的人也纷纷凑过来，想看看林桃是何等"热爱学习"的。

俞熹禾忍不住笑了起来，而林桃火速借口要打个电话，夺门而出。她出去得急，没关上包间的门，有个人就是在这个时候过来打招呼的，也是S大的学生，正巧也和一拨人在隔壁包间聚会。

那人一进来就注意到了俞熹禾，嘴角挑了挑，问："化学院代表也在？"

俞熹禾抬头看了一眼，来人背着光，看不太清表情，不过那语气像是带着几分看好戏的意味。

他接着说："你男朋友就在我们那包间喝酒呢，还有几个小姑娘，不一起聊聊？"

听到这话，周围的人都愣住了——俞熹禾有男朋友了？

俞熹禾没说话，皱了一下眉，心道：陈幸……他不可能会在这里。

有的人怀疑这话的真实性，那人摆摆手说："等着，我拉他过来。"

一时间，包间里的人都默契地噤了声，直到半分钟后门外有几句调笑声传来。

"你是说俞熹禾在？她怎么会来这种场合……我开玩笑？是她亲口答应要做我女朋友的，要不是她害羞，我早发合影在朋友圈里了。"

几个人影出现在包间门口，不止两个人，似乎还有几个看热闹的。

走在最前面的那个男生目光落在包间墙边一道人影上时，突然僵住了。

原先来打招呼的那个人拍了拍他的肩，揶揄道："愣着干吗啊？不认识你女朋友了？早跟你说玩笑别开过火了……"

男生忽然挺直脊背，强稳着声音高声打断了那人的话："我和俞熹禾交往需要扯谎？当事人在这里，你没看见她都没反驳吗？"他是抱有一点希望的，俞熹禾平日里虽与人不是很亲近，但不论对谁都是温和有礼的，他还想着她应该不会这么不给面子，说不定就这么阴差阳错默认了。

但到底是不可能的。

在场的大多是化学院的同学，立即就有人挽袖子准备上前让那人住嘴，这时俞熹禾开口了："我的确正在和人交往。"

她抬起脸，神色微厌，拿出手机翻出一个通话记录的页面，摆在茶几上："不过好像跟你没有关系。"话说得不留余地，也不讲情面。

她不笑时神情冷淡，很有距离感。

茶几上亮起的手机屏幕上，通话联系人是"陈幸"二字。

在场有人惊呼了一声。作为 S 大的学生，大家自然都认识陈幸这个风云人物，甚至清楚俞熹禾和陈幸是青梅竹马的关系，但大学同窗快四年，他们之间并没有进一步的消息传出，也就谁都没有想过两个人会真的修成正果。

有人很轻地叹了口气，没人敢主动开口说话，就连最初像是来看好戏的那人也闭起了嘴。

那一拨人呆愣了半天后，全都尴尬地退了出去。俞熹禾皱了一下眉，觉得自己打扰到林桃朋友的聚会了，起身和大家说了声抱歉。

寿星是个很可爱的女孩子，立马摆摆手说没关系，还立即打开了蛋糕包装盒，也没许愿，就切了第一块蛋糕给了她。

随后就有人出来活跃气氛，等到林桃回来时，她并没发现有什么异样。

当天晚上，在场众人纷纷在S大暗恋微博上投了稿，主题高度一致，比如"我喜欢的情侣组终于修成正果""Xin和我化学院的'女神'啊！乐府双璧！"等等，以至于俞熹禾第二天去S大后，头都是疼的。

所幸因为程煜投资一事，学院这边打算开一个讲座，俞熹禾作为学生代表之一，要负责一些稿件，这几天也就不常在实验楼这边。

她被叫去阶梯教室时，只有几个老师和师兄在，一个师兄朝她招了招手，示意她过来，然后递给她一个U盘和资料，嘱咐道："待会儿的讲座，由你来协助主讲人。"

俞熹禾应了声好后，活宝师兄又幽幽叹了口气："谁说兔子不吃窝边草的？果然还是近水楼台先得月。"

俞熹禾忍俊不禁，刚要说些什么，从后方传来略微冷淡的一声："要多久？"她转身看过去，就见程煜站在不远处的门口，西装裤熨帖地包裹着他修长的腿，表情有些清冷。

他对面的工作人员回答道："大概两个小时。"

整个讲座最核心的人物是他，作为投资方，他也需要上台发言，虽然只有短短的几分钟，但他年轻有为，气质出众，一上台就引起了全场的关注。

俞熹禾因为要协助主讲人，所以坐在第一排播放PPT，第二排坐的是校领导，程煜也坐在这排。让俞熹禾始料不及的是，程煜在几分钟的简单发言结束后，并没有回到他原先的座位，而是坐在了俞熹禾身边的空位上。

俞熹禾原先并没有注意，直到讲台上的设备突然出了点意外，她要上去检查时，才发现被程煜挡住了出口，她礼貌地问："程先生，能不能麻烦你让一下？"

程煜起身站到了过道上，连排的座位挨得有些紧，俞熹禾心急，没有注意到桌下横出的障碍物，被绊得一个趔趄，程煜伸手扶了一下她的手，她才稳住。

坐在后边的师生大多没有注意到这一幕。

程煜松开手后，声音很低地说了句："别摔了。"

讲座结束后，学生离开了阶梯教室，俞熹禾和几个师兄一起留下来整理讲台和资料。

等他们整理完后，已到了午饭时间，校领导请程煜吃饭，让他们随行。到达高档饭店的时候，外面刚好下起了小雨，温度一下降下去。

饭店包房里摆了两张圆桌，俞熹禾坐在靠墙的位置，面前的玻璃杯里是清澈冷饮。她觉得无聊，借口有事，出去了一趟。正巧陈幸在这时候给她打来电话。

俞熹禾刚刚说完自己在饭店，就听见了身后传来细微的声响，她转过身就看见了程煜。

在饭店过道上，他眉目很淡，也不言语，就这么站在那里。从俞熹禾这个角度看过来，他刚好被笼在过道白炽灯的光晕下。

俞熹禾和陈幸说了一句"有事"后，就挂了电话，抬眸看向走到了跟前的他，轻声问了一句："程先生有事找我吗？"

程煜什么都没有说，仿佛只是路过，比起一个小时前他在讲台上的冷淡从容，现在他眉宇间像是染了倦意。

他不回答，俞熹禾也不好多问。她并不知道，她离开后程煜直直看向了过道尽头的青年。陈幸和程煜几乎是同时出现的，但俞熹禾只注意到后者。他看见俞熹禾转身，看见她看向另一个男人，然后挂断了电话。

"离她远一点。"他声线冷冽。

与程煜清俊沉稳的姿态不同，他眉眼精致，可略微挑眉，便徒生寒意。

程煜看到了他腕间与俞熹禾手腕上那块相似的腕表，梵克雅宝的星空与午夜蓝。

原来……这就是俞熹禾喜欢的那个人？

程煜收回了视线，转身走回了包房。

从头到尾，他们之间的交流只有那一句，但程煜清楚，总有一天俞熹禾会来到他身边，只是时间迟早问题。

俞熹禾从饭店回校后在图书馆看了一下午的外文文献，回到公寓时才知道公寓楼停电了。

阳台的落地玻璃门开着，屋内落进城市的流光与月色。

陈幸就在沙发上斜倚着。她在玄关脱了鞋，刚走进客厅，原本趴在沙发上的布偶猫就跳了下来，喵喵叫着朝她走来。

俞熹禾蹲下来摸了好一会儿的猫，察觉到气氛安静得有些过分，一抬头就与沙发上的陈幸对上了视线。

他的目光很淡，仿佛落了一点微凉的夜色。

俞熹禾觉得他有些不对劲，放下布偶朝他走过去，刚靠近就被扣住了手腕带入他怀里。她的背贴着陈幸的胸膛，陈幸把下巴压在了她的肩上，她下意识地叫了一声他的名字："陈幸……"

"嗯？"声音像是从喉咙慢慢滑出来的，带着宠溺，微微低哑，性感又撩人。

他的呼吸就落在她脸颊边，有些灼热。俞熹禾碰了碰他的手，掌心也是热的。于是她在他怀里侧过身，不放心地伸手探了一下他的额头，有些烫。

"你是不是发烧了？"

不等陈幸回答，俞熹禾从他怀里挣出来，语气不自觉地懊恼起来："可能是睡沙发着凉了，你现在先去床上休息。"

可能她自己也没有注意到，每次她自责的时候都会微微咬唇，咬得唇色殷红诱人。陈幸倚在沙发上看了她好一会儿，才慢悠悠地问了句："你呢？"

"我睡沙发上。"

他就坐在落地玻璃门前的沙发上，冷风徐徐吹进来，俞熹禾担心他会烧得更厉害，拉着他往她的卧室里走。让陈幸靠坐在床头后，俞熹禾还很认真地给他拉上了被子。卧室里的光线比客厅暗一点，虽有外面的光线漏进来，仍是朦朦胧胧。

她转身要出去找药时，忽然有一股力量扣住了她手腕，往后一拉，俞熹禾便跌到身后那人的身上。

俞熹禾吓了一跳，还来不及说什么，就听见陈幸带着一点含糊笑意说了句："我怎么舍得你睡在沙发上？"

他呼吸炙热，嗓音低哑有磁性，俞熹禾感觉自己的腰好像软了一下。

"陈幸！你在发烧……"

俞熹禾从来都不知道，陈幸生起病来，原来是会黏人的。他把她往怀里搂，像撒娇的布偶猫，有一点……可爱。

陈幸做出一副无辜又可怜的模样歪了下头，微敛着眼眸，他的眉眼十分出众，染着一点不甚明晰的笑意。

山是眉峰聚，水是烟波横。

"我想要你陪着我。"

俞熹禾从刚刚跌到他身上开始，心就跳得飞快，现在更是彻底乱了节奏。她在他怀里无措得不知道该回应些什么，明明先表白的是她，现在却被他反撩了。

陈幸微微弯腰，指尖滑到她的耳后，最后抬起她的脸，认真地凝视着。

最后，陈幸在她发间很轻地落下一吻。

"睡吧，晚安。"

他想起中午在那个饭店里，他看见了俞熹禾，而她刚好转身看向了另一个人。

陈幸自然懂得那人看她时的目光代表了什么，和他相同，是喜欢。

而某人也没有说，他之所以会低烧，是因为在下午洗了个冷水澡，又吹了很久的冷风。

有意地，预谋地，想要拥抱一个人。

俞熹禾从小就认识陈幸，到现在刚好二十二年。但他们之间并不是一直都有联系，除了初中她去外省读书的那三年，他们还有一段时间是毫无交流的，是在大二的暑假。

海市盛夏燥热，暑假也放得早，从放假的第一天开始，俞熹禾就和陈幸失去了联系。那时候，俞熹禾以为是陈幸察觉到自己对他的喜欢，从而有意回避，所以两个月都没有联系过自己。

他只是不喜欢自己。

她这么想。

那个暑假，她去了另一个城市参加化工实验竞赛。进行最后一轮实验时，她隔壁的实验组因错误操作引爆了危险试剂，她距离太近，玻璃器具炸裂时，飞溅的碎片直接刮蹭掉了她左手手臂的一大片皮肤，一时间血流不止，不得不放弃比赛。

她被评分组的老师送去防治院，车上处理不了大面积的伤口，老师不停地询问她的状况，她都没有时间害怕。最后在防治院处理伤口时，她带在身上的手机突然响了。

因为在处理伤口，她不方便接电话，到后面她就忘记了这件事。

她手臂上的止血棉换了一次又一次，在一旁陪同的老师都看得心惊肉跳，但她只是抿着唇，没喊一句疼。在医院里花费了好长时间，俞熹禾婉拒了老师还要陪她的好意，自己一个人回了入住的酒店，没想到在酒店的一楼大厅里与陈幸撞了个正着。

下午大部分时间都在医院和车上度过，俞熹禾有些疲惫，走路时不觉走了神，以至于陈幸走到她跟前时，她才回过神来。

"怎么受的伤？"

前一刻，他在大厅等她的时候还是冷戾的，想抓住她，狠狠教训她一顿，让她跑这么远，让她不接电话，让她没有好好照顾自己……可见到她时，只剩下心疼。

这是他的小朋友呀，小心爱护着、纵容着的那个人。那年，他在高中校门口重遇她，只是一刹那，心便软成湖水。

陈幸知道自己完了，栽在俞熹禾身上，他一辈子也爬不起来。

俞熹禾还有些懵，将近两个月没有联系的陈幸突然出现在她的面前，她差点以为自己出现了幻觉，慢了半拍才回："实验出了点意外，没事的。"还好她受伤的不是右手，不会影响之后做实验，还能继续从事自己热爱的事业。

陈幸的眉头微微拢起："以后不准不接我的电话。"

俞熹禾这才反应过来，原来那个电话是陈幸打来的。她解释："那时候在处理伤口，不是有意不接的。"

陈幸想问她是不是很疼，话到嘴边却止住了。

怎么可能不疼？他都疼得要命了。

他感受着来自胸腔的钝痛，良久之后才开口："不管什么时候，不管我在哪里，只要你想见我，不远万里，我都会来到你身边。"

隔天是周末，俞熹禾睁眼醒来时已经过了九点，她看见陈幸靠着床头正在看文件，而她正半依偎在他身边，陈幸的衣角被她无意识地攥在手里。

见她醒了，陈幸放下文件伸手抱过她，宠溺道："醒了？"

俞熹禾很少会睡这么沉，现在还有些迷糊，呆呆地"嗯"了一声后，问了句："你的烧退了吗？"

她声音又娇又软。

陈幸忍耐地看了她一会儿，声色微微沙哑："退了。"

随后他下床去准备早餐。

陈幸离开房间后，俞熹禾一个人坐在床头，慢慢清醒过来，想起昨晚做的那个梦。

她后来才知道陈幸暑假去了欧洲，竞赛那天他刚好回国，下了飞机就给俞熹禾打了电话，她没有接，他就直接联系了 S 大校方，然后一刻不停地赶到她入住的酒店。

那时候他没有提自己去了哪里，俞熹禾也没有问。

陈幸在她的生命里占据了太长的一段时光。那年他们在高中校门口重遇，他穿着干净的蓝白校服站在人群里，鲜明地落入她的眼中。少年美好，岁月温柔。

夏日慵倦，蝉鸣声停歇在绿枝梢上。

那时候她刚入校不久，只认识陈幸，也最亲近他。校内没几个人知道他们是青梅竹马的关系。陈幸每天下晚自习后都会在教室后门等她，他身高腿长，每每都能引来众多女生的瞩目。

有一次，有个女生犹豫着想上前搭讪，陈幸没有注意到她，拉过俞熹禾的手腕就要下楼梯，那个女生一时间乱了方寸，上前就是一句："你们早恋——"

他停下脚步回过身，走廊灯光明亮，他眸光却很冷，微挑嘴角道："没有人告诉你话不能乱讲吗？"

少年脸上笼着白光，仿佛是春色里最后的冷冽。

俞熹禾的心跳忽然就乱了起来。

胸腔里像是灌入了清甜的汽水，有数不清的气泡滋滋滋地往上冒。

下午，俞熹禾在实验室里等待离心机工作结束，实验台对面的男生接了个电话，脸色突然难看起来，挂断电话就急着往外走。

当时实验室里就三个人，另一个女生怯怯地问了一句："怎么了？"

"体育场那边有人闹事。"

他赶时间，说话时连头都没有回。

俞熹禾突然想起体育场那边有院际篮球比赛，林桃也参加了。她不放心，也跟着一起去了体育场。

此时，体育场已经乱成了一团，两个学院的队员打起了群架。

起因是化学院和管理学院的篮球比赛中，来自管理学院的裁判接连吹了几次黑哨，化学院这边群情爆发，开始只是争论，到后面就动起了手。

俞熹禾赶到的时候，两队人马刚被场上其他同学分开，彼此僵持着，一触即发。林桃一脸不悦地站在化学院的阵营前，心情糟糕得恨不得再动一次手。

俞熹禾才听完事件的起因经过，那边又高声吵了起来。

管理学院的学生不停地冷嘲热讽，从球赛直接引火到了整个化学院。林桃听得火冒三丈，刚想撸起袖子教对面的人好好说话，余光就看见俞熹禾穿着实验服走过来了，顿时愣了。

这个时候，不知道是谁说了句："学校的督察队来了。"

俞熹禾闻声看过去，看见体育场入口进来一行人，穿着督察队的队服，只是在他们身后还跟着几个西装革履的人，程煜就在其中。大家早就听说，因为投资的事宜，这几天可能会有教育厅的人来校视察，只是没想到会是今天。

好在刚刚他们没有真正动手。

程煜往她这边看了一眼，低声和身边的人交谈了几句，那些领导人就坐上了观众席。

有校领导在场，两个学院闹得再怎么僵，也得硬着头皮将比赛进行下去。

裁判换人，出乎所有人意料的是，在接下来的篮球赛中，管理学院的人仗着有教育厅的人和校领导在场，以为化学院的人不敢动手，竟在比赛中下起了绊子。

当球场上化学院这方的队员被重重撞翻在地时，场面倏然又乱了起来。

观众不知道发生了什么，只看见是化学院这边的人先动的手。

教育厅的人和校领导就坐在前排，场内起了冲突，即使很快就平息下来，各个领导的脸色还是很不好看，一个校领导更是当场发了火，把动手的那几个人全都叫到了一边训话。

俞熹禾不安起来，起身就要往球场上走，程煜叫住了她。他是那一行人中唯一一个没有穿西装的，他穿着纯色衬衫，袖口反折。

俞熹禾停住，疑惑地看着他。

但他只是说："你在这里待着。"

俞熹禾皱着眉看着这个人，他走到场上，不知道和那个怒意正盛的领导交谈了些什么，对方的脸色渐渐缓和下来。

她的心情顿时复杂起来。

有很多事物初看美好，实则危险，好比夹竹桃。

所以，程煜帮她，总不可能是毫无缘由的。

林桃感慨了一句："有钱人就是有钱人，年轻有为啊，是我新的榜样标杆了。"

俞熹禾笑了笑。

林桃上回这么说的时候，标杆还是陈幸。

但陈幸和程煜到底是不同的。俞熹禾坐在观众席的第一排看着程煜朝她走来时，不知道怎么的，脑海里忽然冒出这么一句。

"没闹出什么大事，校领导只是教育一下，还不至于留下处分，你不用担心。"程煜说。

俞熹禾认认真真地向他道谢。

林桃认识的人刚才动了手，她现在要过去狠狠地骂人——因为他们一时冲动，差点惹出大麻烦。要是在教育厅领导面前留下恶劣的印象，那就是给学校抹了黑，不只是这些动手的同学会被警告处分，连整个化学院都会跟着丢脸。但话说回来，当时那种情况，连她都有些冲动，大家只是气不过，也不甘心，所以才忍耐不了。

看着俞熹禾礼貌地跟自己道谢，程煜忍不住笑了。他很早就独自经营起自己的公司，根基主要在美国，人们都恭恭敬敬叫他程少。他没想到有一天他会为了一个人特意来中国，而现在，那人还在温和客气地叫他程先生，连道谢也是如此疏离。即使他才也才毕业三年，只比她大了五岁。

程先生？从来没有哪个女孩叫他名字时，他会如此期待。

"你不用跟我道谢，怎么处理都是你们校领导决定的。"他笑了笑，继续道，"如果你一定要答谢，不如待会儿请我吃个饭？"

俞熹禾站在观众席第一排的台阶上，但和他的身高还是有一点差距，此刻她微微弯着漂亮的眼睛，应道："好啊，你有想去的地方吗？"

她的眉眼温柔，笑起时一双桃花眼弯成了月牙，程煜心中一动，争夺欲增强几分。他随便说了一个学校附近的餐厅。

等待上菜的时候，程煜问了一句："我一直都很好奇，你为什么会有押下八十万筹码的底气？"

俞熹禾坐在餐椅上，指尖在膝上的手机边角摩擦，刚刚陈幸在微信上给他发来一个表情包——他们养的那只布偶猫躲在盆栽后面只露出一只耳朵，配字是"我要露出一点马脚，你才知道我喜欢你。"

他怎么能这么可爱？

俞熹禾忍不住弯唇笑了，以至于在回答程煜这个问题时也收敛不住眼里的喜欢："底气吗？大概是因为很喜欢一个人，八十万的筹码与他相比，我会更想得到他。"

程煜迎上她满是欢愉的眼，握住红酒杯的手指一紧，关节隐隐泛白。

"是陈幸？"他松开手，仿佛是随意地这么一提，"之前在体育场，我听到有人提起你和他。"

"嗯。"她没有反驳，也没有要隐瞒的意思。

程煜不再开口，过了一会儿，俞熹禾问他："你要在 S 大待很长时间吗？你的产业主要是在美国吧？"

程煜淡淡地回答道："如果情况允许，我会把重心迁往中国。"从美国到这里好几千公里，程煜并不是没有做过在这边发展新事业的设想。

吃完饭后，程煜要付款，俞熹禾原本想拒绝，他笑着说："你还是学生，而且在美国我赢了你八十万筹码，本该我请你吃一顿饭。"

温柔又强势，俞熹禾想不出话来反驳他。

他在那次化学院讲座上只讲了几分钟，却因俊朗的面容和卓越的风度而惹人注目。

俞熹禾是学生代表，又是导师最喜欢的学生，程煜与化学院领导见面的大多数场合里，她都在场。

从三月到六月，俞熹禾和他见面的次数多得她都记不清了。

五月中旬，陆谨言的画展开展，俞熹禾去看过一次，不过不是和陈幸，而是和程煜一起。

那天她跟着导师一起去同省另一所大学参加学术讲座，此次学术项目由程煜提供科研经费，所以他也在场。一共有三个教授上台介绍自己的科研成果，其中一个姓梁的教授上台发言时提到了自己的一篇论文，说是马上就要发表在国家级的期刊杂志上。他放出了其中几页论文，台下的俞熹禾看到投影屏上的内容时怔了片刻。

她在一个师姐那里看过一篇论文，内容和投影屏上显示的几乎完全一致。师姐忙到头晕时，俞熹禾还帮她改过论文上的一个小错误，而现在，她看到她修改过的内容一字未变地出现在投影屏上。

师姐那时候告诉她，她马上就要研究生毕业，花了大半年的时间写毕业论文，如果能得到机会发表，就有资格申请去国外的大学读博了。

台上的梁教授神情骄傲地提到这篇论文他是怎么写的，成果有多来之不易。

俞熹禾想起师姐提起希望收到国外名校的录取通知时的笑容，手猛地颤了一下。

俞熹禾不是没有听说过个别教授的学术报告作假，抄袭数据，甚至剽窃手下学生的成果……但那些都是发生在别的学校。俞熹禾和台上做学术报告的梁教授接触不多，偶尔去那个师姐工作的实验室时，都只看到她一个人忙忙碌碌的身影。

俞熹禾听说，她为了做研究，常常通宵待在实验室里，她是真的很热爱科研。

很多像她一样的人，明明知道科研这条路有可能走到底也得不到回报，仍满腔热情地投身其中，无怨无悔地奉献时间与生命，却没有想到会被剽窃成果，被难堪，被辜负。

梁教授的学术报告结束的时候，底下的学生纷纷鼓掌，均是一脸的崇拜。

俞熹禾在学术报告厅里待不下去，给她的导师发了条短信后就离开了。她一走出报告厅就立马打了个电话给那个师姐。打了三四次，最后一次响了很久，电话才被接通。俞熹禾还没来得及开口，就听到一阵哭声，断断续续的，那边好不容易平复下来后，只问了一句："你是去听了梁杭的学术报告吗？"

梁杭就是那个教授的名字。

俞熹禾沉默了，所有想说的话都生生咽了回去。

师姐什么都知道。梁杭压她一头，师姐如果想要毕业，还要经过他的同意，如果想要在学术圈继续待下去，还要靠导师的推荐……就算知道了，也无能为力。

在挂断电话前，师姐说："熹禾，从事科研没我们想的那么简单，我要放弃了。"她苦读十数年,最后却要选择放弃,所有的艰辛都白白经历了,热爱转瞬变成厌弃。

俞熹禾说不出挽留的话,挂断电话后,她收起手机转身就要离开,脚步一顿,停在了原地。她看到程煜就站在她身后几步远的地方,不知道来了多久,又听到了什么。

他只问:"要离开这里吗?我带你走。"

那一瞬间,俞熹禾看见落在他发梢上的阳光,呈现出另一种温柔来。前不久她还在这个人面前说她的学校注重学术研究,慎思笃行,学术报告厅里的那一幕却生生给了她一个巴掌。

光是听见给梁杭的掌声都让俞熹禾感到讽刺,但她毫无办法。没有证据,举报也不会有结果,梁杭在学术圈的地位并不比 S 大化学院其他教授低。

程煜看她失望茫然的模样,眉头紧皱。

美国学术圈也常爆出学术不端的行为,他原本对这些漠不关心。

她不该露出这样失望、难过的神情,即使对他冷淡疏离,都比这种样子要好。

程煜上前很轻地摸了一下她的头,重复了一遍那句话,嗓音温润,像是在安慰:"要离开这里吗?"

俞熹禾这才慢慢回过神来,点了点头,和程煜提前离开了这所大学。

在回去的路上,程煜的车出了些意外,熄火后再也发动不了。

程煜联系了保险公司来拖车,而他的下属驾车赶来接他们,最快也要一个小时。

附近刚好就是陆谨言的美术馆,俞熹禾于是和程煜去看了画展。陆谨言的美术馆离市中心很远,又是临湖而建,风景很好。

在美术馆一楼的展厅里,程煜看到了那幅油画——

她在一片火红的晚霞中回眸，映衬着温软的幽蓝湖光，十分漂亮。

程煜没有问俞熹禾和这个美术馆馆主的关系，俞熹禾心情不太好，并未留意他的神情。她没有想到，程煜后来将这幅画以重金买下，又在远离中国的大洋彼岸，把这幅油画送给了她。她那时仍处在发现梁教授剽窃论文的震惊中，从未想到，今后她的人生会有如此大的变数。

当她在陌生的国度，在一条陌生街道上，再见到那幅画的时候，沉默了许久，最后问出一句："程煜，为什么呢？"

他只是说："你这么聪明，不妨猜猜我想要的是什么。"

俞熹禾回校后找了一趟师姐，这才知道梁杭抄袭学生论文的行为并不是第一次了，有时候还会把学生论文的第一作者改成自己。他带领的研究生都不敢怒，不敢言。

俞熹禾考虑过要不要检举梁杭，可她既不是梁杭的学生，不是当事人，没有发言权，又没有证据。梁杭在学术圈混了这么多年，在S大表面名望很高，确实有一定的科研能力，也不会给自己留下把柄，至少在其他科研教职人员和其他学生眼里，这位梁教授是很和善的。

俞熹禾难得有些浮躁，在下车时额头还磕到了车门框上，程煜从另一边车门绕过来，下意识地抬手去揉她的额头："你原来这么迷糊的吗？"

只不过他还没碰到，俞熹禾就捂着额头微微退了一步，摇摇头说："没事的。"

就是有点丢脸……

她揉了揉额头，有些奇怪地想，他是不是对自己过于特别了一点？但又或者，只是他在美国习惯了这样待人？

程煜微微眯了一下眼睛，收回了手，并不介意她有意地保持距离。

如果有了喜欢的人，还与其他异性过于亲近，那才奇怪。况且她并不是很容易就与人亲近的性格。

程煜倚靠在车身边，目光落在和他告别后径直走向实验大楼的俞熹禾的背影上，很轻地弯了一下嘴唇。

我在意你，自然会把你当作掌上明珠，想要亲近。相反，如果你对我而言只是外人，我与你生分就只是下意识的举动，怪不得谁。

这些程煜不是不明白。

只不过拉斯维加斯的程少想要得到一个人时，方法与手段实在太多了。

充当司机的下属站在一旁，静默许久后，道："程少，美国那边有一个视频会议在等着您。"

程煜抬手扯松了领带，转身坐回了车内，冷淡道："回酒店。"

他在拉斯维加斯的灰色地带有着属于自己的产业，俞熹禾不知道的是，那天在赌场上她连连赢得了巨额筹码的同时，也有不法之徒盯上了她。

程煜在下楼的过程中，无意听见了只言片语。

谈话是两个本地佬。

"漂亮的东方玉娃娃，还没尝过是什么滋味。"

"待会儿有机会亲身实践下不就知道了？"

紧接着是一阵粗鲁的哑笑。

在这里，有些事情本就见怪不怪。但鬼使神差的，程煜停了下来，吩咐下属，要保证场内每位客人的安全。

她连赢几局，无疑是赌场上的焦点。

再然后，他走下楼梯见到了她——温软漂亮，宛如玫瑰。

下属在他身旁解释，说这就是那个在赢了数十万筹码的人。他心思浮动，更改了说辞："保护好她。"

那一瞬间，他希望在拉斯维加斯这座美丽的城市里，所有负面的、黑暗的事物，都与她无关。

俞熹禾临近毕业，在准备六月底毕业答辩的这段时间，一天中有十五个小时都花在了实验室与导师的办公室里。

她重新遇见许染就是在这时候。

许染和她是同一个高中的，更准确地说，许染是陈幸高中时期的同桌。俞熹禾和陈幸走得近，所以才会认识她。当时就有人提过许染和俞熹禾有些像，不同的是前者明艳得恣意张扬，俞熹禾则和她截然相反。

俞熹禾是在市区商业街的一家餐厅见到她的，S大导师与海市化学科技的研究人员在这里见面，化学院的很多优秀学生都在场，一是为了推荐人才，二是为了进一步交流当前国内的化学科研成果。

俞熹禾中途离开了一下，在过道上见到了许染。当时，她正在打电话，并没有注意到俞熹禾。

她一身白衬衫与黑长裤，长发波浪般落在肩上，低头勾唇浅笑时分外迷人。在高中时期，许染就明艳漂亮，高考毕业后她直接去了欧洲留学。俞熹禾和她并没有过多接触，她去欧洲后就没有联系过了。

因为对方在打电话，俞熹禾没有上前打扰。她整理完一份数据发给林桃后，准备回去时，在用餐区的另一边又见到了许染。

这是家半日式风格的餐厅，环境安静，餐桌间都有屏风隔断，上面绣有樱花与蓝白海浪。

"我那时候就随便说了一句，你还真去当了模特？"

"你在欧洲的那两个月，谢谢你的照顾，如果不是你，我都不知道要怎么从那里出来。"

俞熹禾刚巧路过，无意听到这几句，鬼使神差地停下来往声源处看了一眼——坐在许染对面的是陈幸。

俞熹禾回来落座后走了几次神，身旁的研究生师姐关心地问了一句："不舒服吗？"

她将不知道拿了多久的玻璃杯放下，摇了一下头，然后微微侧过脸看向餐厅玻璃墙外。

外面是大片繁茂的枝叶，衬托出商业街的繁华与热闹。这条商业街是 AK 名下的产业，也属于陈幸。

明明刻意压制，却还是忍不住想到他，脑海里不自觉就浮现出他坐在许染对面时的样子。

你还真去当了模特……你在欧洲的那两个月……

俞熹禾抿了抿嘴唇，思绪顿时乱了起来。

俞熹禾想起的，还有刚才谈起投资时他们言语默契的样子，似乎只需要听一个开头，就能明白对方想说的是什么。

原来陈远年那时候在机场跟她说的"他会告诉你的"是这个意思。他知道陈幸为什么进入模特圈，知道他为了谁，但是考虑到她的感受，选择了隐瞒。

陈幸去欧洲的次数不多，大二暑假时，他在欧洲待了快两个月。原来那时候他是和许染在一起吗？

那时候俞熹禾想的是，等她毕业答辩结束后再问陈幸，不管答案是什么，她都会接受。

如果不能和陈幸在一起，也没有关系，科研这条路，她会继续走下去，一辈子都要认认真真地做科学研究……后来她才知道，这也太难了。

转眼就到了六月，俞熹禾到达毕业答辩教室时是下午，答辩顺序按抽签情况来，她抽到的序号靠后，也就等了一会儿。

轮到她时是下午四点多，她准备充分，又是 S 大化学院公认的学术能力出众的本科生代表，底下答辩评分组的老师也都认识她。即使一时紧张出了错，也是无关紧要的，更何况她行事一向冷静自持，在这种场合犯错的概率几乎为零。

但意外就是发生了。

评分组老师拿到她答辩论文的复印件时，脸色从期待与欣赏渐渐变成了难以置信。一开始还没有哪个老师开口提出质疑，直到答辩结束，俞熹禾礼貌鞠躬并致谢后，一个科研老师才开口说道："俞同学你先等等，出了点状况，我们需要梁杭老师来确认一下。"

同时被联系的，还有俞熹禾的导师。

评分组的老师神色异样，私下交流时看向她都表露出一种不敢相信的神情。

因为发生意外，排在后面的学生全都更改了答辩地点，去了隔壁的备用教室答辩。

梁杭和俞熹禾的导师几乎在同一时间赶到这里。

俞熹禾坐在一旁等了一会儿，她不清楚发生了什么，唯一确定的就是自己的答辩论文不会有问题。

梁杭一到教室就有老师走上前去，俞熹禾清清楚楚地听到那位老师严肃地问了句："梁老师，你看看这份参加答辩的论文，是不是和你两周前在本校学术报告厅做汇报的那份有些相似？这中间是不是有什么误会？"

俞熹禾顿时僵住，凉意忽然从脚底蹿了上来，瞬间就全身冰凉。

她的一句"不可能"还没有说出口，就见梁杭拿着她的答辩论文翻动了几页，紧皱着眉头道："相似度是有些高……这是谁的报告？"他抬头，正面迎上了俞熹禾的视线，自己也明显意外了一下。

刚刚评分组的老师私下就在讨论，甚至致电了好几个教授。两周前梁杭在本校的学术报告厅做过一场报告，并且立了项，那份报告的内容与俞熹禾的这份答辩论文在开头几页相似度出奇地高。

才过去两周，评分组的老师对梁杭的那份报告还记忆犹新，学生毕业答辩时又递上一份相似的论文，想不产生怀疑都难。

俞熹禾从椅子上起身的动作太快，差点站不稳，突然发生这种事情，她的太阳穴开始突突地疼了起来。

相似？她的答辩论文和梁杭的报告相似？怎么可能！！

可偏偏这时候，梁杭像是默认般地坐实了评分组老师们的疑惑，语气沉稳但又有些不自然地说道："俞同学是受我报告影响太大，才做出这种事，回去修改修改，延迟毕业吧。"

"这件事还没通过学院审查，尚无定论，梁教授这样未免太武断了。"俞熹禾的导师最先出声反驳，"熹禾对待学术的严谨认真，是我看在眼里的，我相信她不会犯这样严重的错误。"

其实如果只是这样，还没有什么大问题，论文抄袭引述，最多退回重写，再延迟毕业，但糟糕的是，这天刚好有学术委员会的人在场，并且有很看重俞熹禾的学术圈大牛过来旁听。

那个很看重俞熹禾的已退休的老教授反复翻动俞熹禾的纸质论文，反复对比，表情渐渐不好了。

在这一瞬间，俞熹禾猛地被推向了风口浪尖。就连她一向尊敬的导师都被指责说是偏袒学生，罔顾学术不端的行为。

俞熹禾猛地想起，自己的报告是经过模拟答辩的。她不知道梁杭怎么知道自己的论文内容，但至少那场她与导师的模拟答辩在梁杭立项之前。只是在这种情况下，不论她的导师说什么，只要没有证据，都会被说成是偏袒。

她浑身泛起凉意，好不容易稳住了心神，从头到尾快速地把思路理了一遍后，稳住声音说道："我没有抄袭，更不会抄袭本校化学院老师的论文。我的论文在四月份就进行过模拟答辩，除了我的导师，当时旁听答辩的吴老师也可以为我证明，并且我保留有和导师邮件来往的记录。"

梁杭似乎是紧张了一下，刚要说些什么，俞熹禾头一次很强硬地打断了他的话，她神情冰冷地站在众多老师复杂的目光下，一字一句地道："我不可能抄袭，希望梁老师你也能对此作出说明。"

俞熹禾一直都有保留来往邮件的习惯，但她没想到，她用自己笔记本登录上邮箱时却发现里面的邮件被清空得一干二净。如果说先前她还算足够冷静，现在心蓦然沉了下去，开始慌了起来。

导师已经走了过来，就站在她身后，也看到了她一干二净的邮箱，面色难看，一时之间也说不出话。导师的学生太多，平日里邮件数量就多不胜数，而她有定期删除邮件的习惯……完全是因为没有想到会有今天这一幕。

导师已然意识到不对劲，却还是拍了拍她冰冷的手，安慰道："有老师在，别慌。其他人都不知道事情真相，但老师明白。"她呼吸声很不平缓，出现这种情况，她内心是有些气愤的，但顾及到场合，还是稳住心神，看向在场的另一位老师："吴老师，你说，四月份那场模拟答辩的内容和今天有没有区别？"

之后整个事件的关键点就落到了那位吴老师身上，他刚好也在场，但是在面对其他老师的求证时，他只是很含糊地回答道："那场模拟答辩的具体内容我记不太清了，但和今天的论文报告好像还是有点不同的。"

这种模棱两可的话，无疑是表明了态度。

他没有解释，只是脸色异常难看，在场不知情的人都以为他是对俞熹禾产生了失望，不方便当场说出来而已，一时间都唏嘘不已。

俞熹禾呼吸一室，胸腔就像要爆炸一般。答辩论文被指抄袭，邮箱被清空，旁听模拟答辩的老师说出似是而非的话……这一桩桩，简直在把她往绝路上赶。俞熹禾的导师脾气一向温和，对待学生向来都是耐心又细致的，独独在这个时候发起了火，场面顿时难看了起来。

老师们窃窃私语，议论纷纷。

她很喜欢也很尊重的那位老教授很慢地叹了口气，看向她的眼神隐隐透着失望。

她热爱化学，不怕艰苦，愿意从事科研，而她的导师也告诉过她，走这条路一定要刻苦努力，要认真做学术，不能造假……但这个时候，旁听过那场模拟答辩的老师却站在了抄袭者的那一方，明明她模拟答辩时的论文与今天提交的这份没有任何差别。

而她的导师也被牵连，被扣上"偏私"的帽子。明明在学术这条路上，她严以律己，专注学问，竟也要受无端非议。

教务处的人也来了，在众人复杂的目光与议论声中，俞熹禾余光看到梁杭似乎是松了口气。

一个平日里与梁杭关系较好的教职人员同梁杭聊了几句，冷嘲热讽起来："现在有些学生还没有毕业，就想走歪门斜道，年纪轻轻，学术成果倒不少，还以为是后生可畏，原来是抄袭作假得来的。"

俞熹禾再冷静，再有分寸，在答辩论文被恶意陷害抄袭作假，并因此被人严厉指责的时候，也是会失控的。

那些看向她的目光，有的流露出难以置信，也有的像是锋利的尖刀，透出不满和失望。

一方是在学术圈早有成就的教授，一方是正要毕业的本科生，孰轻孰重，该相信谁，似乎都已经明朗了。

但她不甘心。

"抄袭作假？"俞熹禾看向那个教职人员，声音带着凉薄与嘲讽，"你恐怕说的不是我，而是梁杭。"之后，她上前收回了自己的论文报告，神情异常冷漠，眉目微敛，尽是凉意。

那个教职人员的脸顿时青了，正要发作时，身旁的梁杭板着脸出声道："俞同学，你现在真诚道歉并改过的话，还能有机会留在S大，还能有不错的前程。"

不错的前程？在S大？

俞熹禾慢慢调整呼吸，指尖陷入掌心。

学化学这么多年，她从来没有抱怨过一句有多苦，有多累，而此刻她的信仰几乎就要全盘崩塌。

俞熹禾突然理解了那个师姐说的话。

这条路没那么好走，每个人都有可能会被辜负。

梁杭说完那些话后，教室里沉默了许久，直到她忽然动了一下——那几份答辩论文的复印件被她从中撕了开来。

临到这种关头，俞熹禾忽然平静了下来，她向气白了脸的导师和场内唯一没有发过言，私下也拒绝了所有老师询问的那个老教授鞠了个躬。

她不知道发生这件事后，学术圈里会掀起多大的议论。大家可能会指责她学术不端，更严重点，可能会纷纷讨伐她，她会成为众矢之的，然后陷入最糟糕的境地。

一个短暂的鞠躬致礼后，俞熹禾直起身，在离开前说了最后一句："我拒绝讲和，过错方不在我。我会离开 S 大，而这件事一定会有个结果。"

她走出答辩教室，很轻地合上了门，那一刻她心中像是有什么崩塌下来，浑身冰凉。她不再是 S 大优秀本科生，学校光荣榜上，她的名字也会从此消失，而她——也不再是 S 大的学生。

在走出学校的路上，俞熹禾想了很多，脑海里乱成一团，直到坐上回公寓的车时，她才反应过来，那些论文复印件还被她攥在手里，此时已成了皱巴巴的垃圾。

她参加过数不清的科学竞赛，也曾遇到过各种各样的实验意外。从事科研如此辛苦，她本可以不选择这一条路的，从商或从政，无论选择什么，都比做科研来得轻松，也不会被这样辜负。

回到公寓后，俞熹禾喂了猫，等它睡着后，一个人在阳台的地板上坐了很久。盛夏夜半的风微醺，搅得她思绪越来越混乱，最后倏然清醒过来——她应该给陈幸打个电话的。

在参加答辩之前她就把手机关机收了起来，现在重新开机，屏幕上涌出无数未接来电与短信，有几个电话是她导师打来的，也有其他老师发来的短信。

剩下的俞熹禾没有再看，直接拨打了陈幸的电话。在等待接通的忙音里，她原本渐渐平静下来的心，又胡乱跳起来。

这通电话并没有被接通，手机里传来的只有温和平静的公式化女声：您好，你所拨打的电话暂时无法接通，请稍后再拨。

俞熹禾慌了神，下意识地想，陈幸是不是知道了今天毕业答辩上发生的事？是不是……也对她失望了？

很多事可一不可二，俞熹禾从来都不是那种第一次电话不通，还会紧接着拨打第二次的人，但今天似乎多的是例外。

在发生论文抄袭事件的数小时里，俞熹禾想倾诉的对象只有陈幸，但他或许是有事，第二通电话依旧在忙音里结束。

她就那样坐着，直至凌晨一两点。俞熹禾吹了太久的冷风，最后起身的那一瞬间小腿发麻，眼前只觉一片眩晕。

然后她想起过往时光里，陈幸对她说过的话——

"不管什么时候，不管我在哪里，只要你想见我，不远万里，我都会来到你身边。"

她的手机屏幕亮起，跳出了一条短信提示："熹禾，明天你有时间吗？老师想和你谈一谈。"

是那位旁听过她模拟答辩的吴老师。

翌日下午，俞熹禾去了一趟 S 大附近的咖啡馆。吴老师已经提前到了，在见到她的那一刻神情复杂。

俞熹禾很清楚，昨天在场其他人或许都不知道实情是怎样的，但他不可能不明白，现在单独约她出来，无非是为了劝说她。

谈话开头，老师避开了论文答辩的话题，问了一些别的无关紧要的事，似乎是觉得气氛可以了，才提到正事上："熹禾，昨天那件事还有余地。我和在场的老师们打过招呼，这件事尽量不外传，你也会顺利从 S 大毕业。可能就是最近一段时间里会有些闲话，但这些我会处理。之前在答辩会上……很抱歉，不过，我会帮你的。"

俞熹禾没有应答，实际上她一整晚没睡，精神状态有些不佳，只是没有表现出来。

老师看她安安静静的模样，胸腔闷得不行，又加了几句："我在 S 大从事研究工作数十年，熹禾，你是我见过的最优秀的学生。我和你的导师聊过，她名下研究生的名额一直给你留着，你想什么时候来都可以，你的导师会等你。"

S 大出现教授抄袭学生论文这样的事，传出去学校的名誉会受到很大的损害。在没有证据的情况下，事关学校的名誉，他不敢断言，所以答辩那天才没有坚定地站在俞熹禾这边。

比起整个 S 大在学术圈的声誉，一个还未毕业的学生显然要无足轻重得多。

俞熹禾想了一下，得不出答案。沉默半晌后，她才开口："老师，你热爱 S 大，我曾经也是。你选择了 S 大，维护梁杭老师，站在你出发点和立场上，你认为自己是对的。但是老师，我不一样。"

她停顿了一下，眉眼微垂，似乎有些疲倦，显得冷淡无比。

"我没有那么伟大的情怀去牺牲自己。"

她不会下象棋，却深谙弃车保帅的道理。如果她只是普普通通的一个学生，现在的场景恐怕不会是这样。她本来不想来见这位老师的，她又不是无欲无求，心如止水，面对这种"取舍"还是会气愤的，但她想问一句话。

"吴老师，我今天来见你就是想问，院方是不是对我的导师做了什么？为什么我联系不到她了？"

吴老师沉默了一下，终究还是实话实说："你被认定为抄袭，她作为你的导师，在没有证据的情况下极力维护你……昨天那种场合，学术委员会和院方领导都在，她需要接受调查。"被没收通讯工具，也就不足为奇了。

听到这句话的时候，俞熹禾握着陶瓷杯的手指猛地用力，泛出了冷白。

她本该是要一帆风顺的，没想到一路走过来，遇到这样的事。不仅如此，她还连累了对她一直照顾有加的导师。

除了最后的那一段谈话，这一次见面算是平静，俞熹禾不想多谈，借口还有事便终止了话题。离开前，她听到了一声饱含愧疚的"对不起"，像是错觉，只不过她并没有回头。

她也不知道，前一晚上，在化学院行政办公室里，自己的导师和梁杭爆发了一场激烈的争吵。导师把桌面上的一沓文件全都砸在了门框上："梁老师，你平日私下怎样，我都不会干涉！但俞熹禾是我的学生，你竟然把论文抄到了她头上？！"

梁杭也是一头冷汗。他哪里能想到，他只是借俞熹禾导师的电脑拷一些文献资料，哪里想到电脑上那个一直登录未退出的邮箱是俞熹禾的？他一时鬼迷心窍，把她的论文保存了下来，也删除掉了所有来往邮件的记录。她是化学院众多领导与教授都很器重的一个学生，他哪里敢将心思打到她身上？！他以为那只不过是一个普普通通的学生！

导师气得手都在颤抖，差点没扶稳一旁的桌子，只重复着一句："她是我最看重的学生！"

她自认治学严谨，从来没有做过任何不端的事，没有出过任何学术事故，却偏偏因为她的疏忽，让自己学生的论文被窃取，并害其冠上了"抄袭"的污名。如果俞熹禾离开S大，不再从事科研，她恐怕会内疚、不安一生。

可不论她说什么，梁杭都咬死不承认自己抄袭，或是看过俞熹禾的论文，只是摆着脸色，一味地说等学院审查。

随后上级的人过来，开始着手调查这件事。不可避免的，她也被叫了过去，没收通讯工具，以免和外界有串通联系的行为。

没有半点有利于俞熹禾的证据，在这种情形下，学院的审查结果会是什么，不言而喻。

什么是进退两难？这就是了。

同时导师也知道，那个孩子不会再回来了。

从咖啡馆离开后，俞熹禾在外面闲逛了很久，最后接到严嘉打来的一个电话，第一句就是问她人在哪里。

俞熹禾也没想到，学术圈外第一个知道她答辩出了状况的人是他。

很快，严嘉驱车赶到了这边。俞熹禾上了车，坐在副驾驶座时，都能看得出他脸色难看。

他问：“昨天你的答辩论文被指认抄袭？”

“你怎么会知道？”

严嘉一面开着车一面皱着眉郁气极重地说道：“那个梁杭在我这里拉了资金立项。”严嘉开了个制药公司，在海市医药圈里算是一家独大。

他前不久刚和梁杭签了合同，结果今天就得到消息，说S大昨天的毕业答辩上出现了一份论文，和梁杭立项的那份报告开头惊人地相似，助理告诉他“俞熹禾”这个名字时，他差点没反应过来——阿幸的心肝宝贝儿啊？

随即严嘉就意识到麻烦大了，从办公桌后站起，拎了外套就往外走，边走给手下打电话，让他们先终止和梁杭的合作。

这件事要是被陈幸知道，别说梁杭在学术圈不会再有立足之地，但凡与这件事有点关系的教职人员，都会受到影响。

他那样杀伐果断、手段狠厉的人，底线永远只有一条，那就是俞熹禾。只有这个人是不可与他谈判，不可触碰的。

严嘉心想，这件事可能没办法轻易解决。

俞熹禾一看到严嘉就想起了陈幸，于是问了句："陈幸最近是在忙吗？"

严嘉偏头看了她一眼，疑惑道："他和许染去了华尔街谈生意……你不知道吗？"

俞熹禾这才想起来，陈幸之前是有跟她提过的，他要去曼哈顿谈一单投资。著名的纽约证券交易所就在曼哈顿的，那里有着影响整个美国乃至全世界的金融市场和金融机构。

只是俞熹禾不知道，他原来是和许染一起去的。答辩前太忙，之后又发生了那样的事情，她差点忘记了这件事。

他和许染一起去了曼哈顿……

俞熹禾看向车窗外，很轻地眨了一下眼睛。发生了这样的事，她父母还不知道。在答辩教室里她没有示弱，老师跟她道歉时也没有感到委屈，严嘉说出那句话后，她忽然有了想落泪的冲动。

眼睛微酸，胀得难受。

许染懂投资，又身处资本市场，她是陈幸的同道中人，严嘉也是认识她的。

原来这个时候，陈幸是和许染在曼哈顿。

原来这个时候，陈幸真的不会出现在她身边。

俞熹禾按下了内心翻涌的酸涩，压制着有些急促的呼吸，生怕被身旁的严嘉察觉到异样。她已经没有精力去解答其他人的疑惑了，一个短暂的恍神后，她忽然庆幸那时候没有把自己和陈幸的关系告诉双方长辈，还好没有。

他为了许染进入模特圈，做他不喜欢的事。

他为了许染去了欧洲，回国后见她受伤，立刻心软，于是对她说："不管什么时候，不管我在哪里，只要你想见我，不远万里，我都会来到你身边。"

他们是青梅竹马，她和许染有几分相似，于是陈幸分她一点柔情再自然不过。

原来冥冥之中，她是有预感的。

车里太过安静，严嘉在等红灯的时候转头想问她要怎么处理这件事，却见她侧着脸看窗外，脸色冷得像块白玉。

似乎是察觉到了他的视线，俞熹禾转过头看向严嘉，问道："怎么了？"

绿灯亮了，严嘉重新发动车子，开口说道："你如果要找阿幸，可以发邮件，不过他这些天可能没什么时间去看消息。"

出乎严嘉意料的是，俞熹禾只是"嗯"了一声，就再也不肯多说。严嘉感觉有哪里不对劲，但他没深究，只是把这归结于答辩论文一事太糟心，俞熹禾又不像陈幸那样，有异于常人的处事作风，或多或少都会心烦的。

严嘉问她想怎么处理这件事，俞熹禾应道："梁杭发致歉声明，向所有被他抄袭的学生道歉，之后的，再说吧。"她其实知道，这些说得容易，但学术抄袭鉴定本就是件麻烦事，能不能找到梁杭学术不端的证据还得另谈。

这边俞熹禾还没来得及想太多，严嘉把她送回住处后，安慰地说了句："阿幸不在，这件事我会想办法处理，你照顾好自己。"

俞熹禾说了声"谢谢"。

可他们都没料到，严嘉终止了与梁杭的项目合作后，面对合作老师与手下学生的质疑，梁杭一怒，把俞熹禾推了出去。

他担心是答辩这件事影响了他的项目，就干脆一不做二不休，背着学院的管理层把俞熹禾抄袭论文这件事抖给了一个学术杂志的记者。

事情被曝光后，一时间海市学术圈众说纷纭。

俞父给她打电话，问她怎么回事。他一向对俞熹禾很严厉，但总归是疼爱她的。他就这么一个小姑娘，不论多大，在他眼中都是个小孩子，怎么能受这种委屈？

俞熹禾回俞家的当天，难得父母都在。俞母什么都没有提，只是问她饿不饿，是不是累了。俞熹禾摇摇头，跟母亲说了句"别担心"，就跟着父亲一起上了楼。

在书房里，俞父的脸色有些沉重。他为官多年，几乎没出过什么差错，对唯一的这个女儿虽然疼爱，但也是严厉，自然相信她不会做出学术造假这种事。

俞父问她有什么打算，还说他可以找人帮她调查这件事，之后她想继续从事科研，也是可以的。

俞熹禾犹豫了一下，坚定地说道："我出国吧，就这几天。我试试看能不能申请到国外的大学或者实验室。"

就算申请不到也没关系，眼下这种情况，她出国避开舆论，将后续影响降到最低，才是首要的。

俞熹禾微微仰头，看见父亲的鬓边已经染了浅浅的白色，心一颤，勉强露出一个笑容，"我会照顾好自己，你和妈妈别担心我。"

俞父见她已经做出决定，再舍不得，也只能答应下来："熹禾，爸爸和妈妈永远爱你。"

她从小到大都不需要他和她母亲操心，从当年乖软的小团子长成如今亭亭玉立的小姑娘，原来竟过去了这么多年。

俞熹禾只把自己要出国的事告诉了导师和林桃。

答辩一事发生，导师为她忙前忙后，可在梁杭的"作用"下，导师的行为全被当成了偏私。院校审查结束后，导师就给她回了电话，没有提自己被审查处分的事，只是说，老师一直都在，这件事老师会处理，让她别担心。但俞熹禾其实清楚，事成定局，至少在短时间里是很难翻盘的。导师不想让她伤心，把所有事都抗在了自己身上。

这一段时间她们的联系也很频繁，俞熹禾每次和导师联系的时候，都让她别这么忙碌了，没有必要了。可每次看到导师发的消息，那些安慰的言语都会她更加地难过。

走前俞熹禾特意见了导师一面，感谢她这几年的照顾，只可惜她们之间的师生缘不长，但她一直都会是自己的恩师。

俞熹禾和林桃电话联系时，林桃哭得气音都冒了出来。明明她都没解释过毕业论文的事，林桃却毫不犹豫地相信她。

"我会回来的，你别哭。"

在准备出国前，俞熹禾把那只布偶猫交给了林桃照顾。如果陈幸回国了，再交还给他吧。

走的那天，俞熹禾在林桃的陪伴下拉着行李箱走向候机大厅，身边都是行色匆匆的旅人，她安慰完林桃准备进去时，看见了从人群中向她走来的程煜。

几天前程煜就联系过她，有关答辩论文的事她提都没有提过，他却仿佛知道她的打算，只问了一句她要申请国外哪所大学，或许他可以帮忙，就当是那八十万筹码的报酬。

学术论文抄袭这么大的一件事，他不可能不会知道，但他不问不提，默认地把她放在了无过错的那一方。

明明眼前的这个男人与她相识才几个月，他们之间的私交甚少，不像她和林桃认识多年。机场大厅的光线明亮，地板折射着冷光，程煜就踏着一地的冷光向她走来，身形挺拔，容貌清隽，举手投足间尽显优雅与从容。

程煜走近俞熹禾，朝她伸出了手，修长而漂亮的手指展现在她面前，他很轻地弯了一下嘴角："你是要把行李给我，还是把你的手给我？"

俞熹禾犹豫了一下，还是把行李给了他。程煜告诉她，他已经联系好了美国费城的 P 大，入学手续他也让下属帮她办好了。

俞熹禾听到是 P 大时愣了一下，确认道："你确定？"

费城的 P 大有很高的科研水平，普通人是很难考进去的。

"嗯，也是我的母校。"程煜拉着她的行李箱准备过安检，转头看了她一眼。她跟在身后微微仰头时的样子温软又恬淡。他笑了一下，继续说道："我写了封推荐信给 P 大化学与生物分子工程系的罗教授，你的新导师回信表示很期待你的到来。" 虽然在电话里程煜就告诉过俞熹禾，帮她联系的大学在费城，但俞熹禾没想到会是 P 大，更没想到程煜会特意地为她写一份推荐信给他母校的教授。

他还说："你先别感谢我，如果你表现不好，我在罗教授的面前可是会很丢脸的。"

此时安检附近没什么人，程煜一手搭在她的行李箱拉杆上，半侧着身子看她，道："所以你要好好加油。"

他抬手很轻地摸了一下她的发顶，像是个邻家大哥哥，在夏日洒满阳光的午后，连笑都是干净又温和的，以至于俞熹禾没能拒绝他的亲近，甚至连一句道谢的话都很难说出口。

飞往美国费城的航班的头等舱上座率低，俞熹禾关掉手机的时候，程煜问："你是在等谁的电话吗？"

俞熹禾靠在椅背上，眉眼带着一抹疲色，神情却是淡漠的。她抬眸看着程煜，不明白他为什么会突然这么问。

她在期待陈幸或许会在这个时候给他回个消息，但是没有。她想起那时候，她跟程煜说的话："大概是因为很喜欢一个人，八十万的筹码与他相比，我会更想得到他。"

程煜大概是猜到了她在等谁的消息，于心不忍般告诉她："我有朋友两年前在欧洲地下拍卖场上见过陈幸，在那个场合，他救下过一个女孩……你很像她。"

语言的魅力就在这里。

程煜只用了短短几句话，却向她透露了很多信息。她像那个女孩。谁呢？大概只有许染吧。陈幸在欧洲的那两个月，他们彼此作伴，从前往后也未断过联系。在更早之前，陈幸还为了她进入模特圈，只为了她能看见自己。

俞熹禾只是垂下了眼睛，什么都没有说。

许染高考后出国去了欧洲，陈幸那年暑假瞒着所有人去那里，可能就是为了找她，只不过令人难过的是，他们的重逢，是在欧洲的地下拍卖场里。

可俞熹禾又想，程煜说的不一定就是真的。他怎么会知道这些？他又怎么会知道许染？

直到飞机起飞，轰鸣的气流声结束后，俞熹禾才问："你调查他？"

程煜没有接话，只是看着她。

他去过地下拍卖场，那种地方鱼龙混杂，所有危险与暴力都被粉饰在纸醉金迷下，很多正当的、不正当的手段他都用过。

但他没有告诉俞熹禾，他想调查的其实是另一个人，只是那个人的背景太干净，反而显出了异样。直到那个女孩的出现，他才转而查到了陈幸，他认为陈幸和那个人一定有关联。

那场地下拍卖会，隐私度极高，黄金直接作为货币，权色交易被摆上台面。如果不是程煜认识的人刚好是当年那场拍卖会的负责人，他也查不到这里来。而程煜只是避重就轻地说："熹禾，我只是替你感觉不值。"

毕竟那时候陈幸的确救下了一个女孩，只是那个人并不是许染，但也确实和俞熹禾惊人地相似。她就那么坐在台上，抬头胆怯地看着台下的人，长发柔软地垂落在雪白的肩上，桃花眼水一般地灵动，整个人宛如出水的精灵。

过了很久，俞熹禾才说："没有什么值得不值得，就像科研这条路一样，因为热爱，无所谓走下去时有多艰辛。"

她喜欢陈幸，就是抱着这样的心态，真诚，热烈。

飞机即将离开中国大陆，她坐在弦窗旁的座位上，柔软的云朵漫过来，差一点就能亲吻到她的脸颊。

程煜看着她，耐心等待她接下来的话。

她说："我喜欢一个人，即使知道和他可能不会有好的结局，但我也要走下去。如果不能和他在一起，我就把所有时间和精力放在科学研究上，专注学术。"

所以，没有什么值不值得的问题，即使遇到崎岖坎坷，她也还是要走下去的。

如果真的得不到最爱，那孤独终老也没什么不好。

俞熹禾决绝地想，她大概是要失去陈幸了——那个她喜欢的人，她想在一起的人。

这个人等同于她的科学研究，是她所钟情的。

此时的俞熹禾不知道，在她的航班起飞三个小时后，陈幸回国了。

♥ Chapter 03 有且仅有你

　　她看见了陈幸的那张脸。
近距离下，他浓密纤长的眼睫
微卷，泛着月光。
　　俞熹禾全身的血瞬间倒涌
了起来，心跳如擂鼓。

下飞机的时候俞熹禾有些头晕，也可能有其他的原因，她整个人都有些不舒服。

学校是程煜代为联系的，甚至连学生公寓也是他提前租下来的，离学校不算近，但交通很方便，可直接入住。

俞熹禾到公寓的时候是正午，在这之前她还没有就要在异国求学的清晰概念，直到程煜把公寓钥匙交给了她，同时交给她的还有一部新型号的手机，附带了当地的号码卡。

房租是三个月一付，但程煜一次性交清了一年的费用。

俞熹禾想，如果没有意外的话，她可能会在P大完成剩下的学业，待在这里一年，两年，三年，甚至更长，回国像是遥遥无期。

程煜问她："一个人收拾可以吗？"

"可以的。"俞熹禾拿回了自己的行李箱，很认真地感谢他，"待会儿我就把钱款转账给你，谢谢你的帮忙。"

程煜只很淡地笑了一下："这么生分吗？"他很随意地问道，仿佛只是玩笑，也不需要她作出回应，又说道，"如果有需要我的地方，你随时都可以找我。"

俞熹禾反应过来，问："你会留在费城？"

"我有生意在费城，要在这里待一段时间。"程煜解释道。

费城四季分明，现在正值闷热的夏日，日光漫过绿茵地。程煜看她时却没有半分浮躁，从始至终冷静有礼，不曾逾越，也未有半分的亲近。

费城的五光十色仿佛都与她无关，从中国来到这里，她也依旧是个局外人，不去亲近别人，也拒绝所有人的靠近。

当天晚上，俞熹禾在已经收拾好的公寓里失眠了。

公寓离市区不近，所以晚景是很好看的，俞熹禾靠坐在窗台前的时候，程煜给她的那部手机振动了一下，显示收到一条短信，发件人的号码她并不认识，但看内容应该是程煜发来的。

他说，如果可以的话，她下周三就可以去罗教授的实验室报到，入学流程他已经让人办好了。

俞熹禾还问了一些罗教授的实验室项目和情况。

在费城的第一个晚上，她在P大的网上图书馆把罗教授的文章都下载了下来，逐字逐句地看了一整夜。

全英文的文献，因为引用了一位德国学者的综述，也有部分德文内容。

俞熹禾查一些专业名词时，不知道怎么就走神想起了陈幸。他还是模特的时候去过德国，在那年的春夏国际时装展上穿过一件纯色的衬衫，走在黑色的展台上，数不清的光线落在他的发梢与肩侧，他就像是流动的星河。

在以严谨著称的德国，他禁欲冷淡的一面在那场时装秀上展露得淋漓尽致。他会德语，小舌音从喉咙滚出，音调低沉且性感。

这个时候，俞熹禾还不知道陈幸已经回国，也不知道，此时此刻他是不是和许染在一起。

在去实验室报到的前夕，俞熹禾也一并看完了P大化学与生物分子工程系的历史。两天前罗教授就联系上了她，几封邮件交流过后，他把学校教学楼的平面布局图也用附件发送了过来。

周三的早上，她打算查一下地址后自己乘车去P大实验室报到，她没想程煜会在楼下等她，并且看样子已经等了有一会儿了。

早晨风大，他靠在黑色轿车边，几乎每个晨跑路过的学生都会多看几眼这个容貌出色、气质清冽的男人。

他打招呼道："早上好。"

俞熹禾从楼梯上下来的时候，就注意到他戴了一副细框的眼镜，边框在日光下泛出很漂亮的金色。

隔着镜片，让人有点看不清他的情绪。

俞熹禾在他的面前停下，一时好奇，看了他一会儿。像是猜到俞熹禾在想些什么，程煜解释道："有一点近视，重要场合上会戴眼镜。"

俞熹禾"嗯"了一声，犹豫了一下，问："你是在等我吗？"

程煜拉开车门，示意让她上车，笑道："你去的是我的母校，于情于理，在你报到的第一天，我都该陪着你。"

俞熹禾说不出辩驳的话。

从某种角度来说，俞熹禾之所以会认识程煜，是因为那场研讨会，与他再有交集也是因为 S 大的缘故，事到如今，俞熹禾倒是不确定自己要怎么称呼程煜了。

程先生？还是直呼其名？

在驾车前去 P 大的路上，程煜同她讲起 P 大的文化背景，除此之外，他还介绍了一些俞熹禾的新导师的学术成就。

俞熹禾是了解过的，她将跟随学习的罗教授极其优秀，研究成果非常多，在科研学术方面上颇有建树。这样的导师怎么可能会连面试都不用，就收下了她？

过了几天她就明白了，除了她在国内的那些成绩外，还有另一个因素。

但是此刻俞熹禾并不知情，只是忽然想起了什么，问了程煜一句："你在 P 大主修的不是化学吧？"

他从事博彩业，在拉斯维加斯这种机遇同危险并存的地方都能有一席之地，怎么看都不像是会涉足科研领域的人。

程煜在P大主修的确实不是化学这种自然学科。

"在校期间，我主修的是哲学。"刚好前面路口红灯，程煜停车，转头看向俞熹禾，垂着的眼眸被镜框遮住一点，他继续道，"所以我要想理解你的学科，大概要花上很长的一段时间了。"

他的语气有些无奈。

如果程煜的下属在场，见到这一幕可能会大跌眼镜。

拉斯维加斯的程少虽说平时也是温淡的，但只是表面礼仪，骨子里还是冷淡疏离的，更不提某些时候，他手起刀落，从不留情，也从不退让。

俞熹禾隐约察觉到对方话里的深意，但随即又自我否定，觉得这不可能。除开在赌场上有一面之缘外，俞熹禾想，程煜之所以如此帮她，可能只是有些同情她的遭遇而已。

"你原来是学哲学的啊。"

前方红灯转绿，程煜发动车子时笑着问了句："怎么？"

俞熹禾单手支着下巴慢慢地弯了一下唇，她的唇线十分漂亮，唇色是淡粉色，显得柔柔嫩嫩。她想起了某人，轻声回答道："我以为你就读的会是金融或管理学这类学科。"

闻言，程煜连声音里都带了明显的笑意："那有一点我说出来你可能会更加不信。"

俞熹禾收回了看向车窗外的视线，转头看向了程煜。她还没能从回忆中脱身，眉眼温软得像是湖水，在费城充沛的日光下仿佛落了朦胧的春色。

程煜握着方向盘的手指忽地加重了力道。

俞熹禾问了声："什么？"

"我信佛，"车窗开着，吹进一阵风，他声音显得有些模糊，微微低沉，也是很好听的，"是相信缘分的。"

俞熹禾愣了一下。

这时候车拐了一个弯，平稳地驶进了 P 大的校区，俞熹禾便不再开口了。

她从来没有向人提过，她是一个坚定的唯物主义者，但会为了一个人，相信宿命。那天在机场，她的心跳乱得像是鼓点，在陈幸吻她时，尤甚。

彼时的俞熹禾以为，这就是宿命。

他们是青梅竹马，两小无猜，俞熹禾却不是他的同道中人。P 大校园的风景一帧帧地掠过眼前，俞熹禾想起在告白之前，她最担心的一件事——那时候她想，就算陈幸接受了她的告白，但如果之后不欢而散，他们之间会连朋友都没得做。

原来有一些事，从始至终都是对的。

第一天报到很顺利。

罗教授很喜欢中国，也会说一点中文，实验室里也有几个中国留学生，这让俞熹禾多少有了些归属感。

其中，同课题组的一个华人女生健谈又热情，就是她在几天后告诉了俞熹禾一件事。当时她神色艳羡地说："程学长好帅啊，送了一批新的 XRF 光谱仪给罗教授名下的实验室不说，还捐了一笔款项专门用作你所在实验组的科研经费，这也太好了！"

俞熹禾在看碘钟反应的论文报告，她刚进入实验室，有很多地方要适应，忙了一整天后蓦然听到了这样的一句话，有些惊讶。

"你从哪里听说的？"

"实验室里大部分同学都知道啊。"她眨眨眼，恍然大悟般地说道，"你的男友不会没有告诉你吧？"

"他不是我的男友，你误会了。"俞熹禾已经连续几天在实验室从早上七点待到深夜，低头看桌上的文献时感觉字都是花的。她抬手捏了一下眉心，闭目养了一会儿神后问道，"你确定是捐赠，而不是投资吗？"

不是像对 S 大化学院那样的科研投资吗？

那个女生点点头，也困惑了："是捐赠，学院文件都已经下来了。"

那天俞熹禾来实验室报到时，实验室的同学都看到了站在她身旁的那个男人。他气质清隽，偶尔抬眸视线落在俞熹禾身上时，多了几分温柔。

那种姿态与神色，其他人没有些想法才奇怪呢。

俞熹禾这些天都在实验室里，多余的时间……没有多余的时间，她没有多想程煜对她的过度关心，现在被实验室同学这么一提，她忽然不知道该如何是好。

她原本就不愿与人过分亲近，先前和程煜保持距离是本性使然，实验室同学提了那些话后，她更是有意回避程煜。

她真心感谢这个人，但如果不是必要，她也不会接受他的帮助。

可能与从小受到的教育有关，她几乎不会依赖他人，因为只要习惯了温柔拥抱，一旦那个人离开，后果是不堪设想的。

就好比一场赌博，不应该把全部筹码都押在一局上，倘若输了，便是最差的那个结果。

资本沉没。

情爱沦落。

是全盘皆输。

过了几天，俞熹禾乘车去市区超市购买生活用品的时候，接到了程煜的电话。

"在P大还适应吗？"

俞熹禾把挑好的商品放进推车里，回应道："嗯，谢谢你。"

她连道谢都习惯加上宾语，尺度分明。

另一边程煜偏头笑了一下，左手指尖无意识地摩挲着桌上的瓷杯，说道："要想谢我的话，不如帮我一个忙？如果你现在有时间的话，方便来救个场吗？我现在脱不开身。"

不等俞熹禾作出回应，他就说了一个地址，刚好离她所处的超市不远。

地址都发了过来，俞熹禾也不好说出拒绝的话，更何况他先前帮过自己许多。

俞熹禾把推车上的东西一件件放回原位后，想了想，问了句："去了之后需要我做什么吗？"

电话里程煜的声音显得低哑磁性："不用。你只需要来把我带走就好。"

这话有些亲昵暧昧，但因为超市里的人有些多，声音嘈杂，俞熹禾没太听清后半句话，她也不知道在挂断电话后，程煜身边立马有人笑出了声。

"找人救场啊？"

那人靠在椅背上，姿态闲适，懒懒挑眉，话语间尽是揶揄的意味。

席上的众人纷纷附和起来。

"想不到我们华人圈里最受追捧的程公子居然有主了。"

"那时候不是有个其他学校的女孩子大老远跑到我们学院来，就为了和他说上一句话？”

只是这些话说得再多，没有本人的承认都是玩笑话。坐在程煜身旁最开始说话的那个人问了句："是你喜欢的人？"

程煜挂断电话后，指尖还停留在屏幕那个联系人的名字上，闻言并没有反驳。

这是 P 大的校友聚会，在场的都是当年和程煜走得近的同学，都了解他的性情。教养使然，他看似温润有礼，实则姿态冷清。

良久，程煜才淡淡应了声："嗯。"

席上有几秒的沉默，随后众人纷纷表示不可思议。

准确地来说，程煜生长在美国，不算是留学生，但在 P 大的华人留学生圈子里却是一大风云人物。

这样的人骄傲冷淡也是理所当然的，在 P 大的四年，他拒绝过无数女生的示爱。

这是第一次，他们亲耳听见程煜承认喜欢一个人。

对象是一个他们完全不了解的女孩子，是被他保护得太好，还是他舍不得将她示人？

并且，程煜还说："待会儿她来的时候，你们别吓到她。"

他举止放松，言行皆流露出势在必得的自信。

俞熹禾来到酒店门口时，程煜的下属已经等候她多时，他把人带到顶楼餐厅的一个包间门前就停住了。

他敲了几下门后，推开门请俞熹禾进去。

眼前的场合看起来不是很正式，应该是一个熟人聚会的场合。

在门被推开的那一刻，席上的众人都齐齐看了过来。

程煜当即起身朝她走了过来，眼睛微垂，眉目清朗。

　　他的声音里带着细微的笑意，问："来得很急？"

　　俞熹禾尽量忽略掉他身后那些人或好奇或惊艳或试探的打量目光，轻轻地摇了一下头："没有。"

　　她太冷静自持了，在这种场合下，与程煜对比，就显得有些冷淡了。

　　但她眉眼实在太好看，微抬着一双漂亮的眸子，眼尾像是有桃花晕染，即使不说话，也能惹人心动。

　　程煜忍不住抬手摸了一下的她发顶，那么多程煜的友人在看，俞熹禾不好避开，只是略有些不自在地敛了敛长睫。

　　程煜就是掐准了这一点。

　　凭她有恻隐之心，也凭自己……是真的动了感情。

　　他转身对席上的众人说了句："我有事先走了。"

　　哪里是有事？眼前这个女生分明就是他自己叫来的。

　　但大家很默契地没有说透，看过来的眼神可谓意味深长。

　　程煜也没有向大家介绍俞熹禾的打算，随后就带着俞熹禾离开了。

　　在下电梯的时候，程煜问俞熹禾下午有没有课。

　　俞熹禾是趁中午没事才来一趟超市的，午休时间不短，但也不是很长，在下午三点左右，她还有个实验数据要论证。

　　她看了一眼时间，如实说了。

　　程煜看见她手腕上还带着那块表，微不可察地敛了一下眉。

　　她被诬陷毕业论文抄袭后，陈幸没有出现就已经算是失职，更不必提拍卖会上的事和那个女孩。程煜皱眉想，即使她失望了，对那个人也还是怀着爱恋，却是隐忍又克己的。

　　早该知道，在那场赌局开始之前，她心里就有了选择。八十万的筹码和陈幸，她毫不犹豫就选了后者。现在结局如此糟糕，她也不会

100

后悔。

电梯到达一楼的时候，俞熹禾准备离开，程煜叫住了她："我送你回校。"他此时思绪纷杂，脸上难以自控地流露出一点冷色。

不是对俞熹禾，但因她而起。

俞熹禾刚说出拒绝的话，走在前头的程煜就停下脚步回身看了她一眼："我刚好要去学校办点事。"

他意指顺路，如果俞熹禾再拒绝，那就是刻意躲避了。

俞熹禾沉默地抿着唇，觉得自己处在一个两难的境地里。她不清楚程煜对她到底抱有什么样的感情，更不能贸然地开口询问。

程煜停在原地看着她，等她回应。

最后还是程煜的下属打破了尴尬，他说："俞小姐，不早了。"

在回校的路上，俞熹禾和程煜坐在车的后排，一路无话。但就在下车的时候，他们遇上了俞熹禾所在实验室的华人同学，其中一个女生脱口而出："真的是情侣呀！"

她一时忘记控制音量，相隔几步远的俞熹禾和程煜自然都听到了。那个女孩的同伴见这两人看过来，拉了拉她。

都是同一个实验室的同学，俞熹禾也就打了个招呼。

她长相温软恬静，不是那种高高在上的冰冷模样，很容易让人生出亲近之感。那两个女生也不例外，浅浅聊了几句后，一个女生开玩笑般地说道："你男友送你来学校呀？我就说嘛，不是男友的话，怎么可能会那么温柔。"

俞熹禾愣住，程煜就在身边，她立马反应过来，正要解释时，就听见程煜开口道："她刚进实验室，以后麻烦你们多照顾一下了。"

"当然啦。"

"我们会的。"

两个女生齐齐应声，见到样貌如此出众的情侣，心情都飞扬起来。

她们走后，俞熹禾连视线都不敢落在身边人身上，苦恼地想了半天，才想出一个说辞："那些是实验室的谣言，你别放在心上。"

"谣言吗？"

俞熹禾听见程煜似乎很轻地笑了一下，声音低低沉沉，在费城悠长的夏日午后显得有些模糊。

"我想我要澄清一下，我喜欢你是真的，并不是谣言。"

俞熹禾没想到他会这么直白地说出来，有些错愕地抬头看他，正好迎上他含笑的目光。

他嘴角微扬，语气温柔："熹禾，我喜欢你，这不是谣言。"

这再真实不过。

这是程煜第一次叫她的名字，简简单单的"熹禾"听来竟然与"喜欢"谐音。

俞熹禾无措起来，迎上他的目光，张了张嘴，一副欲言又止的样子。良久，她才从那种突然的慌乱中找回一点理智，开口道："我有男朋友了。"

程煜目光很深地看着她，几秒钟后，跟她说："我知道。但他已经选择了另一个人，不是吗？他还答应了那个女生的示爱。"

他还答应了她的示爱。

俞熹禾听到这句话的时候，太阳穴开始突突地疯狂跳了起来，一股凉意猛地袭来，遍体生寒。

答应了那个女生的示爱……是谁？陈幸吗？

俞熹禾的指尖一点点陷进了掌心。

她想起自己上飞机前就把手机关机了，入学的这段时间太忙，她更换了新的手机卡和手机，但原手机一直不敢开机。

国内有很多消息，她不想再看，却也不至于逃避。只有陈幸，让她有种不安又可笑的怯懦。如果陈幸想要分手，她可以坦然接受，但她宁愿自己晚一点知道。

只是此刻，她还是坚定地摇了摇头，说："我不相信。"

直到程煜将自己的手机打开递给她，亮起的屏幕上是一则来自海市的新闻——AK投资圈新贵回国当天，合作伙伴大胆示爱。

俞熹禾一眼就看到了这句话，还有底下的图片，那是一张远照，能看清许染明媚的侧脸，画面之中还有陈幸。

俞熹禾连抬手接过程煜手机的勇气都没有，想动一下，却发现指尖僵硬得厉害。

如坠冰窟。

无数种可能性飞速地从俞熹禾的脑海里闪过，最后她选择了缄默。

在实验室里，她的状态也是出奇地糟糕，在操作精密仪器时险些出错。可能也跟状态不好有关，她手心渐渐有了冷汗，胸闷得厉害。

有同学连着叫了她几声，她才反应过来。

这种状态一直持续到实验结束，她回到公寓。

这是她来到费城的第三周。前一段时间为了尽快适应实验室项目的进度，在高强度的工作状态下，她接连几天饮食不规律，没想到会在此刻突然胃疼起来，胃部的抽疼拉回了她的思绪。

她倒了杯热水喝下，然后找出了放在行李箱里的原来在国内用的手机。

她开机连上公寓的无线网的那个瞬间，各类消息纷至沓来。

有来自国内好友的，也有来自父母亲戚的。

但更多的是来自陈幸的数不胜数的消息提示。

俞熹禾看到未读消息的提示数字疯狂跳动，心情十分复杂，看了几条消息后，用费城的手机打了个电话过去。

他已经回国，聊天框最近的消息是在一个小时前发的，只有简简单单的两个字：阿禾。

美国东部的晚上十点半，国内大概是上午十一点半。电话响了几声才被接通，几秒的沉默过后，最终是陈幸那边传来了声音。

"阿禾？"

他的嗓音有些低，仿佛久隔经年。

"嗯。"她抿唇，半天才说出一句，"我现在在费城，之前手机一直关机。你找我有事吗？"

陈幸那边猛地沉寂下来，察觉到她的冷淡和疏离。他暂停了会议，在场的高层管理人员面面相觑，同时噤声。

然后他大步走出了会议室："你现在在哪里？地址发给我。"

压低的声音隐含着怒意，回国之后联系不上她，差点逼疯了他。

他来迟了，他不知情，他没有在她身边，他失约了。

所以她失望了，不想再喜欢自己了？

所以才会这样疏离冷淡？！

俞熹禾没办法装出若无其事的样子，咬着唇不说话。她又想起那些话。

那些话反反复复在脑中回放，成了她出国以来每个深夜里的梦魇。

"我那时候就随便说了一句，你还真去当了模特？"

"你在欧洲的那两个月，谢谢你的照顾，如果不是你，我都不知道要怎么从那里出来。"

"他和许染去了华尔街谈生意……你不知道吗？"

“我有朋友两年前在欧洲地下拍卖场上见过陈幸，在那个场合，他救下过一个女孩……你很像她。”

最后思绪停在程煜说的那一句：“他还答应了那个女生的示爱。”

半晌过后，她的胃部又传来一阵抽痛，她咬着唇吐出一句：“不用了。我已经在这边入学了，近期不会回国了。”

很明显，这是要划清界限了。

陈幸的眉心紧皱着，隐隐有戾气。

“阿禾，”他的声间喑哑，心像是被揉碎了，“你别逼我发疯。”

俞熹禾的胸口一紧，眼尾红了起来。她想说明明是你先不要我，明明是你和那个人去了曼哈顿华尔街，明明是……我更喜欢你，所以才处在弱势。

快要难过得发疯的人是她才对。

在实验室里依靠忙碌的学业逼自己不再想他的人也是她。

“陈幸，你太过分了……”

“过分吗？”

陈幸站在走廊的尽头，那里的窗户敞开，这座城市即将迎来一场暴风雨，吹进的风都夹着凉意。他低低地笑了一下，滑过唇舌的声音柔软得不可思议：“阿禾，你可以逃。”

这一通电话结束，即使俞熹禾不愿说出地址，他也有的是办法可以找到她。她可以选择逃，但只要有一点可能，他就会把她抓回来，拴在身边，彻彻底底地占有！

俞熹禾不知道的是，当天陈幸从曼哈顿回国，许染并没有和他在一起。

俞熹禾的声音低软了下来：“陈幸，你为什么选择我呢？”

陈幸意识到她可能误会了什么，心下一紧，就听见俞熹禾在电话那边很轻地问了一句："是因为许染么？"

陈幸来不及回答，电话就被挂断，他回拨过去时却被拒接。

拒绝他的电话，拒绝和他联系。陈幸垂着眉眼，攥着手机的手指指节透出冷冷的白色。

他的特别助理离开会议室来找他，见到他时心中有些不安，恭敬道："陈总。"

陈幸抬头望了过来，眉目冷淡，神情暴戾。

助理心中一惊。

"费城，晚上十点三十六分。"

助理接着听见陈幸冷冷地报出了一个国外的手机号码。

"查出这个手机号拨出电话时的具体位置。"

俞熹禾在问出那个问题时，就没想过能得到陈幸的回答。

她胃痛得再没力气和陈幸说话，怕被他听出声音里的不对劲，于是她先挂断了电话，紧接着他再打来也没有接。

胃部一阵阵地疼。

公寓里没有常备药，即使她喝了热水，胃疼也没有缓解多少。

俞熹禾看了一眼手机，先是回了父母长辈们的消息，再看了林桃发来的一些照片，是那只布偶猫的照片，蓝汪汪的眼睛像星空，又像湖水。

林桃还说，陈幸前几天来过，问她具体去了哪里后，看了一会儿猫，但并没有把猫带走，而是委托她再照顾一段时间。

林桃从她出国那天就开始给她发消息，就算得不到回复，也没有间断过。最近发来的消息是：熹禾，你和陈幸怎么了？

她还告诉她，之前被梁杭欺压的学生终于联合起来举报了他，梁杭正在接受调查，据说已经收集到了一些证据，学术委员会公开对其进行了批评谴责，S大也停了他的课。

俞熹禾不知道该怎么回，只能避开这个话题，问林桃最近怎么样。

林桃的手机可能不在身边，并没有很快就回复。

俞熹禾等胃疼慢慢缓解，迷迷糊糊想着陈幸在国内凌晨时分发来的一条消息：我错了。

是错在他失了约，还是错在……对不起她？

俞熹禾第二天去上了课。

她在P大的课程并不全是实验，还有理论课程。在偌大的阶梯教室里，有坐在同一排的费城本地同学用英文问她是不是来自中国。

得到回答后，那个面容俊秀的男孩子支着下巴对她笑了一下，说："我们交个朋友吧？我们可以一起约着去图书馆看文献。"

台上的教授在讲课，俞熹禾正用英文做着简短的笔记，没有抬眸看他，回答的声音有些冷淡："不用了，我习惯一个人。"

男生被拒绝也没有露出愠色，依旧热情开朗地找她说话。

然后……

他就被教授点名了，他回答不出教授有些刁钻的一个提问，东拉西扯地说了一些八竿子打不到一块儿去的内容，眼看着教授的脸色愈来愈难看。

俞熹禾看不下去，把答案写在纸上递给了他，这才将他解救了出来。

俞熹禾没想到，这节课结束后，那个男生会跟着她一起到了实验楼，并且一直等到晚上十点多她的实验结束。

俞熹禾离开实验楼，在树底下见到他的时候错愕了一下。

那个男生也看到了她，走上前来和她打招呼："你要回去了吗？

这个时间点车很难等的，我送你回去吧。"

他话音刚落，另一道声音响起，磁性低沉："她有约了。"

来人是程煜。

他刚从停车场那边走过来，就目睹了这一幕。俞熹禾见到他很意外，实际上他们并没有约。

那个男生的表情有一瞬间的困惑，程煜继而开口道："如果没有其他的事情，我就先带她走了。"

等到离开那个男生视线的时候，俞熹禾停下脚步，和程煜拉开了一点距离："我可以自己回去，刚刚谢谢你解围。"

程煜回身看她，此时 P 大校区路灯灯光明亮，她站在光晕之外，沉静如水。

"已经很晚了，你确定刚刚那个人不会跟着你吗？"

他没有提之前他的告白，也深谙俞熹禾是在躲避他。一旦不喜欢，便界限分明。

她太冷静了，以至于对待感情也不留一点退路。

俞熹禾欲言又止。

见她如此，程煜又说："上车吧，我找你其实是有正事要谈的。"

罗教授打算开设一个新项目，但他并不打算让全部的学生都参与进来。程煜问她有没有兴趣加入。

坐在副驾驶座上的俞熹禾想了一下，摇了摇头。她不想再欠程煜人情了。

外面的天色像是被浓墨浸透，俞熹禾忽然就有了一种不安的预感，心跳加快，感觉不太舒服。

就像有什么事要发生一样。

程煜还跟她聊了一下罗教授的研究方向，还聊了几篇这方面的学术论文。俞熹禾听他讲起这些时有些惊讶："你之前看过化工这方面的文献？"

程煜平稳地握着方向盘，声音很淡："如果我要想要了解你，这些是基本项。"

俞熹禾心里的不安感渐渐扩大，但又找不到源头。她说："你不用这样做。"

程煜却只是说："熹禾，你不用有负担，我不会要求你回应我。"

很久之后，俞熹禾都能想得起这一天，因为程煜的话，但更多的是因为另一个人。

车辆平稳地停在学生公寓前的空地后，他下车绕到副驾驶座这边，抢先一步为俞熹禾拉开了车门。他的背后是乔木与夜色，衬得他气质清越，皎皎如明月。

下车的时候俞熹禾想起了那个实验室同学的话，开口问道："罗教授之所以愿意收我做学生，是因为你给实验室捐了一笔款项吗？"

程煜反问："这很重要吗？"

他的回答等同是默认了她说的那句话。

"你没必要帮我这么大的忙。"

俞熹禾想着自己要怎么还这个人情的时候，程煜看她有些愁眉不展的模样，敛了敛深邃的眸子。

此时此刻，她问出一句："程煜，你想要什么？"

她就站立在程煜身前，皱着眉像是陷在思绪里。

在某个瞬间，在哲学上形容虚幻的某个时间里，程煜听到了自己的心跳，浪潮涌动在胸腔里，肋骨下方传来阵阵钝疼。

偶然初见，刻意再遇，他想方设法，而她终于来到了他的身边。

"我有些后悔了。"

俞熹禾听到程煜忽然说了这么一句，还没反应过来，程煜已经靠了过来。她条件反射地后倾了一下，却被拉住了手腕，紧接着，一点温软蹭过了她的嘴角。

费城五光十色的灯光，缤纷落尽。

这个吻轻得像是蝶翼微扇，带着浅浅的凉意。

他并不是毫无所求，至少俞熹禾的回应他是想要的。

但是下一秒，俞熹禾很用力地挣开了他的手，后退了几步，然后抬手擦了擦嘴角。

"程煜！"

她不是那种生气了会口出恶言的人，但此刻是真的恼火了，嘴角被擦出了细微的伤口，有很淡的血味。

程煜这才反应过来自己做了什么。

他从来不喜欢强迫别人，更何况对方是他喜欢的人，但是刚刚他想要吻她……难以自持，情不自禁。

"我道歉。"

俞熹禾什么都没说，神情极为冷淡，转身走进了公寓楼。

程煜没有追上来。

她的思绪一片混乱，心跳杂乱无章，却不是因为刚刚那个吻。俞熹禾总觉得有什么事情要发生，所以她才会这么不安，并且这种不安感越来越强。

她住在公寓三楼，因为上楼很急，并没有开灯，她停在门前准备拿钥匙开门时顿了一下，那种不安的情绪达到了临界点——她听见了拾级而上的脚步声。

俞熹禾察觉到异常，刚一转头，就被人"砰"的一声，重重地抵在了门板上。来人的举动异常激烈，刚刚那一撞，她肩膀被撞得生疼，而那人抬起她的下巴，低头便是一个吻。

擒住她的唇，掠夺每一寸呼吸。

灼烫的气息再熟悉不过，湿润又潮热的暧昧浮在空气与急促的呼吸间。楼梯过道窗户处有光落进来，明暗交织，俞熹禾被迫微微仰头接受他的吻。她看见了陈幸的那张脸。近距离下，他浓密纤长的眼睫微卷，泛着月光。

俞熹禾全身的血瞬间倒涌了起来，心跳如擂鼓。

他身上寒意极重，吻也是凉的，可很快就灼热了起来，令她的血液都要沸腾了。

她的唇刚刚就被自己擦出了血，现在唇齿间的血气更是浓了起来。俞熹禾想要喊他的名字，可刚一启唇，他的舌头就深入进来。

唇舌纠缠，带着分明的侵占欲。

他在生气……

俞熹禾被紧紧地抵在公寓的门前，陈幸的手指按压在她的腰间，指尖轻勾，直接探入了薄薄的衣服下方。

肌肤细腻，触感微凉。

俞熹禾承受着他带着怒意的吻，试图挣扎了一下，随即便迎来更为激烈的吻。唇舌辗转很久，最后陈幸狠狠咬了一口她的嘴角，将吻未吻的触碰间，他嗓音极低哑，怒意汹涌："他还碰过你哪里？"

他的眼睛是迷乱的黑，敛了风暴。

俞熹禾下意识地说"没有"，而他只是嗤笑了一声："小骗子。"

俞熹禾想要反驳他，陈幸的指尖已经探入了她掌心，取走了她原本攥在手里的钥匙，开了门。

公寓卧室的窗户紧闭，窗帘的半遮半掩，月光与路灯光漏进来，空气潮热蒸腾，耳畔喘息声声，惹人遐想。

陈幸将她抵在床上，低头每一个吻都惹起红晕与高温。他怀里的人陷在一片柔软的黑色里，手指拽紧了身旁的床单。

她皮肤很白，眼尾又红晕湿润，衬着月光，简直酥魂媚骨。

陈幸屈起一条长腿抵在她膝边，俯下身从她的唇边吻至耳后，嗓音低沉："你是和那个人一起来的美国？这些天，你们都在一起？"

俞熹禾下意识地抬手扯住他雪白的衣领，指尖微颤，淹没在亲吻里的声音软得不可思议："我没有和他在一起，陈幸你别这样……"

"哪样？"

他反手扣住了俞熹禾的指尖，掌心潮热，垂着好看眉眼看她，眸光微冷。

俞熹禾咬着唇看他，唇色嫣红，诱人采撷。

她不说话，陈幸低头又咬了一下她的唇，声音充满诱惑："还是说只是亲吻你都受不了？那还有更过分的，你要怎么办？"

俞熹禾慌乱地叫他名字："陈幸！"

她曾经有多冷静自持，现在就有多溃不成军。

陈幸支起身子看她，不再把她禁锢在怀里。他神情冷淡至极，偏偏眉眼精致好看，像是远道而来的精魅。

他重复了那天在电话里说的那句话："你可以逃。"

俞熹禾坐起身来，长发垂落，凌乱地散在肩侧与腰间，她的手有些抖，不敢迎上他太过冷漠的眼神，心跳飞快，像是想冲破枷锁。

这是她很喜欢的人，像是对待科学研究一样，喜欢得如此小心翼翼。

他接下来却说道："只是一旦你逃了，我这辈子都不会再见你。"

俞熹禾睁大了眼睛难以置信地看向他，四目相对，他面容冷淡，并不像是在开玩笑的样子，眼眸黑得像是敛尽了所有的光，深邃而冷沉。

她的手脚一下子冰冷了起来，刚刚的潮热猛地消失，变成了刺骨的寒意。她张了张嘴想解释些什么，却发不出声音，心跳急促得钝疼，大脑一片空白，只剩下陈幸刚刚说的那一句——"一旦你逃了，我这辈子都不会再见你。"

此时此刻，他又问她："逃吗？"声音低沉酥软，温存诱惑，眼眸里却是墨黑一片，是深不可测的冷漠。

俞熹禾怎么可能舍得再也不见他？

七月，深夜里的路灯辉映出橙色的波光。

潮热的高温天里，俞熹禾只觉得手脚冰凉。陈幸拉过她的手时，心跳急促得像是濒死时那样迅猛。

吻从她雪白的脊背落下，沿着那勾人弧度滑下，轻吮着细腻温润的肌肤，又落到优美的蝴蝶骨上。

陈幸的手掌扣住了她的一截莹白的细腰，指尖微微用力，那里就变成了淡粉色。

他在叫她的名字，声息滑入她的耳中，像是电流窜过，随后烧起火来。

呼吸纠缠，压制欲望的声音自唇间溢出，柔媚酥软，燥热难耐。

俞熹禾昏昏沉沉的，抬眼间视线一片模糊，还有水光。

她有些分不清这是在梦里，还是出现了幻觉，只知道自己的体温高得有些不正常。

思绪错乱得像是沉浸在混沌的深梦里时，他对她说了些什么，她没听清，只能抓着那个人的手，下意识地道："陈幸，我不舒服……"

她哪里会是一个容易示弱的人？如果不是真的委屈和难受，哪里会连声音都带着细微的哭腔？

裸露在外的皮肤不知道从什么时候开始，灼热烫人。

应激情绪，学业压力……在离开中国后的这一天深夜，俞熹禾发起了高烧。

几乎是在俞熹禾无意识地说出那句话的当场，陈幸的理智就回了笼。他立马按开了床头灯，暖光下，怀里女孩的脸颊潮红，眼睛微阖，长长的睫毛颤动着，水光漫出来，滑到潮红的眼尾。

陈幸心中一惊，自责疯狂地朝他涌来。

他这才反应过来自己做了些什么，想占有，想得到，最后却差点弄伤了她。

第一次错过是在很久之前，她去了外省，他们分开了三年。

第二次错过是在两年前的暑假，他去了欧洲，而她在参加化工实验竞赛时受了伤。

第三次错过是在今年的六月份，她的毕业答辩论文被抄袭，她被诬陷，被千人所指，而在她最需要他的时候，他却失了约，没有陪伴在她身边。

第四次错过是在海市机场，她离开中国前往费城，三个小时后，他乘坐从曼哈顿飞回的航班落地。

还有更多的错过。

皆是因为他的过度自负，他以为胜券在握，再无意外。

那天，海市机场。

飞机落地停稳，陈幸打开了手机，才发现那条短信因信号问题没能发出去。

在华尔街与当地银行家谈一单投资前，陈幸就把手机放在了助理那里，直到飞机起飞前助理才把手机还给了他。

刚刚开机，就跳出了数条未读信息提醒。

他这才知道俞熹禾在S大参加毕业答辩时出了意外，但是飞机即将起飞，他只来得及回复一句后就关了机，可能是因为信号延迟关系，那条消息当时并没能发送成功。

陈幸不敢想，他的女孩在那时候受到了多大的委屈，而在这大半个月里，他不仅不在她身边，还错过了无数条她的消息。

此刻，AK首席执行官的助理正战战兢兢地跟在面色冰冷的青年身后，满额冷汗。和那个银行家谈生意时，年轻的执行官不动声色地把对方提出的利润点压到不敢想象的程度，助理都替谈判桌对面的团队捏把冷汗……现在他才知道那些都不算什么，此刻的执行官才叫可怕。

陈幸打了电话给俞熹禾，提示音是对方已关机。陈幸转而打了个电话给俞父，得知俞熹禾几个小时前刚上飞机。

他当时倘若在国内，或看到了消息，就根本不会出现这种糟糕局面。不论用哪种手段，他都会保护好他的女孩。她不必背上抄袭的恶名，不用出国，不论她想要什么，倾尽所有，他都会为她达成。

陈幸握着手机的指节因太过用力已微微泛白。

与俞父的通话结束后，陈幸交代了助理几句后准备取车离开机场，助理反应过来，连忙出声道：“陈总不回公司吗？董事们还在等您。”

陈幸停下脚步，皱眉看了助理一眼。

“让他们等，我有重要的事要处理。这几天所有事都往后顺延，有裁决不下的，再联系我。”

助理接触到他视线的时候，条件反射般地挺直了背，屏气凝神，不敢听漏一个字。

在AK，有不少小姑娘是他们首席执行官的“颜粉”，先前他是时尚"神坛"上不可触碰的"男神",走下"神坛"后他依旧是天潢贵胄,卓然不凡。

在不可预测的投资市场里,他的每一次决策,从估值到融资,都完美至极,连 AK 董事会的老人都连连称奇。

他对人心的把控精准得可怕。

同时,他本身就是极不可预测的,漫不经心的外表下,谈判桌上的另一方永远不知道下一步他的利润点会踩在哪里,收网会在什么时候,就连对赌,他都杀伐果决。

陈幸驱车前往 S 大的路上,严嘉打来电话,简明扼要地说明了这大半个月来有关那件事的情况后,问:"我和梁杭的合作项目已经终止,你要怎么处理这件事?让他身败名裂?"

车经过一个十字路口,再过半个小时就能到达 S 大。

陈幸只是说:"那只不过是他应有的下场。"声音里只有冷意。

严嘉了然。

陈幸对那个人的偏执,他不是没见过,如果只简单地解决这件事,那倒不像是他的作风了。

一边是学生的联名举报,一边是不好惹的陈幸,在 S 大校长办公室里,校方几个领导的压力也很大。

没人知道陈幸这日在校长办公室里与校领导究竟谈了些什么内容,只知道当日校方便迅速地成立了学术调查组,审查联名举报的学生递上来的举报材料,同时作出了暂停梁杭在校的科研项目及教学工作的处理。

通过半月的取证调查,校方最终确认了梁杭确有学术不端的行为。梁杭被撤销了教授职称。

这是 S 大压不下的丑闻,海市学术圈一片哗然。

梁杭不敢反驳，甚至不敢作声，本人像是销声匿迹了一样。如果论文答辩一事不是他抖给学术杂志的记者，这件事远远不会闹到这种境地。

在他打算前去其他城市避风头时，有人在机场拦下了他，他面临的将是来自学术委员会以及若干个学生的起诉。

在媒体的推波助澜下，梁杭势必再也不能翻身。

那天其实还发生了一件事。

陈幸准备走出校长办公室的时候，看了一眼裱在墙上的优秀学生光荣榜，上面已经没有了俞熹禾的名字。

陈幸脚步一停，他身后的校领导们顿时又紧张了起来，而后他们听到一句淡淡的嘲讽："在这之后，我也不再是 S 大的学生了。"

校长惊住，正要劝说陈幸的时候，听到他说了一句："如果不是为了俞熹禾，我会来这里？"

他眉眼冷淡，有隐隐的嫌恶。

他放着那么多国外名校不去，为什么非要来 S 大？

他要的是在那人心里举足轻重的地位，要的是夜阑卧听风吹雨时，入她梦的，都是自己。

曾经的克己自持，不过是为了一个俞熹禾。

用两周时间处理完梁杭后，陈幸去俞家见了俞父。

俞父已经猜到他为什么而来。以他如今的身价，根本不必对谁放低姿态，但因为他的女儿，这个他看着长大的男孩子头一次在他面前显露出无措的神情——他想知道俞熹禾的具体地址。

俞父欣赏并看重这个至交好友的独子，如果熹禾和他在一起，他也能放心。

但不管如何，他到底是偏心自己女儿的。

"你们在一起多久了？"俞父要的并不是一个回答，他说，"熹禾不愿意向我和她母亲提起你们的关系，大概也是怕最后和你走不到一起。"

陈幸失落离开。打了无数次电话，发了无数条消息无果后，在从曼哈顿回国的第三周，他回了 AK 公司，也就是在这一天，他接到了俞熹禾的电话。

然而她却问自己，为什么要选择她。

为什么？她居然问自己为什么？她是他的第三根肋骨，一旦折断，即会刺穿心肺，谁能救得了他？

查出地址后，陈幸马不停蹄地赶到了费城，在那栋学生公寓外，他却见到了那个曾经有过一面之缘的男人神情珍重地亲了俞熹禾。

他的女孩，是不要他了吗？

于是在那一刻，陈幸失控了，他没办法继续保持冷静。

俞熹禾隐隐约约知道自己好像生病了，但又像喝断片一样，在发着烧的时候，她能清醒的时间不多。

她只知道，有人一遍又一遍给她物理降温，将她搂在怀里喂她喝水时，那人的声音低哑。

他问："阿禾，我们去医院看看好不好？"

她迷迷糊糊听到了"医院"这个词，便下意识地摇了摇头。

体温高热，她很难受，下意识地往低温处靠，软软地依偎进身边人的怀里，刚好身边人的气息是她很喜欢的那种。

干净，清冽，让人想起长白山的风与雪白的山巅。

同样也是遥不可及的。

陈幸垂眸搂紧了怀中的女孩，胸腔起伏。他最舍不得她受伤和难过，可这一天，他成了那个让她受伤和难过的人。

更何况，他还说出了那种话。即使在愠怒之下，陈幸也清晰地记住了他说完那句"我这辈子都不会再见你"后，她的神情恍惚迷茫，像是个不知道做了什么错事，手足无措的小朋友。

她露出这样脆弱无助的表情，无非是陈幸知道她的弱点，知道她舍不得，赌上自己，逼她不再逃离。

陈幸清楚地知道，如果她真的逃了，他只会千方百计地追回她，不计代价，不问手段。

一辈子都不会见她——这怎么可能？他怎么可能忍耐得了？

此刻，这些报应统统都百倍千倍地还给了他。

他多想告诉俞熹禾，他对她的喜欢，一旦开始，永不终止。

无论过了多少年，即使他的心跳停止，对她的喜欢也不会变。

俞熹禾以为自己在这场感情博弈里是弱势的那一方，她却从来不曾想到，陈幸远远比她爱得更隐忍，更要命。

他才是怕输的那一个人。

时间接近正午，费城骄阳似火。

一个上午过去，俞熹禾的烧也退得差不多，折腾了这么长时间，她的脸色有些苍白，长睫紧闭，落下淡淡的阴影，神情恹恹的。

陈幸一直都在照顾她。中午的时候，他接了一个许染打来的电话。曼哈顿合作案还有后续的项目要跟进，陈幸简短回复了几句后就挂断了电话，一转头他就发现俞熹禾醒了。

头还是有些昏沉……

俞熹禾醒来时，觉得哪哪都是酸疼的，尤其是手腕与腰间曾经被陈幸用力握住过的地方——大概是有了青痕。

她坐在床头，安静了几秒后才理清了现状。

原来昨晚发生的事不是幻觉，也不是在做梦。

那个人挂断电话后，第一时间伸手探了一下她额间的温度，问："吵醒你了？要不要再睡一会儿？"

他刚刚和许染通过电话……

俞熹禾听见他们的谈话内容，是她不懂的领域。陈幸和许染才是同道中人。

眼下面对陈幸的问话，她摇了摇头，静默了半晌后，开口道："你和许染之间，我不会介入和过问。"

陈幸皱着眉，不知道她为什么突然提起许染。他对待旁人一向是漠然的，用"冰山孤月"来形容曾经被传为男模圈神话的他，似乎再合适不过。

"和她有什么关系？"

俞熹禾欲言又止，她想得太多，思绪也就乱成一团。她没有继续这个话题，而是看着地板上的光影，问了一句："你之后会不见我吗？"

是说那句"一旦你逃了，我这辈子都不会再见你"。

"不会。"听到她这么问时，陈幸的心跳骤停了几秒，随后更猛烈地鼓动起来，有些钝疼，更多的是慌乱。他屈着一条长腿，单膝跪在床上，小心翼翼地抬起她的脸。

从她醒来开始，她就没有正视过他一眼。

是不是因为自己太可怕了？

"我不会不见你，我舍不得的。"

"昨天我没有控制好自己。你别怕我，好不好？"

“我错了。”

骄傲矜贵如他，何曾这样和人道歉过？把所有柔软都翻出来，想裹着糖送给她。

而从头到尾，她都是冷淡的，只垂了垂眸子，很轻地“嗯”了一声，此后再无表态，而是避开他的指尖，下床去了浴室。

随着门轻轻合上的声音，整个卧室里只剩下了陈幸。

他身体慢慢僵住了，垂下眸子，敛下痛苦的神色。

他走过那么多次秀台，在不绝的掌声与赞誉中，一直身处孤寂的“神坛”上。台下所有的人都与他无关，名利、地位、金钱，他都拥有，但这些都抵不上一个女孩。

他第一次在巴黎走秀，时尚媒体评价他为 Iris Pallida——香根鸢尾。

彼时他还是少年，神秘又高贵，看上去遥不可及。他为了一个人走上高台，也为了同一个人走下神坛。

但是此时此刻，仿佛有什么脱了轨。

卧室的角落里放着陈幸的行李箱，俞熹禾洗漱完出来时，陈幸刚好在换衬衫，单手抬至衣领处，手指修长漂亮，指尖轻轻一勾，纽扣就散了开来。

陈幸看到她，眸光闪动了一下。

俞熹禾没想到他还在卧室里，脚步顿了一下，张嘴想说些什么，然而陈幸抬步上前先一步出声，止住了她的话：“我煮了粥，现在差不多好了，你刚退烧，多少喝一点。”

在俞熹禾搬进来之前，程煜的下属置办了一些生活用具，只不过因为她忙于实验室的研究，很少有时间进厨房。

俞熹禾站在原地好一会儿，才应了声“好”。

在沙发椅上喝粥时，俞熹禾明显能感觉到对面陈幸的视线。

沙发椅靠着窗户，阳光明晃晃地落进来。

这天刚好是周六，也没有实验数据要重复论证，如果是平时，她大概会看看化学文献，或者去市中心的图书馆……如果陈幸不在，这天也只是普通的一天。

俞熹禾垂着眸子看着白色瓷碗中软糯清淡的粥，有些走神，直到陈幸叫了她一声，她才从乱七八糟的思绪里回过神来。

她开口说的却是："陈幸，我们谈谈吧。"

她终于看向了他，微微抬着下巴，白皙的脖颈上有一个鲜明的咬痕，可见那人咬下去时用了多大的力道。

或许是她的语气太过平静，陈幸差点折断手里的汤匙。

要谈什么？他直觉不会是什么让他舒心的话。

果不其然，俞熹禾开口："从头到尾，我都没有要逃离你的意思。只是最近发生了太多的事，我们还是先分开一段时间吧。就算我们不是恋人，我们也是一起长大的朋友。"

她神情温淡，说这话之前打过无数的腹稿，但说出来时，放在膝上的手还是止不住颤了一下。

是紧张，也是言不由衷。

陈幸很轻地笑了一声，微微偏着头看着她，眉目依旧漂亮，声音很低："不要我了吗？"

他的表情有些委屈，偏偏他生得好看，极为精致的眉眼微微低垂，露出一点厌世般的神情来，就足够让人心动。

"不是。"俞熹禾看着坐在对面的陈幸，阳光缱绻地镀上他的发梢，有种遥不可及的距离感，"我只是觉得，我们还没有开始交往之前的那种关系，可能会更好。"

"可能更好？"陈幸反问了一句，每个字都像咬住舌尖说出来的，情绪晦暗不明。

没有交往之前的那种关系，可能更好？

"一点都不好。"

俞熹禾没想到陈幸会拒绝，毕竟……许染不是已经回国了吗？

在高中，在欧洲，在曼哈顿，陈幸最喜欢的那个人应该是许染，而俞熹禾只是和她眉眼相似了一星半点。

"那如果我不像许染呢？"

俞熹禾刚把心里想的话说出来，就后悔了。她看见陈幸皱起了眉，眉宇间有很重的郁色。

俞熹禾以为他生气了，心揪了起来。然而陈幸说："是她像你。"

俞熹禾愣了一下。

语言的魅力之一是，语序不同，表意也就不同。谁像谁，是很有讲究的，谁先来先到，也是很重要的。

陈幸起身走到她的跟前，单手撑着桌沿，弯下腰靠近她，低声道："你是不是以为我喜欢许染？"

俞熹禾的呼吸差点窒住，抿着唇拒绝开口，垂着眼，长睫不停地颤抖着。

即使她什么都不说，陈幸也能从她的表情里猜出来，他不由得有些生气，更多的还是无奈。他低下头，指尖摩挲着她有些红的眼尾，然后隔着指尖很轻地吻下去。

是纵容宠溺，也是无可奈何。

面对俞熹禾，他只能是手下败将。

他说："我有且仅有你，没有喜欢过其他任何人。"

昔日的时尚圈名模，"神坛"上的高贵少年，如今柔软了眉眼。

他想起他从欧洲回国赶到她面前时，自己承诺过的那句话。

那时候他明明承诺过：只要你想见我，不远万里，我都会来到你身边。

那年她在实验竞赛中受的伤已经痊愈，而两年后的昨天，他却差点弄伤了她。她难受了，也只能委屈地说不舒服。

陈幸向她道歉："对不起，我没有第一时间来到你的身边。"

那时候他在华尔街与当地银行家谈判，没来得及看她的消息，但他没有解释，而是先道了歉，就好像不论是非对错，真相如何，面对她，他永远都是认输的那个。

"我会答应和许染公司谈曼哈顿合作案，也只是因为她之前给过我一个建议，合作案算是回报。"

陈幸直起身，指尖也随之离开了她的脸颊。

俞熹禾下意识地抬头，视线追逐着他，仿佛仍留恋着那温柔的抚触。

陈幸说："你不问问我是什么建议吗？"

不知道为什么，俞熹禾突然觉得这个建议会与自己有关。她问道："什么建议？"

"她建议我跟你告白。"

许染身为陈幸的同桌，很早就知道他喜欢俞熹禾。她不是傻子，对方不论对谁都是冷淡的模样，唯独对俞熹禾例外。

如果不是因为喜欢，像陈幸这种高傲的人，怎么可能会破例？那个时候，许染笑着问他："为什么不告白呢？顶多失败一次罢了，难道你怕了？"

俞熹禾的眸光微微浮动，她刚退烧，眼尾还有淡淡的红晕。

"可是……"刚刚说了两个字，她就止住了话。她想起程煜那时候给她看的新闻网页，再加上先前发生的那些事，她先入为主地以为陈幸是喜欢许染的。并不是没有漏洞，只是那时候她来不及细想。

如果程煜是骗她的呢？

为了求证，她还是说了下去："我看过国内的新闻，你从华尔街回国的当天，许染在机场向你示爱。"

"她没有和我一同回国。"陈幸敛了敛眉，然后话锋一转，"是程煜给你看的？"

连猜都不用猜。

他们同处上位，有时候只凭一个举动，就能深谙对方的意图。

如果昨天不是俞熹禾在场，他不想让喜欢的人看到自己的另一面……他很可能会控制不住，和他打一架。

"他喜欢你。"

陈幸和程煜在此之前只见过一次面，就是那次在那个饭店里的狭路相逢。他自然懂得那人看俞熹禾时的目光代表了什么。

单是一个程煜，并不足以让陈幸畏惧，让他感到不安的是，原来俞熹禾并不是完全地相信他。

因为不相信他们最后能走到一起，所以并没有在父母面前表明他们之间的关系，怕日后尴尬。

因为不相信他真的喜欢她，所以在那通电话里，她问完那句"你为什么选择我呢"，就挂断了电话，她甚至不敢追问。

在高烧时难受到了极致，也只是说自己不舒服，甚至……在他怀里都不愿意过多停留。

不敢依偎，不敢拥抱。

有一种爱情，是插在心上的刀。

"我想吻你，想抱你，想要你的全部……我以为我的司马昭之心，已经路人皆知了。"说话间，陈幸几乎是听到了自己的心跳，每一下都沉重又疼痛。

俞熹禾却说："陈幸，我不想影响你。"

即使梁杭学术造假被揭发，还了她清白，但海市学术圈里的风言风雨还是不会少。至少在近几个月里，提到"俞熹禾"这个人，更多人对她的印象还是会停留在"答辩论文抄袭"上。

即使她"顺利"地毕了业。

不明真相的人太多了。

从 S 大到海市各大高校及研究院，不了解她的人数不胜数，只听过只言片语的流言的人也不在少数。出国之前的那几天，俞熹禾还听说了一些言论，说她不过是仗着父亲的身份，才获得了优秀的资源，说她在大学里取得的优秀成绩，也不过是抄袭得来的。

然而话说回来，了解了事实真相又能怎样？

俞熹禾停顿了一下，没有把后面的话说出来。

她想说，你那么喜欢投资，如果能和志同道合的人在一起，应该会比现在更好。

而不是选择她，更不是在刚掌权 AK 不到一年的时候，从中国义无反顾地来费城找她。

更不提，她在费城学习的未来几年里，如果两人要在一起，时差、距离、想念都是问题。

还有她想知道，却不会去问的事情。比如他在欧洲的那两个月发生了什么，他为了谁进入模特圈。如果很重要，他愿意的话，自然会说。如果不重要，那也没有说的必要了。

俞熹禾的话音刚落，陈幸就沉默了。

她有顾虑，从年少动情，到现在，她是最清醒、最冷静的那一个。她热爱科学研究，同时也可以放弃这项事业，但她不会冒着彻底失去陈幸的风险，和他在一起。

　　方程式有可能无解，化学反应向来奇妙，她选择回到最初的关系，青梅竹马，很好的朋友，也就不会有分开的可能。

　　"你还是不相信我。"陈幸似乎尝到了自己唇间淡淡的血腥味。

　　俞熹禾没有说话，但陈幸已经清楚了答案。

　　怎么可能不失望？

　　那时候，他并没有在她身边，而是和另一个女生在谈判桌上，配合得无比默契，赢得一片掌声。

　　阳光下尘埃微微浮动，屋里一时静谧。像是过了很久之后，俞熹禾的声音才轻若羽毛般地响起："那时候答辩出意外，我最先想到的人是你。我不知道为什么，有一些事我只愿意告诉你。但是那天，我没有打通你的电话。我甚至想过，你是不是已经知道这件事，也不相信我……我等了一个晚上，冷静下来后觉得是自己想要的太多，所以才会患得患失。"

　　她在学术报告厅里做过几次个人报告，台下有很多同学，也有老师和旁听的教授。可没有一次，能比当时更紧张。她表面看起来非常冷静，实际心里已是翻江倒海。

　　就算隔了很久，陈幸都没能忘记这一幕。

　　俞熹禾说："陈幸，我不懂投资，当我看见你和许染默契配合的时候，我才发现原来我并不了解你。"

　　年初的那场私人宴会，其实已经有了预兆。

光线渐渐移动，窗外绿林葳蕤。

时间过了很久，陈幸似乎是很轻地叹了口气，然后伸手拉起了她，将她带入怀里。他的下巴搁在她的肩膀上，微沉，呼吸就喷在耳畔，炙热。

"不是那样的。"他说，"我和许染配合默契，只是因为熟悉合作项目。我喜欢投资，但我更喜欢你。"

他可以放弃投资，但是不能失去俞熹禾。

♥ Chapter 04　你是我的军旗

　　"我看过一句话，是这么说的：当我跨过沉沦的一切，向着永恒开战的时候，你是我的军旗。"他微抬眼眸，目光深深地凝望着她，"俞熹禾，你就是我的军旗。"

为了欢迎俞熹禾的加入，实验室的同学开了个派对，地点在某个同学的公寓里。隔壁实验室也来了几个同学，主要都是华人留学生。

直到看到程煜，俞熹禾才知道，组织者竟然也邀请了他。

身边的女同学顿时起哄，纷纷热烈欢迎给实验室捐赠了大笔资金的出资人。

俞熹禾原本坐在草坪角落的木椅上喝水，听到起哄声朝那个方向看了一眼，刚好和程煜对上视线。

他处于一群充满青春活力的同学中间，没有穿正装，更显年轻俊逸，似是他们的同龄人。

自从那个吻后，这是俞熹禾第一次见他，期间他们甚至没有联系过。然而在聚会上，俞熹禾不好表现出自己的不悦，程煜也装作什么都不曾发生过一样。

但是最怕有人起哄。

就算俞熹禾解释过了，也还是有人以为程煜和她正在交往，还特意把程煜带到了俞熹禾跟前，意味深长地说："你们慢慢聊啊。"

俞熹禾很是无奈。

她起身想要避嫌时，程煜叫住了她："熹禾，我很抱歉。"

俞熹禾转身看向他，对方一直都是温润有礼的。

他补充道："那一天未经允许就吻你，我很抱歉。"

什么情难自禁、意乱情迷，程煜原是不信的，直到遇到俞熹禾，直到哲学上意义的"无爱纪"离他越来越远。

可……那又怎样？

"我记得我跟你说过，我喜欢一个人，即使知道和他可能不会有好的结局也没有关系。"俞熹禾握紧了手里的玻璃杯，里面水光粼粼，像是那天陈幸跟她说完"不是那样的"时，落在她手背上的泪光。

实验室的同学好不容易有个没有课的下午，聚会的气氛正高涨。而她止步在这里，连靠近的意图都没有。

"我这么喜欢他，就算有一天感情变淡了，也没有精力去喜欢另一个人。这对其他人不公平，对喜欢他的自己也不公平。"

要么从一而终，初心不变。

要么就从头都没有爱过。

俞熹禾的情感太分明。

如果一开始就要沦陷，那还挣扎什么？

程煜从来都不知道，她也有如此决绝的时候。

在费城七月通透的阳光下，他听见俞熹禾对自己说："你喜欢任何一个人，都比喜欢我好得多。"

他苦笑了一下。

"我看过一句话，是这么说的：当我跨过沉沦的一切，向着永恒开战的时候，你是我的军旗。"他微抬眼眸，目光深深地凝望着她，"俞熹禾，你就是我的军旗。"

他很少连名带姓地叫一个人，不是亲昵暧昧的称谓，就是疏离客套的称呼。

俞熹禾没再开口。

这时候后院的主人过来问他们要不要跳舞，一架钢琴被搬了出来，刚好也有人带来了小提琴。

渐渐西沉的日光下，程煜向俞熹禾伸出了手，手指白皙修长，指尖落着熠熠薄光。

他问："要和我跳支舞吗？"

俞熹禾说："待会儿我要去弹琴……你捐赠给实验室的钱款，我跟大家一样都很感激。但我觉得我们之间还是界限分明一点会比较好。"

程煜收回了手，唇畔是一抹无可奈何的笑。就好像他其实知道俞熹禾会拒绝他一样，可他还是忍不住想要试一试。

"界限分明吗？"

他的眼眸很漂亮，脸部轮廓有着柔和的弧度，温柔又清冷。他如此矛盾。

俞熹禾避开了他的目光，这时刚好有人叫她的名字，她最后对程煜说了句"祝你玩得开心"后就去了场地的另一边。

一架三角钢琴静静地摆放在聚会场地中央，经典的黑色抛光，音板是用云杉木制成。

俞熹禾坐在琴凳上按下琴键，音符如月光回转流动在风里。

不少人在跳舞，只有她一个人清寂成风景。

她想起了陈幸。

那天，他其实还说了一句话。在她低着头几乎忍不住酸涩难过的情绪时，他蜻蜓点水般地吻了下她发顶，说道："如果你不喜欢投资，我也可以远离它。"

他再认真不过，却吓到了她，拽着他腰间衬衫的指尖慌乱得深深陷入手掌。

下一秒，她几乎是失声道："我没有不喜欢——"

俞熹禾弹错了琴键，音符就像她错乱的心跳，无法还原成最初的从容。

跳舞的同学并不知道她弹错了键，舞步未停，而更多的同学在准备烧烤或忙着其他事情，入目都是热情朝气的脸庞。

聚会接近尾声时，同课题组的那个女生来找俞熹禾，没忍住多问了一句:"你和程学长真的不是恋人关系吗?他对你好温柔啊。"

虽然程煜毕业于 P 大的哲学系,但还是有很多实验室里的同学叫他学长。

"我们邀请他来参加聚会,他本来是拒绝了的,可是知道你会来后,就改变了主意。"她也是好奇,"他是在追求你吧?"

旁人一眼就能看得出。

高高在上的 P 大哲学系才子,即使离开了校园也光芒不减。他那样清冷倨傲的男人,怎么会无缘无故地为人放下身段?

"不是。我们只是朋友。"俞熹禾说。女生的表情明显不相信,还想说些什么时,一道男声响了起来:"熹禾,有人找你。"

许多同学循声望去,见那个男生身旁站着一个人,对方一身白衣黑裤,落日余晖晕染在他周身,好看得让人移不开眼。

大家几乎是同时噤了声。

俞熹禾看到他的时候也不免愣住。

陈幸来了半周,一直都没有回国,今天她来参加聚会,他也是知道的,但她没想到他会来这儿找她。

陈幸走近俞熹禾,在后者疑惑的目光下开口道:"你出门忘记带钥匙了。"

俞熹禾不解道:"有你在公寓里啊……"话音还没落下,她看到了站在不远处的程煜,忽然意识到了什么。

陈幸看着她,声色微低,像是在恃宠而骄:"有人居心不良。"

周围注视他们的人太多,俞熹禾也刚好想离开了,伸手拉了一下他的手,被反握住。

"我们还是回去吧。"指尖被他裹在掌心里,俞熹禾想了想后,如是说道。

不等陈幸应答，就有个披着波浪卷长发的女生走上前来，问道：
"你是 Xin？"

陈幸略显冷淡地看了她一眼，顾及到这人是俞熹禾的同学，淡淡
道："你好。"

那个女生眨了眨眼，偏头看了看他身旁的俞熹禾，皱紧了眉头，
连下颌线都是紧绷的。

她在国外读书，但也在使用国内的社交软件，况且陈幸还参加过
不少国际大秀，知名度很高，她自然是知道他的。

她是陈幸的粉丝，知道陈幸退出时尚圈时，她像许多人一样震惊
无比，这种感觉在看到微博上那组"清晨"海报时，尤甚。

Xin 从不与女性合作，独独出现这么一组海报，又伴随着他退圈
的消息出来，信息量简直爆炸。

她是俞熹禾隔壁实验组的同学，看见俞熹禾的第一眼就觉得眼熟，
对她怀有隐隐敌意，但一直都没有表现出来，现在看到陈幸出现在俞
熹禾身边，嫉妒之心再也压制不了。

巴黎那场时装秀是他的初秀，他在国际男模圈待了五年，她喜欢
了三年有余。那组海报最后一幕，他轻吻怀中人晕红的眼尾，仿佛桃
花落下，山雪都融化，叫人沉醉。

那种喜欢，在神态里展露无遗。

冲动之下，她说："这个人正在和其他人交往，你知不知道？"

之前的静默瞬间被打破，一时有了窃窃私语。

这种场景几乎就要和俞熹禾毕业答辩那天的场景重合在一起，那
个女生语音刚落，她就开了口："你可以直接问我。"

来不及出声的陈幸垂眸看了她一眼。

俞熹禾紧了紧与他相握的手，示意他先别说话。她直直地迎上女

生带着敌意的目光，平静地问道："是谁告诉你我在和人交往？"

那个女生懵了一下，这种传言哪里会有个准确源头？

原本来找俞熹禾聊天的同课题组女同学也回过神来，尴尬又紧张地插了一句话："那个……熹禾很早就跟我说过的，她并没有和程学长交往……"

她意在解释，波浪卷长发女生听了之后，脸一阵红一阵白，最后吐出一句："那她也是在和程学长暧昧！谁会平白无故给实验室捐那么多钱！如果不是程学长的关系，俞熹禾怎么能成为系里最德高望重的罗教授的学生？！"

她几乎是在控诉，声调极高。

因为喜欢的"男神"模特退圈，并且有了挚爱。

因为自己努力刻苦了这么多年才进入 P 大，也不能成为罗教授的学生。

聚会上只有几个人是罗教授的学生，近几年罗教授几乎不收学生了，俞熹禾刚来实验室报到的那几天，自然会有不服的声音。

华人留学圈就那么大，什么消息都传得飞快，只是没有人把这个提到明面上来讲罢了。但眼下这件事被当众提出，等同是撕破脸要在这个圈子里带头孤立她。

陈幸不知道这件事，眉头皱起，不悦的神色已经很明显。俞熹禾一直紧紧拉着他的手，担心他生气。

她说："本科期间，我以第一作者的身份发表过 SCI 论文和 Nature 文章，论成绩，我不会输给你。"

之前在 S 大导师的建议下，她参加过很多考试，SAT、托福、雅思都考过，申请国外的大学并不难，只是要在短时间内申请下来会有些费时费力。

诚然，程煜是给实验室捐了一批价格高昂的新仪器和一笔钱，但P大向来不缺资金赞助，这些都不是教授选择她的原因。罗教授明确拒绝过那笔钱，只不过对方说，他毕业于P大，这也是在回报母校，于是才接受。

她能被录取，说到底，最重要的因素还是她的学术能力强。

简单来说，单是就成绩而言，就足够支持她考入P大，只不过导师不一定是这位罗教授罢了。

她完全可以凭借优秀的学业成绩进入P大，程煜只是为她节省了时间和精力，要说他给予她的最大的帮助，就是把她推荐给了罗教授这样的优秀导师。

有钱有势的人那么多，出手的美金数额比这个高数倍的也不是没有，却不是每一个被推荐的人都能成为这位罗教授的学生。

俞熹禾微阖了一下眼眸，抬眼看向不远处的程煜，他神情淡漠，目光从未从她身上移开过。

陈幸出现的时候，程煜差点捏碎手里的玻璃杯，眼中的锋芒就敛在水光里。

他不动声色地看着这一幕，他想看看陈幸要怎么维护俞熹禾，却忘记了像俞熹禾这样的女生，如果不是必要的话，是不会依赖他人的，她也决不会主动麻烦别人。

那个女生的脸色白了，其他原本心有不甘的人也都一同沉默了。

讽刺的是，这个聚会本是为了欢迎她加入实验室才举办的。

俞熹禾不想多说什么，只觉得一切都糟糕透顶。

离开时，陈幸与那个波浪卷长发女生擦肩而过，低声道："想好好待在P大，就专心做你的数据。"

连同那句"你好"在内，他对她只说了两句话，而这两句都是因为俞熹禾。

　　陈幸在费城租了一辆车，回去的路上，俞熹禾只揉了一下太阳穴，就被坐在驾驶座上的陈幸注意到了，他问："头疼？"

　　俞熹禾正在走神，没听清他说什么，只"嗯"了一声。

　　在一个陌生的地方学习，要重新适应新的课题，同学以及教授，更何况在最近一周里，她的情绪大起大落，生病才好没多久，本来就不适合那种针锋相对的场合。

　　天色已经暗下来，路灯与车灯、霓虹交相辉映，他的手搭在方向盘上，腕间与她成对的星空表流光璀璨，矜贵优雅。

　　陈幸在道路旁停下车，解开安全带后探过身替她揉了揉太阳穴，在白皙的肌肤上微微打旋时，力道温柔，动作小心。

　　"阿禾，你可以依赖我。"他的声音低得像是在哄她。

　　闻言，俞熹禾抬眸看着他。路灯的光透过车前挡风玻璃照射过来，蓦然迎上这样的光，她有些不适应地闭了一下眼睛，而后才温吞地说道："国内那么多事还要等着你处理。"

　　陈幸不是听不懂她话里的深意，指尖一停后滑下来，轻轻压在了她的脸颊边，半捧着她的脸。他声音微沉："你在担心什么？"

　　俞熹禾抿着唇没有说话。

　　陈幸眉头一皱，忽然俯身亲了一下她的嘴角，温热感一触即散，他退开时声音喑哑地说了句："你可以不说，但我会吻你。"

　　"你不会……"

　　陈幸打断她的话，目光牢牢攫住她："我说到做到。"

　　像是场拉锯战，俞熹禾与他四目相对良久，最后先败下阵来。

"我至少要留在这里两年才能完成学业。不论是你留在这里陪我，还是在国内等我，都对你不公平。"俞熹禾微垂的睫毛颤抖得厉害，"陈幸，你明明知道我舍不得。"

"我喜欢你七年之久，现在因为这不确定的两年，你就想放开我？"

他的声音听不出喜怒，只在最后那个尾音里流露出淡淡的自嘲。

"为了这两年，就让之前的七年统统作废，阿禾，这不是我的行事作风。"

他的眸光深沉，视线落在她微颤的长睫上，光线流转，那上面仿佛是沾了一点水光。星光都揉碎在她眼里，她的神情是一种无法言表的难过。

他清楚她从小到大所受到的教育，她不会轻易示弱，不会依赖人，习惯隐忍不言，自己强撑着。

尤其是感情。

除了陈幸，她没有喜欢过任何一个人，遇到困境，冷静如她，也会束手无策。

"之前带给你的不安全感我都会解决，给我一个追回你的机会，好不好？"

陈幸这么问，无非是仗着俞熹禾一定会心软。

这几天在费城，陈幸经常在深夜与国内 AK 总部高管开视频会议。有一次俞熹禾整理课程记录到一半，从房间出来倒水时，见他还在客厅的沙发椅上坐着，茶几上的文件堆了一叠又一叠。

视频场景是在会议室，长桌两边是着清一色西服正装的高管，全都是神情严肃。

怕吵到她，陈幸戴着耳麦，有条不紊地下达指令时声音冷静沉稳。

他很忙，一直都很忙。

从曼哈顿回来，后续项目最需要他决策，他却又启程去了美国。国内的董事会以为他们的执行官是想撂挑子不干了，差点没揭竿起义。

客厅只开了一盏灯，光线也不是很明亮。

俞熹禾站在房间门口看了他好一会儿，怕打扰到他，放轻脚步去倒了杯水，又泡了杯咖啡，在他结束视频会议时把咖啡放在了他手边。

"你什么时候回国？"

陈幸没有喝那杯咖啡，而是手一抬，把她轻轻拉进了怀里，指尖按上了她的后脖，勾起柔软的发丝："再陪你一段时间。"

经过那场"谈判"，他们达成了协议。陈幸会回国，但不会对俞熹禾放手，而她也不能逃避。

所有他带给她的不安，他都会一点一点地消除。

俞熹禾有些窘迫："我又不是小孩……"刚刚被他一把拉进怀里，她脚上的拖鞋滑下来，掉在了一边，露出赤裸的如白玉般的脚来，现在只能虚虚地踩在陈幸的拖鞋上。

陈幸抱着她，应道："你是我的小朋友。"

听到这句话，俞熹禾踩了一下他的脚。

陈幸揉了揉她的发顶，原本嘴角噙笑，不知道想到了什么，目光微沉下来："程煜给你所在的实验室捐了多少？"聚会上那个女生说程煜给实验室捐了一笔钱，为了谁，这再明显不过。

俞熹禾猜到陈幸想替她给这笔钱，于是说："我自己会还的。"

出国前俞父打了一笔钱在她的账户上，能勉强还一部分。不过在那之后，联系她的是程煜的下属，对方在手机里公事公办地跟她说："这笔钱你不用还，程少是不会收的。"

所以在那个聚会上，她才会跟程煜说他们之间界限分明些会比较好，她不想欠程煜什么。

陈幸不再说话，转而问起俞熹禾目前在实验室的课题内容。俞熹禾简单说完后，陈幸又问："你和程煜是怎么认识的？"

俞熹禾愣了一下，他这么骄傲的一个人，也不知道为这件事介怀了多久。

她把在拉斯维加斯赌场上发生的事一五一十地跟他说了，还说了之后他来S大投资的事，一直说到他帮她联系P大，带她来美国报到的事。陈幸想起那天程煜吻她的那一幕，微微皱起了眉。

俞熹禾的话音刚落，就感觉他扣在自己腰间的力道一重，随后他就吻了过来，占有欲极强地碾压过每一寸唇瓣，直待她的唇关微启，便长驱直入，吮吸纠缠，津液相浸。

她雪白的脚趾一根根蜷了起来，从尾骨往上都是酥麻的。

"乖。"唇舌相抵，他的嗓音又低又哑，像是醉了，"叫我的名字。"

他不想听她和一个对她别有居心的人之间的事，压不下嫉妒的情绪，直想要确认主权，甚至想要把她藏起来，筑金屋来藏她。

谁说国际男模Xin是冰山孤月，不动情欲，不会嫉妒？

俞熹禾就是他的软肋。

想听他叫自己的名字，软的，甜的，那一声唤仿佛是打开潘多拉魔盒的钥匙。

P大化学系有暑假课，待俞熹禾适应了这里的学业进度和课程内容后，陈幸回了国。他身为AK的执行官，不可能一直待在美国，有些重大项目必须他回去决策。

在费城国际机场，陈幸登机前把一个密封袋交给了俞熹禾，交代她回去再打开，记得签字。

俞熹禾"嗯"了一声，联想起之前林桃跟她聊的某些霸道总裁小说的剧情："像是离婚协议书？"

林桃说的嘛，离婚一时爽，追妻火葬场……

陈幸愣了一下，俞熹禾也意识到自己说了些什么，耳根忽地一下烫了起来。她转头红着耳朵就想走，手腕却被扣住，只听见他问："离婚协议书？"

俞熹禾懊恼了半天，都不知道自己刚刚是怎么把那句话说出来的，现在视线飘忽着，不敢对上陈幸意味深长的含笑目光。

"我不是那个意思，只是小说情节……"

她越要解释就越慌乱，脸颊就偏偏不由自主地也红了起来。

陈幸低低笑出了声音，扣住她手腕的手指微微用力。马上就要登机了，他很舍不得这个人，甚至有把她一起带上飞机的冲动。

"不是在暗示我们要结婚吗？"

俞熹禾支吾着否认，陈幸并不理会，反而像高中时候那样，带着些顽劣的表情看她——喜欢看她红着脸，眼睫像蝶翼扑扇的样子，想咬一口她可爱的、温软的脸颊。想欺负她，又恨不得将她捧在手心，含在口中，珍视她。

"那为什么要脸红？"

俞熹禾简直要说不出话了。陈幸太恶劣，就像以前非要让她去看他的篮球赛一样，一整个课间把她堵在墙角，路过的同学都忍不住笑着装作没看见。

那时候被堵在墙角的她脸颊也是红的，陈幸也问了相同的一句话："那为什么要脸红？"

为什么脸红？

因为喜欢啊。

因为你的每一次靠近，都能惹得我意乱情迷。

陈幸乘坐上回国的飞机，俞熹禾在机场待了很长的一段时间才离开。回到公寓，她拆开密封袋之后才知道，里面装的是一份股权转让协议。

陈幸把名下 AK 三分之二的股权都转移到了她的名下，而且已经公证过，只需要她的一个签名，协议就可以生效。

他给出三分之二的股权，等同是让出自己在 AK 一半的控制权，多少人觊觎他的权势，可他毫不犹豫转交给了俞熹禾。

他无非是在告诉俞熹禾，你不懂投资也没有关系，我把 AK 的话语权交给你，只要你想，随时都可以撼动我的地位。我让你参与我的世界，你是我的裁决者，也是我的最高执行官。

不可谓不纵容。

如果被 AK 的董事会知道，那些年事已高的董事恐怕会气得血压飙升。

俞熹禾没有签字，而是把文件小心收好，装回密封袋里，锁进了抽屉。

从美国到海市，总共十多个小时的航行时间。陈幸才登上飞机，俞熹禾就开始想他了。

平日里她既要做实验，也要上专业课，在实验楼走廊上，俞熹禾再次碰见那个波浪卷长发女生，彼时见到俞熹禾，她脸色一白，什么都没说，转头就走了。

同组的同学跟俞熹禾聊起时，不免嗤笑："圈子就这么大，她那天摆明了是想让你难堪。"也有人问起那天来找她的那个男生是谁，真像国际男模圈里的那个谁，气场十足，简直就是小说里写的花美男。

俞熹禾没有多说，只说那是她喜欢的人。

同学感慨道："和程学长一样啊，遥不可及。"

提到程煜，其实在陈幸离开美国的第二天，俞熹禾跟他见过一面，当时程煜在电话里说是有一幅画要给她，算是物归原主。

他在电话里没有说那是幅什么画，只说了碰面的时间和地点。俞熹禾上完课在校门口见到了程煜的车，从车上下来的却是程煜的下属。

他说："程少临时有事脱不开身，让我来接你过去。"

"去哪里？"

俞熹禾端坐在后座，预感这件事大概一时结束不了。她不知道程煜说的那幅要物归原主的画是什么，印象里她没有买过什么画。

下属回道："到了那里你就知道了。"

车程不算长，最后车停在了一个艺术馆门口，俞熹禾跟着程煜那位下属走了进去。

里面的展品很多，除了各种各样的画，还有一些雕塑作品。

俞熹禾一边看着这些展品，一边猜测程煜为什么和她约在艺术馆。在走廊尽头的那幅壁画前，俞熹禾停下脚步，专注地看着这幅壁画，即使经过漫长岁月的洗礼，它也依旧色彩艳丽。

那位下属突然开口："俞小姐，程少对你很上心。"

对方看起来沉默寡言，在车上沉默得像个木头人，这会儿和她提起程煜，俞熹禾有些意外。

"你知道他说的是什么画吗？"俞熹禾问。

为了保护壁画展品，这里的灯光打得比较暗，那位下属就站在光源外，回道："是一幅你的肖像画。程少在海市的一场慈善拍卖会上花重金买下来的，后来一直收藏在这座艺术馆里。"

俞熹禾想起以前陆谨言给她画的那幅画。她确实听他提过想要用于慈善拍卖，她当时也同意了。

只是她没想到那个买家会是程煜。

他买这画做什么？俞熹禾的心里有些郁结。说实话，她不太想和程煜有过多牵扯。

"程少是为了俞小姐才留在这里打理一个并不重要的子公司的。"

俞熹禾不知道他说这些话是不是有人授意，但这些话多少让她有点不舒服。她刚要开口打断，就听到有人在叫她的名字。

"熹禾。"

她转身看向身后，程煜就站在不远处。

下属见状，自觉地离开了。

环境一下子静谧起来，俞熹禾有些不安。她不知道程煜说的那幅画原来是自己的那幅肖像画，对方还在慈善拍卖会花重金买下，真是……让人头疼。

俞熹禾叹了一口气，道："那幅画虽然画的是我，但它并不属于我。既然你已经买下了它，那它就是你的，所以不存在物归原主的说法。"

说完她就想离开。

和程煜待在一块，总让她想起先前程煜对她说的那些话，尤其是克制不住要乱想他说的关于陈幸的那些事。

"等一下，"程煜叫住她，"你不收回它，连看看也不想吗？"说完程煜径自上了二楼，不给她拒绝的机会。

俞熹禾无奈，只好跟了上去。

画放在二楼正中央的水晶柜里，天花板上打下来的光线十分绵柔。俞熹禾看到那幅画时，还能想起那天落日余晖温柔地洒在幽蓝湖面上的场景。

她本意不在看画，也就简单地看了看，最后视线停留在画旁边的那个标签上，上面有两行文字，第一行是意大利文，第二行是英文翻译——爱与光。

沉默良久，俞熹禾开口："程煜，你没必要这样。"

程煜笑了，说："你这么聪明，不妨猜猜我想要的是什么。"

"我不喜欢你，我想我之前就已经说得很清楚了。"她皱着眉，继续道，"我很感谢你，但我不会因为感谢……"

"这不像你。"程煜第一次打断她的话，"你不是那种会把话说绝的人。"

俞熹禾看着他，心情复杂。

"以后会发生什么，谁都不能预测。"程煜站在那幅画前，深邃的目光落在她身上，"熹禾，你又怎么知道，我不会是对的那个人？"

对的那个人？哲学上的宿命论吗？

俞熹禾有些无可奈何，道："程煜，我有权利拒绝。"只要她拒绝，宿命又能怎样？对的那个人就算不是陈幸，又有什么关系？等到了那一天，她再认命。

这一层还有其他来看画展的游客，已经有人往这边看了，俞熹禾没有办法，低声道："我们到外面谈吧。"

在今天把该说的都说明白。

俞熹禾不知道的是，陈幸在回国前找过程煜。在一个射击场里，他九枪连中靶心后，枪支在指间旋转，枪口对向了程煜。

"打个赌吗？"

用资金、生命及所拥有的一切做赌注，来打一次赌，一旦输了即是血本无归。

那家艺术馆的后面有一栋老旧的建筑，建筑的风格类似于巴洛克，美术馆的馆长近期打算把它拆了，扩建艺术馆。

拱门檐壁跃出，上面的壁画也十分精致。俞熹禾就站在那扇拱门下，几缕长发垂在胸前，光晕就落在她的发梢。明明是在炎热的午后，她却看起来冷淡无比。

"你试图欺骗过我。"

"是，我对你说了谎，但真假参半。"程煜没有否认。

俞熹禾站在他两步开外，刻意地拉开了与他的距离。他几乎忍不住想要伸手把她扯进怀里，吻她也好，拥抱也罢，离她近一点就可以了。

谁能想到当初在月色下的那个亲吻，竟然会让拉斯维加斯的程少慌乱得像个初次动情的毛头小子？

"我不是善人，但是陈幸和我一样。"程煜看着她。

俞熹禾却只是回了一句："他很好。"

"在你心里，他确实不同。你说我欺骗过你，那他呢？他就没有隐瞒过你什么吗？"程煜停顿了一下，然后有些无奈地笑了笑，"不过是因为喜欢，所以你才偏心于他。"

说完，程煜便离开了。自此，他就像消失了一般，再也没有联系过俞熹禾。

直到九月。

那天，罗教授突然找她。

俞熹禾也是后来才知道，原来罗教授和程煜当年在 P 大的导师是好友。

罗教授原本约了好友见面，但学院临时通知有会议，他拜托俞熹禾送份文件去哲学院那边给对方，临走前还加了一句："刚好程煜也在那边哦。"

什么叫刚好程煜也在那里？俞熹禾觉得罗教授好像误会了什么。还没等她解释，罗教授就已经匆匆地出了门。

俞熹禾只好带着文件往哲学院的大楼走去。直到走到哲学院的大楼下，俞熹禾才想起来，罗教授还没来得及告诉她要将文件送到哪一个办公室。俞熹禾正愁该找谁打听，肩膀突然被人拍了一下。

俞熹禾回过头，看到一张有点眼熟的面孔。

"你好，我们见过。"对方笑着跟她打招呼，意味深长道："你是程煜的小姑娘？"

"你误会了。"俞熹禾这才想起来，面前的人应该是之前程煜让她帮忙救场那次，坐在程煜旁边的那个。原来是程煜的朋友。

那人也不介意她的冷漠，知道她的来意后，连忙热情地说自己顺路，要带她进去。

俞熹禾想到自己确实不知道要去哪个办公室，便没有拒绝。

出了电梯，男人直接把她领到了一间会议室门前，拉开门，里面坐着十几号人，全是年轻的面孔，看着都不太像罗教授的好友。

程煜也坐在其中，看见她的时候，明显有些意外，起身朝她走来，问："怎么了？"

俞熹禾避开他的目光，她以为那天她说完那些话后，他不会再想见到她。

"罗教授让我送一份文件给你的导师。"俞熹禾回道。

"他刚刚有事出门了，你把文件给我吧，我帮你给他。"说完，程煜握拳掩着唇轻而克制地咳了一会儿，像是感冒了，平息后才接过了她手里的文件。

俞熹禾欲言又止，到底没有把话说出来。

倒是会议桌边上的一个美艳的女人勾着红唇，戏谑道："程大公子什么时候这么乐于助人了？"

带俞熹禾过来的男人"啧"了一声，出声化解对方有些咄咄逼人的语气："我也帮了忙，怎么我就没被提名？"

那个女人的脸色微变，还想说句什么，却生生被程煜瞥过来的带着警告意味的视线打断。还没等她反应过来，下一秒，他的目光收回，落在俞熹禾的身上，笑道："别欺负她。"

俞熹禾不想在这种场合多待，对程煜说了句"谢谢"就准备离开。程煜却跟着她出来了。

俞熹禾听到脚步声，转身看到他，停住了脚步。她抿着唇，站在楼梯中间，程煜停在距离她三级阶梯的地方，掩唇咳嗽，眉宇间有些疲惫，半晌后才道："我以为你至少会问一问我。"

问什么？关心他的身体吗？

俞熹禾垂眸想了一会儿，说："你找我有事吗？"

"你对我就只能这么冷淡吗？"程煜一步一步走近她，俞熹禾想退，在他再靠近一步，伸手就要碰到她时，她转身跑下了楼梯，却在楼梯转角处被他从后面拉进了他的怀抱，抵在了白墙上。

"程煜！"

俞熹禾背靠着墙，用力甩开他紧握着自己手腕的手。楼梯离那间会议室不远，她担心动静太大会引来麻烦，又惊又怒地压低了声音："你走开！"

程煜垂眸盯着她，他戴了眼镜，镜片后的目光有些冷。他说："我很抱歉。只是你要跑，我没有办法，所以只能拉住你。你放心，我不会做什么。"

俞熹禾心中慌乱，却只能压下那种不舒服的感觉，等着他接下来要说的话。

"就算你拒绝了我的追求，那我们也可以做朋友吧？就看在我帮过你的情分上，可以吗？"因为感冒，他的声音有些沙哑，那真诚的语气让俞熹禾一时哑然，说不出拒绝的话。

程煜帮助过她，她的确欠着对方的人情。

过了一会儿，俞熹禾开了口："那我还给你的钱，你要收下。"

程煜的目光微沉，终究应了一声："好。"

"那你让开一点，我要回实验室了。"俞熹禾看着他说道。

程煜往后退了一步，俞熹禾推开他，说了句"再见"，便头也不回地离开了。

程煜看着她离开的背影，神色一点点冰冷下来。

"呦，程大公子啊。"带俞熹禾过来的那个男人此刻慢悠悠地出现在楼梯口，也不知道偷听了多少，他模仿着刚刚会议室那个女人的语气，揶揄道，"你什么时候学会苦肉计这一招了？"

程煜靠着墙，对他的问话不置可否。

俞熹禾在 S 大时就跟着导师研究制作香水这一方面的课题，恰好她现在在 P 大的实验课题也与香水有关。

目前的研究停留在粗提炼这一阶段，即使开了通风橱，实验室里还是弥漫着试剂的气味。

下午来交接的同学早就换好实验服，俞熹禾和搭档记录好数据后就离开了实验室。

几个人约好了一起去食堂吃饭，发现同组的同学大部分都在。有几个男生聊起金融新闻，其中一个卷毛男生提起欧洲的资本市场，有人接了句："我记得两年前有个新闻，欧洲某地的黄金被大量抛售，直接引发了当地地下交易市场的混乱。"

"那时候我在欧洲，背后控局的那位简直太厉害了，身份神秘，手段无出其右……我听说那位好像是个中国人。”

他们聊到一半，坐在俞熹禾对面的男生叫了一声她的名字，问道：“我们讲这些，你会觉得无聊吗？”

俞熹禾摇摇头："不会。"她的长发高高地束起来，一双桃花眼微微弯起，气质温婉，一看就是出自名门，教养甚好的女孩。

坐在她对面的男生愣了一下，开玩笑道："要不明天做实验的时候，我和你一组吧？"

原本和俞熹禾一组的搭档挑了一下眉，语气不满："你这就直接越过我了？我才是熹禾的搭档。"

几个人起了哄。

那个男生有些不好意思地抿唇浅笑，看向俞熹禾的那双眼睛亮晶晶的。

吃完饭，大家一起去上课时，俞熹禾刻意走在了后面，那个男生等了一会儿，走在了她的旁边。

前面的人都默契地没有回头。

男生红着脸欲言又止的时候，俞熹禾先开了口："我有喜欢的人，是那次聚会来找我的那个人。"她的声音很温和，语气认真。

她已经说得如此直白，相信那个男生一定会明白她的意思。

他愣了片刻，脸还是红的，支吾了一会儿，仍旧有些不死心，问："那我是没有机会了吗？那个人是真的喜欢你的吧？"

虽然他早看出了那人眼中的浓浓爱意和毫不掩饰的占有欲。

俞熹禾"嗯"了一声。

她浅浅地笑着，笑容真诚，桃花眼弯起动人的弧度。

男生有些泄气，感叹道："要是我早一点遇见你就好了。"

俞熹禾眨了一下眼睛，没有接话。

她想说，这和时间没有关系，不论其他人出现得早晚与否，她只会喜欢上陈幸。

　　这种感情，是生命里的有且仅有的，也是函数方程式的唯一答案。

　　这几周俞熹禾都和陈幸保持着联系，每天早上他都会打电话过来说早安，微微压低的声音亲昵得像是近在咫尺。

　　唯一一次没有接到陈幸的电话的那天，俞熹禾接到了另一个电话，是个费城的号码。

　　她看了一眼手机上陌生的号码，有些疑惑："喂？"

　　那边一时没有回应。

　　此时正值下课时间，有认识的同学走过，和俞熹禾打招呼，她一一回应了，然后发现手机里还是没有回应，心里忽然有某种预感，试探地开口道："陈幸？"

　　手机那头的人轻笑出声："不期待吗？"

　　俞熹禾脱口而出："你来费城了？"

　　"嗯。"他似乎是在外面，周围有汽车的鸣笛声和路人的交谈声。

　　"今天费城下雨了，你有带伞吗？你在公寓等我，我马上就要回去了。"俞熹禾看了看外面的雨，不等雨停就要离开。她正要冲进雨中时，他的一句话让她停住了："我想我们应该很快就要见到了……"

　　通话戛然而止。

　　仿佛有感应一般，俞熹禾抬头就见到对面的教学楼后走出来一个身影，他撑着伞，逆着下课的人流而来，气质卓然，相貌出众。

　　俞熹禾惊讶不已，没想到他说的"就要见到"会这么快。

　　他撑着伞走到她面前，有些凉的长指拉过她的手腕，将她轻轻拉近，笑意在唇畔徐徐展开。

　　费城下了雨，室外的温度有些低，俞熹禾被他拢在怀里后抬起脸看着他，笑意在桃花眼里漾开。

她气息微浮，有些乱。

"你怎么突然来这里了？是有急事要处理吗？是不是很严重……"

"嗯。"他又应了一声，低低的，带着淡淡的笑意，满是宠溺。

紧接着他又说："我很想你，晚一天见到你，我都无法忍受。"

俞熹禾放下刚刚提起的心，笑吟吟地看着他。她现在居然能够淡定地听他讲这些话："真的啊？那陈先生，你引以为傲的自制力也不过如此。"

"我引以为傲的是你才对。"陈幸失笑，低头吻了一下她的额头。

周围人纷纷侧目看着这对相貌出色且般配的情侣，一脸羡慕。

雨声淅沥，如呢喃细语。

晚上，两个人吃完饭回公寓，正准备上楼时，俞熹禾的手机突然响了，竟然是程煜。

其实他已经很少和俞熹禾联系了，今天他的电话来得有些突然。

好在程煜只是问了问罗教授最近的身体状况。前段时间罗教授的身体不太好，经常学校、医院两头跑。程煜的导师和罗教授是好友，他打这个电话来，也不算奇怪。

挂断电话后，身旁的人随口问了一句："是程煜？"

"他来问罗教授的情况。"俞熹禾收起手机，没有要隐瞒的意思，"我已经跟他说清楚了，以后我和他最多只会是朋友。"

在一方意有所图的情况下，哪里会有纯粹的朋友关系？俞熹禾当然明白这个道理，只是那时候她没有办法再拒绝。

陈幸不悦地皱了一下眉，最终还是没有开口。

俞熹禾以为他有些不高兴，保证道："我知道分寸的。"

可她哪里会清楚陈幸的行事准则？尤其是涉及到她，他不能允许有一点点的意外。

费城下了一个晚上的雨，第二天就晴了。

俞熹禾走出卧室洗漱完时，陈幸已经温好了牛奶，餐桌上还有形状完美的溏心蛋以及外卖送来的新鲜水果和寿司。

他还做了意面，搭配现刨的芝士。

俞熹禾穿着长衬衫，一头长发随意地散落在肩上，她坐在桌前安静地喝着牛奶。

陈幸一边替她擦掉嘴边的番茄汁，一边问："今天早上有课吗？"

俞熹禾摇摇头："早上休息，中午要去趟实验室。"

过了一会儿，她想起了什么，问陈幸："你这次要在这里待多久？"

"我休假了，短时间内不会回国。"陈幸把装着寿司的盘子推至她的手边，示意她多吃点。

俞熹禾不解："你是执行官，你休假了，你的工作谁来代替？"

"重要事项高层会开会决定。"

虽然他是这么解释的，但接下来的两天里陈幸经常接到电话，从国内打来的，都是和公司有关的。

他名义上是休假，却比之前更忙。

俞熹禾问起时，他只说是小问题。或许是他从不骗她，俞熹禾也没有深想，以至于一周后她才知道 AK 出了事。

有人对 AK 恶意施加压力，多方面下手，AK 接连损失了好几个单子，市值一日之内蒸发近亿。

她在国外很少关注国内的金融资讯，林桃告诉她这个消息时，她都不敢相信。第一天市值蒸发近亿，第二天只会以倍数增长，只多不少。

林桃担心地问了句：听说这种针对从一个月前就开始了，AK 实力这么雄厚，应该没事吧？

俞熹禾不知道。她不懂行情，也不了解其中的手段，但她明白"恶意"两个字是什么意思。怪不得这几天陈幸那么忙。他经常一个人忙到凌晨，却在她面前隐瞒了这些。

俞熹禾是在上课的时候收到林桃发来的消息的，当时罗教授正在台上讲解一篇学术论文，距离下课还有很长的一段时间。她越想越着急，于是她有史以来第一次早退了。

在回公寓的路上，俞熹禾的手机响了，来电显示是程煜。

俞熹禾没有心情接电话，她一心想着陈幸，觉得自己蠢得厉害——这么多天来她居然没有发现一点异样。就算她无意提到了，也被陈幸三言两语带过。

她没有接这个电话。

她很不安。

她回到公寓后，发现陈幸不在客厅，而是坐在阳台上，用德语在打电话，神情冷淡。

俞熹禾只能听懂很少一部分的德语，陈幸在整个通话中提到的专业术语太多，看到陈幸微沉了神色，她的心慢慢揪了起来。

AK 出了事，他比谁都要担心。

陈幸结束通话后转身就看到了她。

此刻她一只手不安地攥着自己的衣领，赤足站在地板上，显得有些无措。

他没想到俞熹禾会突然回来。

俞熹禾问他："AK 是不是出事了？"

隔着几步的距离，陈幸刚刚通话时的冷色慢慢消退，他不想跟她说自己遇到的麻烦。

"为什么不告诉我？你一个人撑着……"俞熹禾的话止在了唇边。她想说，你一个人撑着，该有多难熬——就像那时候她成为众矢之的，孤立无援一样。

她没有把那句话说完，而是问了一句："AK 出事你不回国吗？"

陈幸背着光，身后是缤纷的霓虹，让人感觉有些不真实。

即使是现在，俞熹禾也在怀疑，这近一年来发生的事是不是她一个人的臆想，然而，对方从始至终都保持着距离。

不知道过去多久，在她不安到极点的时候，陈幸抬步走近她，长指拉下她攥着自己衣领的手。

"我现在回去，只会面临一个局面。"

俞熹禾惴惴不安："什么？"

"被董事会弹劾，然后下台。"

他的声色很淡，不似刚刚和人通话时的冷冽。

"那你知道是谁恶意针对 AK 吗？"

陈幸念出了一个公司的名字，目光一如既往地平静，除了看她，还是看她。

而俞熹禾听到陈幸说出那个公司后愣神了几秒。

不为别的，只因为陈幸说的这个公司她是知道的。这个公司是程煜名下的产业之一，程煜来 S 大化学院，就是以这个公司的名义进行投资，与化学院合作的。

电光火石之间，俞熹禾想起那时候罗教授让她帮忙送资料去哲学院时，在路上遇到的程煜的朋友。那时候程煜的好友说过一句："他这几天就是为了你在忙。"随后，他轻轻地"呵"了一声，意味不明。

刚好是一个月前，时间也能对得上。

大概那时候程煜就开始恶意针对 AK 了。

　　俞熹禾的心情顿时复杂起来，胸口闷闷地疼。她陷入困惑里不知道如何是好，只清楚这件事与她有千丝万缕的关系。

　　那天见面之后，程煜还给俞熹禾打过电话，只不过她再没接过。由于罗教授的关系，俞熹禾没有删掉他的联系方式，他发来的消息里，她也只挑了公事回复。

　　他们两个，不可能再做朋友了。

　　俞熹禾回避着程煜，尽量忽视这个人的存在。

　　一周后，AK 终于化解了危机，挽回了损失，不过陈幸并没有立马回国，反而继续留在这边，美其名曰休假。俞熹禾起初还有些担心，忍不住问了几句。每次陈幸都故意转移话题，笑着把她搂在怀里，说："如果我没了工作，只能靠夫人你养我了。"

　　俞熹禾窘迫不已，不知道该把重点放在哪里，嗔怪道："什么夫人啊？"

　　陈幸的手覆住她的手，十指相扣，时间从情侣腕表上静静地走过。

　　"抱歉。"俞熹禾的背后是他的胸膛，此刻那里微微起伏，是他在闷笑。

　　她刚要回头，就听到他接着说了下去："忘记加姓氏了，应该是'陈夫人'才更准确。"这一句落在俞熹禾的耳里别有意味，尤其是"陈夫人"这个词辗转于舌尖再滑出时，暗示得十分明显。

　　俞熹禾的脸瞬间红了起来，下意识就要抽回与陈幸交握住的手，结果适得其反，被他更用力地握紧。他从后贴近，另一只手擒住她的下巴逼她回身，然后低头吻住了她。

　　极长的一个吻，力道不重，温度炽热。

　　在俞熹禾不知情的时候，AK 的难关"有惊无险"地度过了。

那天她还在实验室工作，陈幸给国内的助理打了个电话。

这些天里工作兢兢业业，还要不动声色地给对手公司"放水"的助理，接到这通电话后终于松了一口气。

在只听命于 AK 最高执行官的这个团队里，没有人会质疑他的决定，有的只是全然的信任。

即使陈幸下达的命令是无视对手公司的恶意竞争，暂不实施危机处理计划。

而现在，他们终于等来了陈幸的这通电话，这意味着他们终于可以反击了。

AK 依旧是业界不可撼动的存在。

套住资金、打压项目、动摇高层人心等等，都是击败一个公司的手段。

从那场对赌开始，程煜就算计了许久。他曾经试图套牢 AK 的资金，打压陈幸，对方却仿若一块铁板，他的计划根本无进展，甚至给己方带来了不小的损失。

直到十一月初，程煜的计划才有了转机。AK 一直在跟进的大案子突然谈崩了，原先投出去的巨额资金都打了水漂，一时间 AK 的损失惨重，甚至影响了公司的资金周转。

程煜来不及想其中具体发生了什么，刚想趁势打压陈幸，对方的反击却来得令他措手不及，仿佛之前的节节败退是幻觉。

程煜听着下属汇报的数据，泛白的手指紧紧捏成了拳。

难道陈幸在耍他？

程煜正为了此事忙得焦头烂额的时候，突然传来 P 大化学系的实验室发生火灾的消息，据说在场的几个人都受了不同程度的伤，已被送往医院。

而发生事故的地点就在俞熹禾所在的实验室隔壁。

程煜接到消息，第一时间就赶了过来，在化学防治区的走廊上见到静坐在长椅上的俞熹禾。也许他本人也没有意识到，当俞熹禾安然无恙地出现在他视野里时，他松了一口气，原本皱起的眉头也平展了开来。

"熹禾——"他大步朝坐在长椅上的女生走去，在她带着惊讶的目光里，努力克制着想伸手抚上她脸颊的冲动，压下想通过触摸来证明她就在身边的念头。

"你有没有受伤？"

他从未对旁人有过这种放低身段、小心翼翼的态度，遇到俞熹禾，他有了无数例外，对方却一而再，再而三地将他推开。

俞熹禾从长椅上站起来，她的实验服在刚刚的火灾中烧到了衣角，雪白的布料上留下了一圈一圈的褐色印子："出事的是隔壁的实验室，我没有事。"

"你没有受伤就好。"程煜道。

"谢谢程先生的关心。"俞熹禾的语气客气又疏离。

程煜想起他们第一次在赌场上见面时，她对待还是陌生人的他都没有这么冷淡。他忽然有些恍惚，忍不住将自己心里的话问了出来，即使他早已经猜到了答案。他问："为什么不接我的电话？我真的很担心你。"

得知化学系的实验室出了事故后，他给俞熹禾打过好几通电话，每一通都无人接听。

那时候的俞熹禾正在和同学一起处理事故，根本来不及接电话。

直到后来到了医院，她才看到手机上的来电信息，然后果断地选择了删除。

因为她不想再跟他有任何联系。

俞熹禾深吸了一口气，说出来的话像刀子一样插在程煜的心口，她说："程煜，我发现我错了，我们做不了朋友。"

程煜狠狠皱了一下眉。如果眼前的人不是俞熹禾，如果让他这样郁结的人不是她，按照他往常的作风，这个人不是就此后悔，就是永远消失……大概对方是俞熹禾，他到底舍不得。

"因为陈幸？"在医院的走廊上，他的话里有些自嘲，眉眼微垂，睫毛在眼下投下落寞的阴影。

一提起陈幸，俞熹禾就想起 AK。这段时间程煜的公司都在恶意针对 AK，若说是无意，谁会相信？她也有旁人不可触碰的底线，她一贯脾性好，却也比任何人都懂得利害关系，知道权衡轻重。

程煜也明白这些，他又道："如果那场赌局，赢的人是你……"

是否一切都会不一样？

她不会回国向那个人表明心意，也就不会在自己出现之前就和他在一起。她不会有理由拒绝自己，他可以光明正大地向她示爱，追求她，不必使用那些他曾经不屑一顾的手段。

说到底，是他晚了一步。

"不会是我。"俞熹禾打断他，"那场赌局，赢的人不会是我。"

她穿着被火烧出印记的实验服，站在充斥着消毒水气味的医院走廊上，清楚又直白地告诉程煜，那场赌局，她是自愿输给他的。

一开始，俞熹禾就知道自己不会赢。

赌场不会欢迎两种客人，一类是过目不忘、记忆超群的人，另一类则是数学天才。而刚好，俞熹禾是那种只要稍微费一点心思，就能记下出现过的所有牌面的人，并且除了化学竞赛外，她参加得最多的就是数学竞赛。

数独、概率统计等，都是她精通的。

她能大概率地推测出程煜的牌面大小，也清楚自己的牌远远不如对方，但还是义无反顾地押下了所有的筹码。所谓顺从赌局的结果，不过是因为她想给自己找一个理由，一个可以向喜欢的人告白的理由。

"不论你喜欢我身上的哪一点，今后都可以找到其他人替代。你费再多的心思，都是不值得的。"

如果在资本市场上，他是要血本无归的。

现在在情爱上，他也没有好到哪里去，情爱沦陷能比资本沦陷好多少？

这时候，被烧伤的那个女孩出了诊室，俞熹禾想要上前时，程煜拉住了她的手腕，姿态强硬了几分。

在那个受伤女生惊诧困惑的注视下，程煜全没有平日里的温润，他又变成了拉斯维加斯冷厉狠辣的程少，为达目的，不择手段。

程煜盯着俞熹禾，一字一顿道："对你，我势在必得。"

他再也找不到替代她的人，也不需要替代品，他要的是这个人，以及她的全部。

俞熹禾被迫着仰头看他，长睫仿若蝶翼，一双好看的眼睛里写满了疏离，她说："你可以试试。"

试试是谁先败退。

这样的俞熹禾，怎么可能有人替代得了？就好比那场拍卖会上陈幸救下的那个女孩，即使她与俞熹禾长相相似，即使她也有一双桃花眼，她眼里含情带怯的模样再惹人怜惜，那都不是俞熹禾。

程煜扣着她手腕的力道不自觉地加重，她白皙的手腕上被捏出了红痕，但她什么都没有说，只是冷漠地看着他。

两个人还在僵持着，旁边受伤的女生顶不住这种压力，弱弱地出声道："那个……不好意思，我要回避一下吗？"

俞熹禾这才挣了一下手，示意他松开："抱歉，我现在还有事。"不等程煜有所反应，她一把推开他，转头看向身旁的女生，道，"我陪你去拿药吧。"

说完就径自往前走，那女生连忙跟了上去。

程煜刚想追上去，手机突然响了，是中国公司的电话，向他汇报公司内部网络突然发生故障，程序员还来不及补救，已经有大量客户信息被泄露。

程煜皱起了眉，眼里聚起风暴，声音令人不寒而栗："什么时候？"

"国内时间凌晨三点零一分开始，三十二分五十秒时修复，就是在这个时间段安全网程序瘫痪……这个消息最迟只能压到明天早上。"

信息泄露，数据安全形同虚设，这个消息一旦爆出来，公司立马就会失去公众的信任，公关能力再强，也难以力挽狂澜。股票市值下跌都不是最紧要的，更麻烦的还在后面，被泄露信息的客户里，有几位是大人物，对业界有非常大的影响力。

电话那头中国公司的负责人正焦头烂额地盯着电脑上跳动的数据，手心湿冷。他的秘书就站在一旁，脸色也是十分难看。

程煜冷静地让他先压住媒体，尽量稳住董事会和重大客户的情绪，他会尽快去一趟中国。

程煜走了与俞熹禾相反的路，在进电梯前，他问了句："能查得出背后的操纵者是谁吗？"

负责人深吸了一口气，吐出一句："查不出来。但是程少，最近与我们公司为敌的只有 AK……但是我们没有证据。程少，我之前提醒过您，AK 的执行官没有那么简单。"

公司安全网络存在漏洞，大量信息泄露出去，就这次而言，他们势必要付出惨痛的代价。

远在中国海市的负责人眉头皱得紧紧的。

当初他和几位高层管理人员不止一次地提醒过程煜，即使他在美国产业庞大，就目前而言，也不适合与 AK 为敌。程煜不常在中国，来海市的次数更是屈指可数，那时候他们就提过一句："伦敦有一个出了名的地头蛇，陈幸曾经和他合作过。在他之前，从来没人能从这个地头蛇手里占到两分利，但陈幸做到了——四六划分，陈幸占六，赢得非常漂亮。而在他入主 AK 后不久，AK 的资金回报率达到有史以来的最高水平。"

多少人无条件地听从他，各大公司的管理层也因他重新洗牌。

这不仅仅是后生可畏，哪怕是今后十数年，估计也无人能出其右。

此次长达两个月的恶意竞争在最开始根本是毫无进展的，却在十一月初的时候出现了变数，程煜先前来不及细想这其中的缘故，直到今天亲眼见到俞熹禾，感受到她冷漠的态度时，他才明白了陈幸的目的。

陈幸这么做，无非是要告诉程煜——他的底线是俞熹禾。

如果他们只是单纯的竞争关系，AK 没有受到任何损失的话，或许程煜还能和俞熹禾维持这种淡薄的朋友关系。事情发展到现在，程煜在俞熹禾这里已经没有退路了。

俞熹禾告诉他，她并不是不清楚结局，反而就是因为太明白了，才"孤注一掷"，押上八十万的筹码，以原本可以避开的败局换取对陈幸的告白。

陈幸，亦是。

因为化学试剂泄露引发的火灾事故，当时在场的师生都被叫去录笔录。

等全部都问完时，已经到了夜里。

俞熹禾下楼时，陈幸已经在楼下了。黑色轿车的一半车身隐没在夜色里，原本靠在车边的陈幸见到她后立马朝她抬步走了过来，很自然地伸手揉了一下她的发顶，只字不提自己等了多久，只关心地问道："累了吗？"

俞熹禾忙了一整天，确实觉得有些疲惫，难得坦诚地点点头，道："有一点。"

从事故发生之后一直到现在，她几乎没有休息过，从医院回来还要面对各个老师以及警方的询问，身心俱疲。于是她一上车就立马睡着了。她睡着之后陈幸接了一个电话，对方只说了短短的一句，就让他皱起了眉。

他说："你没有告诉过她，在两年前那场拍卖会上，你买下了什么吗？"

说完，对方便挂断了电话。

车子刚好在红灯前停下，陈幸看了一眼身边睡着了的女生，冷淡的面色稍微缓和。他将自己的外套脱下，披在了她的身上。她睡得有些不安稳，微微动了动，把大半张脸埋在了外套里面。

他小心地将她脸颊一侧的长发拨到耳后，声音极轻："知道这件事后，你会是什么反应呢？"语气中满是无奈，但更多的是宠溺。

前方仍是红灯，费城突然下起了雨，挡风玻璃上瞬间雾蒙蒙一片。车窗外灯光闪烁，汽车的鸣笛声、行人的交谈声和雨声融合在了一起。

在红灯变绿灯之前，陈幸突然低下头吻了一下她的额头。

俞熹禾迷迷糊糊地醒来时，是在陈幸的怀里。彼时陈幸已经抱着她进了公寓的卧室，感觉到陈幸正要把她放在床上，她下意识地勾住了他的脖子，头靠在他的颈窝处像猫一样蹭了蹭。

"陈幸……"

陈幸知道她现在半梦半醒，只是下意识地叫了他的名字，但还是认真地回应她："怎么了？"他的嘴角微扬，语气里满满都是宠溺。

此时夜色正浓，卧室里只开了一盏小夜灯，散发着浅浅的暖光。

俞熹禾的长睫先是颤了几下，然后睁开了眼睛，又很慢地眨了一下。她还没完全清醒，睡眼朦胧。

"你别吵我睡觉……"她松松地抓住他在自己脸上作乱的手指。

陈幸没有挣开，反而心情愉快地问："那我陪你睡，好不好？"

俞熹禾不明所以地看着他，意识慢慢清醒，要松开手时反被他握住，压在床上。

俞熹禾没有往其他的方向想，反而很认真地思考了一下，道："那你可以讲个睡前故事吗？"

陈幸挑唇道："就只需要我讲故事？"他难道只有这一个用处？

"嗯……你还可以提出问题，做出假设。"她回道。

将近凌晨一点，陈幸看她的神色越来越清明，担心再这样下去，她恐怕要睡不着了，于是认命地担负起哄她睡觉的职责。

床头柜上放着一本大部头的化学文献书，陈幸拿过它，翻开其中一页，对着满目的化学专业词汇沉默了好一会儿。

要想追俞熹禾，不在化学这方面下点工夫真的是很困难……

陈幸转眸看了她一眼，她已经埋进了被子里，目光清澄地看着他，带着明显的期待。

这种纯英文专业书，正经严肃得没有一点娱乐性。

陈幸从首页念起，英文流畅悦耳，音色低沉磁雅。不论哪种语言，经他的口说出来，都是那么动听。在她入睡前，陈幸给她掖好被子，轻声说了句晚安。

时间倒转回十一月初，费城仍然下着雨。

飞越重洋，陈幸以休假的名义来到俞熹禾身边——想见她，一刻也不能等。

然而就是在这天，俞熹禾告诉他，程煜想继续和她做朋友。

呵……朋友？

即使当时俞熹禾还补了一句："我知道分寸的。"

陈幸这么爱她，怎么可能会不相信她？可就算只是朋友关系，他也不能忍受。

他想要的，是绝对地拥有，是独占。

那天晚上，陈幸决定暂时无视对方的恶意针对，暂停反击计划。在 AK 董事们看来，这决策无疑是在开玩笑。陈幸后来跟俞熹禾说的那句自己将被弹劾，确实不假，只不过那是某位老董事血压飙升时的怒话。

在外界看来，AK 被接连打压得难以招架了，直到 AK 突然宣布与华尔街最有影响力的银行家达成合作。业界一片震惊，AK 的股票也跟着连续上涨，很快便将之前的损失弥补了回来，进而反转情势，获得巨大收益，AK 在业界的地位依旧不可撼动。

不到最后，鹿死谁手，输赢在谁，都是未知。

——但俞熹禾一定归他。

♥ Chapter 05 在劫难逃

陈幸无奈地笑了一下,道:"你知不知道,你这样子很容易被我欺负。"

"你这是恃宠而骄。"俞熹禾道。

陈幸没有反驳,反而承认道:"嗯。"

他确实是在恃宠而骄,恃爱行凶。

十一月份的费城秋景正好，植被黄红渐染，层次分明。

陈幸的假期只有二十天，在这二十天里他并不是全然放手不管 AK 事务，与国内高层管理人员和董事会开视频会议是常态。

接近年底，各大公司都进入最繁忙的阶段。

这天是周末，俞熹禾就坐在陈幸旁边写论文，他在打电话，不过不是谈公事。俞熹禾无意听了一会儿后，才反应过来，电话那边的人是严嘉。

俞熹禾抱着笔记本电脑打算换个地方继续写论文，结果刚刚起身就被陈幸拉住了手。俞熹禾回头困惑地看着他，他还在打电话，因为离得近，俞熹禾清晰地听见那边严嘉说了一句耐人寻味的话："要是在古代，为了一个俞熹禾，你能兵变夺权了。"

兵变夺权……俞熹禾窘迫了一下，更想抱着笔记本电脑回房间了。

陈幸看她的反应就知道，刚刚严嘉的那句话，她一字不漏地听到了。

兵变夺权？为了得到她，那也不是没有可能。

他和严嘉简单地说了几句就挂断了电话，拉着她的手并未松开。

窗外阳光泼洒，远处是蔚蓝的天穹。俞熹禾低头看着他。她有预感，陈幸有话要对她说。

果然。

陈幸问她："如果有一天，你发现有一些事我瞒着你，你会不高兴吗？"

"你会骗我吗？"俞熹禾反问道。

"不会。"他如此笃定。

俞熹禾很认真地想了想，斟酌着用词，回道："有一些事，你可以选择不告诉我，你可以瞒着我，有意无意都没有关系，但是别骗我。"她理解，每个人都是独立的生命体，需要有私人空间，她尊重个人隐私，陈幸有些事不想告诉她，她也就不会问起。

她的回答在陈幸的意料之中，但他还是无奈地笑了一下，道："你知不知道，你这样子很容易被我欺负。"在情爱场上，她不懂欲擒故纵，不知道拐弯抹角，只要他再恶劣一点，她根本是在劫难逃。

"你这是恃宠而骄。"

陈幸没有反驳，反而承认道："嗯。"

他确实是在恃宠而骄，恃爱行凶。

陈幸定下的回国日期是在十一月中下旬，那天俞熹禾刚送他上飞机，就接到了罗教授在实验室突然晕倒的消息。

病情突发，来势汹汹。

俞熹禾和同学一起前去看望他的时候，从医护人员那里得知，前几周罗教授就有旧病复发的征兆，他的身体状况一直不太好，更何况还一直从事高强度的科研工作。

那边还在说着，这边罗教授已经醒了，但意识还是有些不清醒。不少老师听到消息后，也都前来探望。为了保持安静，不打扰病人休息，病房里只留了两个人。俞熹禾去走廊尽头吹风时，遇见了程煜。

上一次遇见，也是在医院。

俞熹禾并不知道程煜在那次见面后就去了中国，他花费了不少的精力、财力才解决了那边的事，几天前才返回美国。

程煜就站在走廊尽头的吸烟区，四目相对时，他镜片后原本平静的一双眼睛闪过一丝惊讶，像一池静水忽然起了涟漪。

他指间的香烟才刚被点燃，燃起的星点火光立马就被他摁灭在一旁的烟灰桶上。

这是俞熹禾第一次看见程煜抽烟。

俞熹禾以为自己打扰到他了，转身就打算离开，但程煜叫住了她："是来看罗教授的？怎么不进去？"

先前的不欢而散像是俞熹禾的幻觉一样，程煜的语气如常，只是少了几分温柔，多了几分冷漠和客套。

大概是一切都回归了原位。

俞熹禾这么想着，也放松了下来，道："有老师在病房里探望罗教授。"她说完看了一下手表。从学校出来快两个半小时了，她正打算先回去，改天再来时，程煜忽然再度开口："你对他之前的那些事真的不介怀了吗？"

俞熹禾困惑地抬头看他，对方冷漠的样子让俞熹禾感觉有些陌生，她知道程煜说的是之前陈幸在拍卖会上救下一个女孩的事。

那时候俞熹禾以为那个女孩是许染。但俞熹禾不打算跟他讨论这个话题，反问道："你说这些做什么？"

"你知道我对你别有用心，就连刚刚那句话也是。"

俞熹禾看着他，心弦一点点地紧绷起来。

同一件事，程煜不会骗她第二次。对方再直白不过地告诉她，他别有用心。什么用心？无非是想告诉俞熹禾，在她不知道的时候，陈幸救下过一个女孩。

在地下拍卖场里，黄金直接作为货币，钱色交易统统被默认为存在即合理，在那种场合救下一个女孩其实并不奇怪。

俞熹禾沉吟片刻，只说了一句："你帮过我的人情，我会还给你。"

"还人情吗？不必了，陈幸已经替你还了。"程煜的声音冷漠，说不清道不明的感情压抑在这种冷漠里，只展露出零星半点。他信佛，学过哲学，懂得情执为何物，却从来没想过自己有朝一日会沦陷在这两个字里。

俞熹禾心中涌起复杂的情绪，想起那时候在机场，程煜像大哥哥一样摸她的头，神情是不可多得的温柔。她一时心软，又沉默了。

各自偏执，各负因果。

第二天早上，陈幸所乘的航班顺利抵达海市，俞熹禾看到他发来的短信消息是在一个小时之后。

她回了电话，把罗教授旧病复发住院的事跟他说了。

"肾脏问题？"

"嗯。好像很多年了，一直没痊愈。"

俞熹禾只是无意提起，没想到周日她和同学再去探望罗教授的时候，医院里来了一个主攻肾脏疾病的国际顶尖医疗团队，每一个专家都在临床治疗方面颇有建树。

俞熹禾在病房门口遇见了一个医生，对方像是认识她一样，很客气地对她点了点头，然后走了出去。

一旁拿着花束的同学疑惑地问了句："你们认识？"

俞熹禾看向刚刚那个医生离开的方向，确定自己没有见过这个人，摇摇头开口道："不认识。"

她们进了病房看望罗教授，罗教授精神好了些，一见到她们就讲起目前课题存在的问题，要她们认认真真钻研学术，别往这里跑。

说到最后，罗教授特别提醒了俞熹禾一句，说她毕竟是中途进课题组的，不论是在实验研究上，还是理论课上，都要十分用心。

罗教授从程煜那里知道了俞熹禾在国内的经历，除了惜才外，严格要求她的同时，也对她特别照顾。罗教授还说，他这次不知道要在医院住多久，他已经和另一位老师商谈过了，由那个老师暂时来带俞熹禾做课题研究。

和俞熹禾一起来的那个同学是罗教授理论课的学生，私下偷偷感慨了一句："罗教授虽然平时凶了点，但超级负责啊。"因为她待会儿还要去兼职，所以两人待了没一会儿就离开了。俞熹禾和她在住院楼外互相道了别，再之后俞熹禾就遇见了许染。

除开上一次在国内的偶然遇见，这算是许染高中毕业去欧洲后，她们的第一次正式重逢。许染先注意到俞熹禾，她快步上前，笑着和她打招呼："熹禾？好久不见啊。"

许染的性格是快意张扬的，明艳得像是向日而生的花。

俞熹禾有些惊讶，完全没想到会在费城的私立医院里遇见许染。对方踩着高跟鞋，发色是漂亮的棕红色，明眸善睐。

"好久不见。"俞熹禾心里奇怪，打完招呼后问了一句，"你怎么会在这里？"

闻言，许染的神情露出了一丝意外，而后像是明白了什么，表情变得高深莫测起来："你不知道？他对你的好还真是不显山露水。"

俞熹禾和许染之间唯一能谈得上的交集就是陈幸。她眸光微动，道："是陈幸？"

"我伯父是医疗团队的负责人，陈幸联系到他，请他来费城为一个人治疗。"许染解释道，"我刚好在美国，就过来看看他。"

所以那个医生才会跟她点头示意……俞熹禾不知道该怎么说，这些话由许染告诉她，她多少有些不自在。

毕竟她们不是很熟，简单聊了几句后，俞熹禾就离开了。许染踩着高跟鞋站在花坛边上目送着俞熹禾离开，想起前一段时间那个人给她发的消息，脸色微微一变。

有些人是不可以觊觎和靠近的，为什么那个人就是不明白？他一时的温柔和怜悯，都是为了另一个人。

许染烦闷地想，她早该明白的，陈幸倘若爱一个人，只需几分，便会沦陷。

那时候，他眼里温柔似水，引人沉醉。

如果不是因为她早就知道俞熹禾这个人，只一眼，她也会沦陷。

自从在医院见了许染那一面之后，俞熹禾有些心烦意乱。晚上和林桃打电话时，对方都能听出她的不对劲。

林桃拐了很大的一个弯后，小心翼翼地问她怎么了。

俞熹禾愣了一下，才意识到自己的情绪明显外露了。在这之前，她很少会这样。保持冷静，不谈喜怒，是她从小就要学会的。因为父亲的关系，她从小到大受到的教育都要比同龄人严苛许多。

俞熹禾隐去了姓名，只挑了重点跟林桃说，她很少有这么困惑的时候，说到后面她都觉得自己好像有些幼稚。

林桃拉长了声音，意味深长地"哦"了一声："吃醋了？"

"什么？"

"就是占有欲啊。陈幸对你就是这样，嗯……不太对，你们等级不一样，他是最高级别的。"像是打开了话匣子一样，林桃滔滔不绝地"讨伐"起陈幸，"你知道塞壬这种生物吗？擅长引诱，被抓到，是要被带进深海里的。"

绝对拥有，分毫不让。

林桃想起有一次俞熹禾不舒服，她去超市给俞熹禾买面包和牛奶，结果刚回来就见到了那一幕——

俞熹禾被陈幸抱在怀里，他的吻刚刚从她的唇边离开，眉眼微垂，满眼是藏不住的爱怜。下一秒，他抬头发现了站在门口发愣的林桃，伸出修长白皙的食指抵在唇间，示意她别出声。

那天她放下牛奶和面包后就匆匆离开了，临到门口忍不住回头看了一眼。春末的风温柔又多情，林桃忽然就觉得，所谓的春光旖旎也

172

不过如此……

林桃想起这些，在电话里说道："熹禾，你遇上他是在劫难逃。"

如果情深算灾祸的话，那确实是在劫难逃了。

许染在费城待了一周，期间她联系到俞熹禾，想约她出来。

约的地点在离P大不远的一个广场上，俞熹禾到达的时候，许染正坐在长椅上打电话。广场旁有飞鸽和白桦林，许染微皱着眉，神情有些不悦。

俞熹禾正犹疑着要不要上前，许染已经注意到了她，朝她招招手。俞熹禾和许染其实不太熟，毕竟又有四年多没有联系，这次许染约她出来，她有些意外。不过对方性格外向明媚，与人交往也很真诚，所以俞熹禾才答应了她的邀约。

因为天气转凉，俞熹禾在来的路上买了两杯热饮，把其中一杯递给了许染。

"记得你读高中的时候比较喜欢黑糖，希望我没有买错。"

许染接过那杯黑糖鲜奶时眼睛明显亮了起来，嘴角弯弯地道谢："你真的很细心。"明明读高中的时候，她只在俞熹禾面前提过一次，还是她无意间提到的。那时候她和陈幸是同桌，俞熹禾来找他的时候，身边的同学总说她们长得有点像。

像吗？反正许染不这么觉得。

她第一次见到俞熹禾的时候，就在感慨，这种温软冷静的少女真的太招人喜欢了。

许染不止一次地想过，即使她们长相有几分相似，气质也是不一样的。

坐在长椅上，许染问起俞熹禾现在的专业方向，又聊到前几年她在欧洲留学的经历，最后话题回归到陈幸身上。

"其实我那时候就觉得你和陈幸迟早会在一起的。"许染手里热饮的氤氲起雾气，她把鬓边的长发拨到耳后，语调轻快地说，"但根本没想到他会去做模特，毕竟他不喜欢这个。"

那种熟悉的感觉又冒了出来，心中酸涩不已，俞熹禾下意识地皱了一下眉。林桃没有说错，她也会嫉妒、吃醋，只是在外人面前不太明显。

许染并没有察觉到她的情绪变化。她从事的也是投资行业，除了工作，在生活中，她对人、对事都是潇洒随性的态度。她继续说了下去："我那时候就随便说了一句，结果后来他还真当了模特。"

对方很坦然，笑容灿烂明艳，俞熹禾像是意识到了什么，便多问了一句："你那时候说了什么？"

许染偏头看向她，如实说道："我好像是说，大多数女生都对光芒万丈的男孩子没有抵抗力吧。如果他能站在一个显眼的高处，比如当个模特，成为聚光灯下的焦点，耀眼又璀璨的那种，能让喜欢的人看见，不是很好吗？"

俞熹禾的唇抿得紧了些。

天气微冷，她握着热饮的指尖有些泛白，淡薄的雾气缭绕着，再慢慢散开。

许染曾经就好奇，怎么会有像俞熹禾这样温和如水、宠辱不惊的女孩子？后来得到一个答案……人和人终归是有差别的。思绪飘飞时，就听见俞熹禾又问了一句："那你认识陈远年这个人吗？"

许染想了想，半晌后有些迟疑地开口："陈远年？我应该不认识。"

陈远年是陈幸的二叔，在国内外的时尚圈里都有着举足轻重的地位。是他将陈幸带进模特这个圈子里，也是他把所有光芒都引向了陈幸。

但是许染不认识他。

俞熹禾想起陈幸欠陈远年的那个人情，想起陈远年跟她说的那句"他会告诉你的"，这一刻，俞熹禾发现自己等不下去了，她急切地想知道这里面到底有什么是她不知情的。

到底是和许染有关，还是和她自己有关？

俞熹禾和许染分开后，一回到公寓就立马发了条消息给陈远年，问他："二叔，那时候陈幸进入模特圈，是和我有关吗？"

她和陈幸一样叫他二叔。

她发出这一行字之前，其实删删改改了好几遍，忐忑又不安。

一个小时后，俞熹禾才收到陈远年的回复："陈幸那小子终于跟你说了？我还以为他会不好意思呢。"

那年俞熹禾的父亲因为工作变动，可能要去外省工作。陈、俞两家是世交，那时候最先看出陈幸心思的还是陈远年。他一心扑在设计上，而陈幸完美地契合了他的模特标准——精致，耀眼，极具锋芒，又矜贵无比。

陈远年特意去找了俞父，聊了几句，打消了俞父要举家离开海市的想法。所以陈幸才欠了他一个人情，也才会因此进入模特圈，然后在巴黎的那场时装展上一举成名。

俞熹禾原不知道这些，从陈远年那里得知真相后，她的心情很难平复下来。

陈幸是喜欢投资行业的，在高风险里得到高回报，刺激又有成就感。只有在俞熹禾这里，他一点风险都不愿意承受，只想毫无意外。

俞熹禾拿着手机，反反复复地看着陈远年发过来的信息，最后无可奈何地想，原来"在劫难逃"是这样啊。

在过去数年里，他不动声色，隐忍克己，虽总是忍不住流露喜欢的心思，却又能拼命地压下，就算在意乱情迷时吻她，还能那样克制。

他喜欢投资，对心理学也十分了解。他最擅长把控人心，知道什么时机出手对方才会彻底落网，对俞熹禾，他更是将耐心发挥到了极致。

许染在费城待了几天就回了公司总部，而她的伯父所在的团队同该私立医院的医生一起，负责罗教授的后续治疗。

罗教授的病情逐渐稳定下来，虽然他还在住院，却一心挂念实验室里科研项目的进度，这天中午，他特地给俞熹禾发了一条信息，让俞熹禾下午把实验进度报告带过来给他看一遍。

实验到目前为止都还算顺利，除了进度报告外，俞熹禾还带了一份粗产物及其成分比例的数据分析过去。她在病房里见到罗教授时，他精神很好，还让俞熹禾分析目前实验存在的问题，提出可行的改进方法。

有机物反应的副产物需要除去，主产物的收集与提纯也是难题。

俞熹禾说了自己的看法，罗教授听了之后不置可否，脸色稍稍轻松后忽然提了句别的："我很感谢你的帮助。"他旧疾复发，情况不容乐观，如果不是那个医疗团队的帮忙，他的病情不会这么快稳定下来。

罗教授还补充了一句："Cheng 对你很好。"

罗教授平日都很严肃，尤其在学术方面，更是不苟言笑，从不会跟人聊起私事。

"Cheng？"俞熹禾闻言疑惑了一下。

"当初他给我写推荐信时，我还很惊讶。我和他的导师是很多年的朋友，从不见他对什么人这么上心。为实验室提供资金这件事，他虽说是为了科研事业做奉献，但我清楚，他只是希望我能多照顾你一点。

结果现在，换成他找了医疗团队来照顾我。"

俞熹禾坐在一旁的椅子上，有些疑惑："老师，你怎么知道是……Cheng？"

其实是医生提过一两句，罗教授会说中文，也会听，但并不完全分得清前后鼻音，将医生说的"陈先生"听成了"程先生"。可能也是因为先入为主的关系，罗教授以为那个找来医疗团队的人是程煜。

罗教授明显很喜欢程煜。

俞熹禾正想解释，这时候有人敲了敲门，俞熹禾听到熟悉的一道低沉男声："安。"

这是罗教授的名字。

俞熹禾回头刚好迎上了程煜的视线，对方戴着眼镜，目光平静冷淡。

程煜也是来看罗教授的，俞熹禾本来打算先离开，不打扰他们，然而罗教授突然叫住她，他问："熹禾今后会一直留在费城吗？"

俞熹禾下意识地看了对面的程煜一眼，他几不可察地皱了一下眉。

程煜没有看她，而是看向罗教授，替她回道："她应该是要回中国的。"

罗教授奇怪地看了他们几眼，他知道程煜从小在费城长大，连事业重心也主要在美国。因为误会俞熹禾的男友是程煜的缘故，他的视线最后落在程煜的身上，惊奇地问道："不打算留下她？"

"向她求婚吗？"程煜像是半开玩笑地说道，转而看向了俞熹禾，眼神缱绻温柔，再多看一眼，仿佛能令她深陷其中。

俞熹禾的心突然提了起来，正想借口离开时，程煜的声音响了起来："不用留在费城，你去哪里，我都可以和你一起。"

俞熹禾欲言又止。程煜再度开口说道："熹禾，我是在向你求婚。"程煜是在赌，赌俞熹禾有恻隐之心，不会让他在罗教授面前难堪。

俞熹禾僵在了原地。

罗教授突然笑了，他很乐意作为一场求婚的见证人，尤其是当事人一个是他的学生，一个是好友的爱徒。

"不论是中国、美国或是其他国家，我都陪着你。"程煜又补了一句，平日里温柔的人突然强势起来，也会给人压迫感。

俞熹禾闭了一下眼睛，恨不得眼前的一切都只是自己的幻觉。程煜向她求婚……他怎么敢？！

俞熹禾不想在罗教授面前谈这些，在程煜再度开口前，她猛地从椅子上站了起来："我们去外面谈。"

没等他有所表示，俞熹禾先一步离开了病房。

在走廊楼梯口，俞熹禾看着跟出来的程煜，有些恼怒。对方依旧一副淡然的样子，完全没有意识到他刚刚的那些话有多不合时宜。

"你怎么能这么儿戏？"

程煜轻笑了一下，双手放在风衣口袋里，姿态有些闲散地看着她，平静地反问道："你觉得我是在儿戏？"

俞熹禾的心跳极得快，唇紧抿着，完全被气坏了。

"你知不知道你这样会造成多大的误会？你在费城，如果有什么传言，对你是最不利的，对你今后的恋人也很不公平。"

"你这是在关心我吗？"程煜苦笑道，在俞熹禾面前摘下了他手腕间的那串佛珠，"我很少摘下它。最近两次，一次是在初见你的那场赌局上，一次是现在。"他走近俞熹禾，不顾她的拒绝，将佛珠戴上了她的手腕，又往后退开两步，大有任她随意处置的意味。

"情爱的执念，于人的后果，等同于飞蛾扑火。在过去二十多年里，我不屑这些，也以为自己决不会陷入其中。但是熹禾，现在的我犯了'情执'。"

俞熹禾摘佛珠的手一顿，有些不可思议地看着他。

程煜说的不像是假话，而他也绝非那种能轻易爱上别人的人，与之相对的，倘若他动了心，也决不可能轻易放手。对情爱起了执念，对他来说，无疑是飞蛾扑火。

"我母亲信佛，她离开的时候，我去了她常去的一所佛寺，那里有位僧人给了我这串佛珠。"

"那位僧人告诉我，我会遇到求而不得的人，先前一帆风顺，而后汹涌一生。"程煜说，"我不想留下遗憾。"

飞蛾扑火是死亡，所有热烈的感情到最后都如同某句话所说的一样："有一种爱情，是插在心口的刀。"那年他还在读大学，失去亲人，世界转入黑白，走过千级台阶，僧人给他佛珠，所有劝慰的话到最后他只记住了这一句。

求而不得吗？

他在赌场上一眼就看见了她，在黑白的世界里她是夺目的璀璨。他仿佛看到桃枝上的绯红花瓣缱绻落下，吻过她眉眼。

一开始他就知道结局，只不过现在还是不愿意承认。如果一切都已经注定，那他放手一搏也只是想勉力争取而已。

"你别相信这些……"

程煜打断了俞熹禾的话："可是我遇见了你。"他摘下了眼镜，一双清泓般的眼眸望着她，温柔无比。

俞熹禾听到程煜说起这些往事，情绪复杂。她对程煜的感情原本就是复杂的，这个人帮过她很大的忙，如果没有"喜欢"这层关系，也许她和程煜能成为真正的朋友。

"我也知道我们之间可能不会有好结果。"

程煜冷静地说出这句话，仿佛已预料到什么糟糕的结局。俞熹禾的情绪莫名恐慌起来……明明知道前方是深渊，那他为什么还要往前走？

"上次也是在医院，我说过的，不论你喜欢我身上的哪一点，今后都可以找到其他人替代。"俞熹禾闭了一下眼，平复着心里涌上的不安，说道，"我给不了你感情的回应。"

"如果一直陪在你身边的是我，而不是陈幸，你还会这样说吗？"

俞熹禾沉默。

这种假设，太难回答。

似乎是意识到要她回答这种问题实在是难为她了，程煜上前动作很轻地摸了一下她的发顶，嘴角微弯："抱歉，我不会再逼你了。"

最后俞熹禾没有再回到病房，而是拜托程煜向罗教授解释一下。在医院里她的情绪一直都不稳定，尤其是在程煜向她说出求婚这句话时。两人在走廊上交谈时，俞熹禾总感觉有人在附近旁听。

即使离开了医院，这种感觉也没有消失。

离开医院的时候，俞熹禾才反应过来，那串佛珠还戴在她手上。刚刚思绪太乱，她一时间没有想起来，正要抬手摘掉那串佛珠的时候，墨绳断了，圆润的佛珠散落下来，弹跳着，滚了一地。

那句话忽然在耳边响起："我们之间可能不会有好结果。"

一种强烈的恐慌瞬间袭上俞熹禾的心头，这种感觉在她捡起最后一颗佛珠时，强烈到了极点。

今年 P 大在十二月中下旬就放了寒假。

但课题组研究项目的进度还差一点，俞熹禾和课题组的同学就在学校多待了几天。她订的是平安夜那天回国的机票，回国前夕，有不少人来问俞熹禾在国内的联系方式。

马上要到新的一年了，准备回国的前一天中午，俞熹禾打电话给陈幸，说了航班后，问他和伯父伯母有没有什么想要带的东西，结果等了一分钟，陈幸都没有开口说话。

　　此时国内时间是晚上，俞熹禾以为他可能睡着了的时候，手机那边传来微微压低的一声"嗯"。

　　他还叫了一声"阿禾"，声音微微含糊在唇间。

　　这天她收到了很多条消息，有来自同组同学提前的新年祝福，也有国内朋友发来的消息。

　　距离六月份的答辩已经过去半年，俞熹禾也收到过学校老师发来的邮件，无非是官方致歉信，她没有细看。

　　林桃也发来消息问她第二天航班的起飞时间，还咋咋呼呼地发来语音消息，说他们高中有个学长参加了选秀节目顺利出道，帅气得不行，还在直播时跟人告白了。

　　俞熹禾看到过林桃转发的微博，一个纯黑色短发的男人站在舞台中央，灯光如金海，在他身后汇聚，他在镜头面前弯着唇，眉眼锋利又好看，在光芒下十分耀眼。

　　他说，自己以前喜欢过一个小姑娘，长发，桃花眼，有唇珠。他没有择偶标准，只有喜欢的人。

　　林桃揣测道："这老哥说的不会是你吧？这简直就是明示了啊。"

　　俞熹禾有些无语，回："嗯……我和这位学长不熟的，他说的应该是另一个人。"

　　林桃立马回了消息："唉，高中的时候我要是多和这位学长套点近乎，我现在也是明星的朋友了。"

　　俞熹禾揶揄她："你可以成为明星，那我就是明星的朋友了。"

　　林桃看完后笑出了声，发来一连串的"哈哈哈哈哈"，然后又补了一句："可以有的！俞甜甜等我！"

第二天，林桃想着要接机，特地请了假，结果在机场等了很久，才知道俞熹禾并没有登机飞离费城——距那通聊天短短十多个小时后，她与所有人失去了联系，包括陈幸。

在这十多个小时里，意外、蓄谋、绑架……能发生的事太多了。

从费城到海市的直达航班要十多个小时，陈幸与俞熹禾失去联系也是在一天之后——俞熹禾失踪了。

陈幸让人查遍了当天所有的离境记录，最后得到的回复也只有一个："抱歉，陈先生，没有俞小姐的任何离境记录。"

在费城，俞熹禾凭空消失了。

俞熹禾醒过来时头还有些晕沉，药物没有完全失效，加上去机场的路上发生了车祸，她仍感觉到身体有强烈的疼痛感。

应该还有些脑震荡——刚刚醒来时，她有些想吐。

她略微一动，手腕间就叮当作响，皮肤触到的东西冰冷异常，她猛地清醒了几分，发现自己的手腕被一条长长的锁链锁在了一旁的床柱上。

周围的环境逼仄又陌生，灯光很暗，没有窗户，像是在地下室内，有些阴暗。

俞熹禾是在去机场的路上出的车祸，当时她坐在出租车的后座。经过一个拐弯处时，迎面违规驶来一辆轿车，没有一点减速的趋势，失了控一般撞过来。

俞熹禾乘坐的车子被撞到一旁的护栏上，在巨大的冲击力作用下，安全气囊猛地弹出，驾驶座旁的车窗玻璃全部迸裂，司机当场晕了过去。万幸的是，后座的伤害不算特别严重。但后座车门被撞得变了形，突出的地方划伤了俞熹禾的小腿。

偏偏这条路上人很少，尤其是这个时间点，更是没有什么过路人。俞熹禾的腿部受伤，行动受阻，而手机放在包里，被压在变形的车门下，取不出来。车窗外仿佛有人影晃过，俞熹禾以为是有人经过，正想求助，突然头部"哐"地一下遭到猛烈撞击，她眼前一黑，发出一声闷哼，就要晕过去。在俞熹禾意识模糊的时候，前方有刺眼的灯光打来，迎面开来了几辆车。

有人从车上下来，走在最前面的那个长着络腮胡子的人砸开了车门，给她注射了一针管的药物。

俞熹禾头疼欲裂，张嘴想说些什么，然而很难发出声音。鲜血从额头滑下，流过唇边，嘴里传来腥甜味儿。

在失去意识的前一秒，俞熹禾无论如何费力，也睁不开眼，只听见英文口音异常浓重的一句："俞小姐。"

俞熹禾不知道自己被带到了哪里，她醒来不久就有一名亚裔女性走了进来，身后跟着几个像是医生的人。

他们来给俞熹禾处理车祸中受的伤。

"你们是谁？为什么把我带到这里？"俞熹禾掩在雪白被单下的手揪紧了床单，这一用力，扯动了伤口，传来尖锐的疼痛，真实无比。

回答她的是那位亚裔女性，她面无表情道："等到那位先生回复我们消息，带来我们想要的东西后，你就可以走了。在这期间只要俞小姐不闹事，都是安全的。"

医生正在为伤口消毒，俞熹禾就算再能忍疼，也忍不住倒抽了一口气，冷汗直冒。小腿上原先简单包扎上的纱布被揭开，鲜血直往外冒，很快浸染了床单。

听那女人的话，整件事其实和她没有直接关系，她的存在类似于"筹码"，用来制衡"那位先生"。俞熹禾感觉呼吸困难，整个头昏昏沉沉的，听到那女人说的话后，顿时脊背都绷紧了："哪位先生？"

这个信息并不重要，那女人也只是简洁地吐出一个英文名："Elvis。"

俞熹禾的心突然放了下来。

不是陈幸就好。

她低垂着脸，手心和额间都冒着冷汗，腿被医生压着不能动，受制于人的感觉糟糕得不止是一星半点。

可随后她又惊了起来——Elvis？这是程煜的英文名！

在这种情况下，俞熹禾清楚不能在对方面前暴露自己太多的信息，只能压制着惊慌和飞快的心跳，尽量平静地问道："Elvis是谁？他和我有什么关系？"

那个女人仿佛听到了什么好笑的话，冷笑一声，看向她的眼神更加锐利，话里也带上了讥诮："俞小姐，别试图隐瞒。Elvis向你求婚了，只要他愿意救你，你就是安全的。否则等待你的是……"她突然停顿了一下，继续道，"总之，我们不会做亏本的买卖。"

俞熹禾直觉到她没说完的定然不会是什么好事。

俞熹禾提起的心再也无法放下，对方看来是亡命之徒，都省了跟她讲法这一步骤了。俞熹禾有些喘不过气，闭了闭眼后，装出有些害怕的样子，声音都颤了起来："那你们想要Elvis的什么？你们有什么……过节吗？"

那女人瞥了她一眼，并不想跟她多说，等医生差不多给她处理完伤口后，才在她耳边恶狠狠道："他在拉斯维加斯断我家族生意的时候，就应该要想到有一天他在意的东西也会落在我们的手上。"

我们，也就是不止一个人。

不知道是不是车祸脑震荡后遗症，俞熹禾的头一直在闷闷地疼，恶心反胃的感觉越来越清晰。那女人让医生留下药，监督她吃下后才离开。

药丸太多，俞熹禾只能勉强认得出其中的消炎药，也就只吃下了消炎药。她将其余的药丸压在舌头底下，趁那女人不注意时吐在了手心里，滚落进衣袖里，在全部人退出房间后，她半靠在床头，借着枕头遮蔽，将剩下的药扔进了床头的夹缝里。

大概是运气不好，又或者是医生根本没有开止痛药的缘故，在她醒来后的几个小时里，疼痛感一阵一阵地袭来，到后来冷汗浸湿了整个后背。房间里大概是有监控，在她疼得忍不住靠扯腕间的锁链来缓解疼痛时，立马有医生进来给她打了一针止痛剂，药效发挥后疼痛才渐渐减少一些。

那块星空腕表被摘掉了，俞熹禾不知道现在是几时几分，更不知道离她原定的飞机落地的时间过去了多久。在药物的作用下，她很快就晕晕沉沉地陷入了昏睡。中途她模糊醒来过一次，但她的意识不清醒，只感觉有人把她抱起，离开了房间，然后走了很长的一段路，把她塞进了一辆车里。

有人在她身边用英文交谈。

"她睡了……什么时候联系 Elvis？不可能……他很看重这个中国人。"

"先离开这里，不能被查到记录……走其他途径。动她？你还想再尝一次 Elvis 的手段？"

俞熹禾再醒来时，并不知道自己已经被带离了费城。

汽车在小道上颠簸，周围十分僻静。俞熹禾的伤口已经发炎感染，她此刻正发着高热，也就没被锁起来，只有当初那个砸开车门的男人看守着她。

这个络腮胡子似乎也是个医生。

俞熹禾头疼欲裂，靠着不停摇晃的车身，哑着声音问了一句："现在几点了？"她的腕表和手机都被没收了，现在她身上没有任何可以联络外界的工具。

他们一行人偷偷离开了费城，俞熹禾现在所乘的车子只有很小的一扇窗，车内环境昏暗潮闷，他们大概是在改装后的货车上。

男人算是客气，说了时间，然后给她粗略地测了一次体温。

俞熹禾阖眼休息，她算了一下时间，从那场车祸开始，已经过去快三天了。另一边，她的腿还在疼，止痛剂这种东西用多了有依赖性，到后来俞熹禾也就拒绝了打止痛针，疼起来时汗涔涔地咬唇忍着。

她不知道程煜现在是否已经知道这件事，也不清楚绑架她的这伙人会对程煜提出什么要求。而大有可能的是，就算程煜按照他们说的做了，她也很难全身而退。还有就是，她怕陈幸联系不到她，会为她担心。

但此时此刻，俞熹禾连勉强打起精神来都做不到了。车中闷热，她的身体一阵阵发冷，晕晕沉沉地想起陈远年跟她说过的那些话。

五年前，在那场陈、俞两家的家族聚会上，陈远年站在远离众人的露台上跟俞熹禾提过："这个世界上有太多不可控的因素存在，陈幸身处之处更是如此。站在我这个角度来谈，陈幸最惊艳的时刻有两种：一是在灯光汇聚下锋芒毕露，耀眼得令人臣服；二是光芒尽敛，独独对一个人温柔，情深到令人艳羡。"

在"神坛"上，他是众人可望而不可即的天子骄子，而走下"神坛"，他只是她一个人的不二之臣。

彼时，这位曾让陈家老爷子最头疼的二少在时尚圈已经是可以独当一面的人物了，眉宇间仍隐约可见昔日的锋利与不驯，他勾唇微笑道："熹禾，你见过陈幸无助的样子吗？"

他有三十好几的年纪，却并没有长辈的模样。

俞熹禾那时候不是很懂，乖巧温顺地问了一句："他怎么了？"

陈远年垂眸意味不明地笑了一下，随意抬手将酒杯放在了露台圆桌上，开口道："他开始恐慌失去。"

这是在俞父本打算举家离开海市的那年。

俞熹禾不知道自己被带到了哪里，车程太长，而且路上颠簸严重，她腿上的伤口裂开，那个络腮胡子给她重新处理伤口时都不免皱紧了眉头。

大概也是怕她死在半路，没了筹码。

俞熹禾的唇色都是白的，一言不发地靠着座位，直到车停下，有人打开车门，递了一个很大的医疗箱上来。

"要打止痛剂吗？"

俞熹禾摇了摇头。

络腮胡子以为她没听懂，放慢语速又问了一遍。俞熹禾眼前像起了雾，汗珠一滴一滴地滑落在睫毛上，像是凝着晶莹的薄霜。她坚定地摇了摇头，用英文回了一句："不用。"

俞熹禾是学化学的，看得懂针剂上写的药物成分，她清楚这种合成物的大致结构，也清楚其危害性。止痛剂中包含类似于大麻的让人上瘾的成分，有麻痹神经以及致幻的作用。

在重新清洗伤口的过程中，俞熹禾咬紧了嘴唇，强迫自己转移注意力。她有些担心地想，绑架她的这些人做的事可能没那么简单，而程煜怎么会和他们有恩怨？

那些人此行的目的地是一个带庭院的别墅，位于很隐蔽的半山间，离费城甚远。

俞熹禾被关在别墅二楼走廊尽头的房间内，她的腿部严重感染，绑架她的人大概是觉得她就算能跑，在这种深山老林也活不了几天，也就没有用锁链锁住她，但还是有人轮流看守在门外，也有人在别墅外巡逻。

来这里的当天晚上，这些人首次联系了程煜。俞熹禾被带至一楼，第二次看见了那个亚裔女人。她很瘦很高，留着短发，整个人有着冰冷的凌厉气势。

电话拨通的时候，那边并没有声音，那个女人古怪地笑了一声，单刀直入道："Elvis，还记得我是谁吗？"

俞熹禾腿疼，只能坐在一旁的沙发上。客厅里有十数个人，像是同一个家族的人，其中三个人站在那女人身后，神情严肃。

俞熹禾不知道程煜说了些什么，那个女人冷笑着说了几句他们曾经的旧仇后，话锋一转提到了俞熹禾，开了外放。

"你的心上人现在在我手上。"

程煜声音淡漠："哪位？"

"何必抱着侥幸心理？你知道我说的是哪位。"女人眼神冷酷地斜睨了一旁的俞熹禾一眼，"她叫俞熹禾。"

程煜那边突然沉默了。

俞熹禾几乎想象得出程煜听到她名字后紧皱眉头的模样。

过了一会儿，程煜开口了，他的声音明显冷沉了几分，声线紧绷着，他问道："你们想要什么？"

"让出你在拉斯维加斯一半的产业，一箱晕彩最好的精圆南洋白珠，以及累重120克拉以上的钻石，净度必须达到FL（完美无瑕级）等级，其中必须要有三颗D级稀有彩钻。"

俞熹禾觉得这些人是疯了。

程煜不可能会答应他们的要求。

但同时，她又害怕程煜真的会答应下来。

那女人又对着电话补充了一句："Elvis，你知道，警察一时半会儿是抓不到我们的。但是你一旦报警，就别想再找到你的未婚妻了。"

程煜开口："把电话给她。"

那女人把移动电话递了过来，并用眼神警告她小心说话。俞熹禾接过移动电话，在众人目光紧盯下开了口："程煜。"

因为伤口感染引发高热，她的身体状况其实糟糕极了，再怎么努力平稳情绪，声音也还是微微发哑。

程煜一下子就听出了不对劲，声音愈发紧绷了起来："他们对你做了什么？！"

俞熹禾抬眸迎上那个女人有些犀利的目光，立马低下了头，犹犹豫豫地回道："出了车祸。"她其实是希望程煜能通过这只言片语去查那一天出车祸的路段监控，但转念一想，就算查到了可能也没有多大用处，他们现在已经离开费城了。

她装出很惊慌的样子，声音都忍不住带上了委屈和无措："我知道你不喜欢我，求婚只是在老师面前演的一场戏……但我求求你，能不能来救我？我很害怕……"

程煜顿时就明白了俞熹禾的意思。

如果让对方知道俞熹禾对他的重要程度，那他们只会狮子大开口，得寸进尺。可即使知道这些，听到俞熹禾略微颤抖的哭音时，他的心脏还是瞬间发紧，刺痛起来。

他怎么舍得她受伤？

俞熹禾不知道自己在程煜心中的分量有多重，也不知道此刻几百公里外的程煜面色有多难看。他面无血色，手指攥紧了手机，用力得指节都呈白色。

他当时正在开会，整个会议因此暂停，他大步走出会议室。

听到俞熹禾那句带着委屈的沙哑的话后，程煜半分钟后才回过神来，压下心中所有刺痛感，他冷笑一声："你觉得自己值多少？"随后他结束了通话。

只有他身边一直跟着的那位下属知道，程煜按下结束键时神色有多难看。

程煜把手机递给下属，声音裹着强烈的风暴："查出这通电话是从哪里打过来的，即刻派人去找密什家族的人，挖地三尺都要找到人给我带过来。"

凶狠冷辣的程少回归，此刻的他犹如修罗，浑身上下都散发着阴冷的血腥气息。

他和密什家族的恩怨源起于拉斯维加斯的地盘争夺，他胜出，那个女人就是密什家族的嫡长女简尔。密什家族种姓复杂，这一代也多是混血人，所涉及的产业都不干净。

程煜大概也没有想到，这些人被逼到绝路后还想东山再起，更没想到会把俞熹禾牵扯进来……还令她受伤。

半个小时后，一位不速之客突然出现在程煜跟前。

三个小时之后，简尔打了第二通电话给他。这次他们的要求降低了，只要他能给出 120 克拉以上 FL（完美无瑕级）等级的钻石，他们就放过俞熹禾，否则，到黑市非法制药工厂去找她。

密什家族在上一代原本是拉斯维加斯的大家族，然而最近二十年掌权者变更，许多产业不得不终结，新的掌权者打起了其他的主意，开始参与各种违法买卖。

程煜干脆地结束了那次通话后，简尔的脸色青黑。在俞熹禾掩唇故意发出的细微抽泣声中，她烦躁得来回踱步，而后踹翻了跟前的茶几。

"Elvis真的以为我们不敢动这个女的？！"

有人皱着眉接了一句："说不准那家伙根本就不看重这人。我早说了，还不如绑他老师来得直接点。"

"晚上再给他打电话！降低条件！如果他还不同意——"简尔恶狠狠地看向俞熹禾，她还在高热中，双颊带着酡红，浑身灼热。简尔行事一向狠辣，眼下张嘴吐出一句，"把这个女人给我卖到那边去！"

"那我们绑架她来这儿的代价也太大了。"有人出声道，"再把她从这儿非法出境送到那边，我们要付出多少成本？这根本不值得！"

"除了威胁Elvis外，她还有什么价值？"

"要是我，我也不会为了一个女人出这么多钱。"

"我们难道得一直躲藏在这种地方……"

简尔的视线死死地落在俞熹禾的身上，后者垂着头轻轻地咳嗽，呼出的气息都是灼热的。她话锋一转，问道："你在P大学化学？"

俞熹禾捂着唇，动作有些迟缓地抬眸看了那人一眼。对方目光太凌厉，可怕又阴冷。

"那批药提纯到哪一步了？送她过去。"

俞熹禾垂下眼眸没有说话，放回膝上的手慢慢攥成了拳。

药？是要她去制什么药？违禁药吗？

密什家族当年就是因为在黑市上贩售违禁药品，被程煜借此狠狠打击了明面上的所有产业。密什家族在拉斯维加斯落败后从当地迁移出去了，但在毒品链上依旧充当着提供货源的角色，而他们现在的制药基地离这栋别墅不远。

俞熹禾身上的伤稍有好转，高热退了后，就被那个长着络腮胡子的男人带去了山底的一家工厂里。

光是从外观上来看，这家工厂只是普通的洗衣粉制造厂，但工厂最里面是禁止普通人员进入的。那片区域被铁门、铁栅栏隔离开来，即使人在里面，若没有钥匙，也没办法出来，并且四处都有摄像头严密监控。

俞熹禾被带进去时看到了一排排的实验台。和实验室中的不同，这里的每个实验台都是用透明薄膜隔离开的，每个人都穿着类似于白色防护服的服装。

俞熹禾注意到一个和她年龄相仿的男生，他沉默地坐在试验台前操作着仪器。俞熹禾就被安排在他身边。在这之前，有个白人给俞熹禾大致介绍了现在的提纯进度，并且恶言警告她别耍花样。

那个白人并没有走，而是在区域内巡逻察看，络腮胡子则是在区域外看守着。等到身边没有其他人时，俞熹禾问了那个男生一句："你是在校生吧？"

男生叫安格曼，他抬头面无表情地看了她一眼，半天后才点了点头，然后有些嘲讽地说了一句："听那些人说你是 P 大的？ P 大的高才生原来也会自甘堕落。"他的头发长到了肩膀上，样貌算得上清秀。

俞熹禾看到了他露在防护服外的肌肤上的伤痕，猜测他并非是完全自愿待在这里的。也许在这里，很多人都是被强迫参与制作违禁药物的，眼前这个男生应该也是。

白人刚好巡逻到这里，见俞熹禾并没有开始进行实验，顾及到她还有一点价值，并没有直接对她动手，而是用力踹了一下实验台，第二次警告她："好好做，出一点差错，要你的命！"他神色狰狞地看向一旁的安格曼，将手里的铁棍往他膝盖弯处砸了一下，骂骂咧咧地离开了这里。

安格曼当着他的面不敢喊痛，估计也是挨多了打，习惯了，红着眼睛咬牙就忍过去了。俞熹禾看得心惊胆战，不敢想他在这里待了多久，受了多重的伤，最不敢想的是，如果她自己参与违禁药品的制作，会间接害死多少人。

安格曼的眼里充满着恨意，不过不是对俞熹禾。看到刚刚白人对俞熹禾的态度，他问了句："你也是被绑来的？"

俞熹禾坐立难安起来，比起被绑架撕票，这种场合更让她恐惧一万倍。俞熹禾简单看了一下他们要求制作的药，对于她而言，其实并不困难，这整件事带来的后果却难以想象。

她还没有回答，安格曼就转回了头，冷漠又自嘲地说道："就算是被绑来的，为了活下去也得犯罪。"他的手抖得厉害，双手的好几个手指上都有还未愈合的伤口，看上去血肉模糊。

一整个上午，安格曼都没再开口说过话，安静得像是死了一般。俞熹禾也没有参与实验，白人不敢动她。中午那个络腮胡子回来后见她没动，脸色瞬间变得很难看，但下一秒不知道想起了什么，又脸色稍霁。

"你倒是好命，Elvis愿意出钱来赎你了。"

随后他转头看向安格曼，放了一个装有蓝色液体的蒸馏瓶在他的实验台上，不耐烦地叮嘱道："这是那边的人刚做出来的，一堆蠢货，弄不出第二份来。你赶紧给想办法复制出来，成品明早就有人来买。"

俞熹禾定睛看了一眼，发现那个瓶子里装的不是一般的药品试剂，而是提纯后的黑海洛因液体，只需要重结晶就可以得到晶体成品。

他们居然逼着别人提纯这个……

俞熹禾拼命压抑着怒意，胸腔起伏，最后忍不住捂着唇猛烈咳嗽起来，喉咙里是锈铁般的腥味。

她不能惹对方动手……

这里是地下工厂，多少非法的药品在这里被制造出来，又有多少人被迫苟活在这里。几百平米的地方是暗不见天日的死地，然而最糟糕、恶心的还不止这些，跟着络腮胡子进来的一个瘦高男人拉扯着长相清秀的安格曼，揪着他的衣领就要往外拖。

男生瞬间就憋红了眼，脸色青灰，却不能反抗。

"你做什么？！"俞熹禾剧烈咳着，把血腥味好不容易压下后，下意识地把安格曼拽到了自己的身后。她脱口而出的是中文，在场几乎没人能听得懂，只有那个安格曼懂一点中文，声音平淡地回了一句中文："别白费力气了，没有用的。那些人闷得久了，便想找人揍一顿，发泄一下。"

他低下头，一双好看的眼睛看向她，动了动唇，却到底没再说话。

瘦高男人上下打量着俞熹禾，古怪地笑了一下，就在他伸手想搭上俞熹禾的肩时，安格曼拦住了他的手，用英文道："我跟你走吧。"

从俞熹禾这个角度看过去，他眼眸微垂，浅淡的绿色眸子让人想起干净的湖水……

有些人就是要把美好的东西摧毁掉。

俞熹禾的心脏简直要炸裂，疯狂又冲动的想法在瞬间形成，在那个瘦高男人要将人带走的前一刻，她伸手拉扯了男生的手。

他手上到处都是伤痕，她知道不应该用力拉住的，可她心中恐慌得要命，根本控制不住自己的力道。在络腮胡子和那个瘦高男人不耐烦得准备强硬动手前，俞熹禾问："明天……是在明天之前要复制出和这一样的提纯物吗？是谁来买，要多少？"

络腮胡子愣了一下，猜俞熹禾可能是要参与进来，态度发生了变化，稍微客气了一点："当地的地头蛇来买，要300克晶体，只能多不能少。"如果作为名校学生的俞熹禾愿意加入进来，那对整个制作过程来讲，将大有裨益。

瘦高男人的眼珠左右打转，眼睛眯成了细窄的一条缝，盯着俞熹禾和被她拉住手的安格曼看。

俞熹禾抢在瘦高男人开口前说道："我需要一个搭档，我要这个人帮我。"在这里，络腮胡子的地位显然比瘦高男人高，他很干脆地答应了下来。瘦高男人离开前用眼神狠狠剜了俞熹禾一下，面色不善。

他们离开后，安格曼皱着眉说道："你疯了？"他非常不赞同俞熹禾主动把自己牵扯进制毒活动中。

俞熹禾背上出了大片的冷汗，低着头看了一会儿脚尖。

她能隐隐约约闻到一点血腥味，是她自己身上传来的。她的伤没有好透，又没有好好休息，情绪这样不稳定，很不利于身体恢复，这样发展下去，只会越来越糟。

可她没有办法……她能有什么办法？！

安格曼盯着她，惊诧地问道："你难道要自己承担罪名？"

俞熹禾走向实验台的脚步顿了一下，神情有几秒的怔愣，然后很慢地摇了一下头。

"我不能负罪，我还要回去见一个人。如果我做了不好的事情，我会没脸见他的。"她回头看向安格曼，看着他那双像翡翠一样漂亮的眼睛。

现在她每说一句话都能尝到一点血腥味，可她就像是无知无觉一样，如果不是脸色实在惨白得厉害，安格曼几乎就要相信她了。接着她又补了一句话："我做的一切都和你没有关系，如果你能获救而我不能的话，麻烦你找到一个人，他来自中国海市，叫 Chen Xing。"

"什么叫你不能获救？"

那些人不在，俞熹禾渐渐平静下来，说道："我不知道会发生什么意外。"她不知道自己接下来要做的事情，会发生什么意外，会不会糟糕得一塌糊涂。但她安慰自己，即使再糟糕，也比参与制毒要好。

络腮胡子给的黑海洛因液体是已经提纯好了的，他们花费将近两个月的时间，只得到了这么一份纯度符合要求的液体。

俞熹禾问安格曼："你知道这里是在哪里吗？"

"不清楚，可能是在两个州的边界。"安格曼被绑架到这里快四个月了，每天都有人对他严加看守，他并没有机会与外界接触。

俞熹禾又问："这里曾经发生过安全事故吗？"

安格曼狐疑地看了她一眼，意识到她可能要做什么，瞪大了眼睛。

"你只要回答我就好了。"俞熹禾道。

"我刚来的时候发生过一次事故，死了人。"安格曼如实回答。

俞熹禾听了垂下眼睛，不再说话。

安格曼立马劝她道："别想这些了。我看那些人不敢动你，制毒这种事，你还是别参与进来了。"

"我什么也不做。"俞熹禾这样应道，她抿了抿唇，笑了一下。

安格曼看着她忽然就走了神。

他想起自己还在学校时，教学楼上方的夏日晴空，那样澄澈，如同她的笑一样。他刚被绑到这个鬼地方的时候还是在夏天，而现在的美国已经入了冬。

这时候那个瘦高男人又进来了，见方才的络腮胡子男人不在，他立马找了个由头将安格曼支了出去。

俞熹禾正在疑惑他想要干什么时，瘦高男人坏笑着走向了她。男人嘴里说着她听不懂的话，手就要伸向她……

就在这时，"砰"的一声巨响，实验台上突然发生了爆炸。

瘦高男人受到惊吓，往后一退，却被打翻在地上的椅子绊倒，一头栽向爆炸的实验台。

爆炸引起的气流太强，俞熹禾被冲击得跌在地上，头撞到了另一边的实验台，痛得她泪水瞬间涌了出来。太痛了，她说不出话来，只能用手死死抵着地面，尽力承受着。

她的眼前也是模糊的一片，有一瞬间，仿佛所有的光影都变成了黑白的颜色。

仅有的一份高纯度的黑海洛因液体在爆炸中尽毁了，这里再没有可被复制提纯的黑海洛因样品了。

附近的实验台乱成了一团，周围参与提纯的人员尖叫着拥向出口。

不知道过了多久，安格曼冲过来扶起了她。没一会儿，那个巡逻的白人惊怒地冲过来把安格曼踹到了一边，又慌忙让人抢救现场。

俞熹禾的眼前模糊不清，头痛欲裂，络腮胡子赶过来逼问她怎么回事时，她的额头还流着血。看着眼前模糊的人影，俞熹禾吃力地说了一句："你的人违规操作……不按照实验安全流程……"

络腮胡子目眦尽裂，起先并不相信俞熹禾说的话。但看她表现得十分惶恐，想着她应该不敢拿自己的性命开玩笑，勉强信了一半。

那个瘦高男人确实是个无脑蠢货。

络腮胡子怒火中烧，现场无法挽救，而明天当地地头蛇又要来拿货……他拽住身边的一个人，让他去找医生过来。

Elvis答应给钱，所以在钱到手之前俞熹禾都必须是活着的，最起码不能死在这里。

安格曼趁乱也上了来接俞熹禾的车，后备厢杂乱无章地摆着一些医疗用品，来的医生也是密什家族的人，露在医用口罩外的眼睛打量了一下俞熹禾身上的外伤，皱起了眉。

医生让开车的人停下来，他现在就要止血包扎。光是由爆炸事故引起的外伤就多得数不过来，更何况旧伤没好透，又重新撕裂开来。

俞熹禾的长发被汗水浸湿，有几缕贴在脸颊边，她的脸上也有着细微的血痕。

爆炸发生的那一瞬间，她已经尽最大的可能保护自己，但还是被飞溅过来的碎片划伤了。车祸中留下的伤在爆炸中被撕扯开，又添了那么多伤口在流血，她失血太多。

医生不知道跟助手说了句什么，然后将止血棉填在她的伤口里。这样会很快止血，但止血棉塞住伤口会非常地疼痛。俞熹禾陷入半昏迷的状态，还是疼得闷哼了一声，但随后咬着唇再没发出声音。

她身上的伤太多，安格曼看得震惊不已。他身上的伤虽然多，但都不严重，眼前这个半趴在医用毛毯上的女生受的伤才叫可怕。

她的长发被冷汗和血水浸湿，血水没入深色的毛毯里，很难分辨出颜色。即使在半昏迷中，她的眉头也是紧皱着的，沾着晶莹水色的长睫在微微颤动，连抠在毛毯上的指尖都泛出青白的颜色。

整张脸除了血痕外，只有她咬着的唇有一点淡红的颜色。

医生不止一个，一个提着手术器材上车的人奇怪地看了一旁怔怔发呆的安格曼一眼，问道："这是谁？也是受了伤的？"

爆炸发生后，场面太过混乱，没有人注意到哪个区域里有谁跑了出来。

另一个医生不耐烦地接了句："管这是谁，收钱干活。"

爆炸中受伤的人不少，混乱中还引发了其他的意外事故，医生人手也不足，所以也没人留意到中途有人溜下了车。

安格曼不敢顺着山路走，而是在山林间穿行。自从被绑架，他就警惕了很多，若听到附近有人声，是绝对不敢靠近的。他也不知道方向，在山里绕到天黑时才钻出来，连滚带爬地上了一条高速公路，又一身狼狈地在寒风里瑟瑟发抖地等了半天才等来一辆车。

拦车，求助，上车。

此时距离爆炸事故，已经过去了整整五个小时。

五个小时后，等到地下工厂的负责人清点人数时就会发现少了一个实验人员，到那时候，他们肯定会发现不对劲儿，然后怀疑到俞熹禾的头上，那么她的下场绝对不会好到哪儿去。

俞熹禾被送回了别墅的二楼，然而她昏睡还不到两个小时，楼下就传来了剧烈的争执声，随后有人疾步上楼，一脚踹开了她房间的门，上前扯着她的手臂，将她用力拖下了床。

身体撞击冰冷的地面时发出很沉闷的响声，俞熹禾的头又一次撞地，迷迷糊糊睁眼时，眼前已经是模糊的一片，有血光，也有重影。

来人暴怒，一把扣着她的肩膀把她拖拽出房间，硬生生拽下了楼，然后泄愤般松手把她摔在了客厅地板上。

"奇了怪了，这次的爆炸肯定是这个臭丫头搞出来的！"

俞熹禾不想在这些人面前露出狼狈的一面，可她失血太多，没什么力气，整个人像是从血水里捞出来的一样，光是用手稍微支起上半身，就花光了她所有的力气。

楼上传来一点动静，俞熹禾看到有个人影从楼梯上下来，沉闷的脚步声像是踩在她的心肺上，直到那人走到跟前给了她一巴掌，俞熹禾才认出她是简尔。

俞熹禾清楚自己的身体状态已经很不好了，眼前看不清东西，甚至除了黑白两色，有时候她只能看见红色。也因为失血严重，这时候锐利的痛感反倒降低了不少。

她说不出话，口腔里带着浓重的血腥味，每呼吸一次，进入肺腔的空气都像是带冰碴子一般，刺得她痛不欲生。简尔接着又给了她凶狠的一巴掌，道："如果不是钱没到手，你早死了。"

这句话应该还有另一层意思——就算钱到手了，她也非死不可。

"比蒂维尔镇的地头蛇明天就要过来拿货，300 克，我们现在连零头都没有！"

"拖！能拖多久拖多久！"

在俞熹禾彻底失去的意识之前，客厅的座机响了起来。简尔接起电话。俞熹禾不清楚电话那边的人是谁，或许是程煜，或许是其他人……不过她现在已经不关心这些了。

她只关心她的父母是不是已经知道她失踪的事。

她不知道程煜有没有报警。

她不知道安格曼是不是安全逃了出去。

她更不知道自己能活到什么时候……还能不能见到他。

深夜，俞熹禾被痛醒过一次，她睁开眼，眼前是一片漆黑，没有半点光亮。

她想开灯，却使不上力，一不小心打翻了床边的什么东西，立马有人推门进来查看。俞熹禾听到脚步声渐近，有人扶起了床头的东西，然后低声问她需要什么。

俞熹禾张了张嘴，迟疑地问出一句："房间……没有开灯吗？"

进来查看的那人愣了一下。房间的灯是打开的，她却问出了这样一句话，微微仰着头"看"过来，一双眼睛毫无焦距。

所有明亮的光都落不到她的眼里。

俞熹禾攥紧了身下的床单，自己仿佛也意识到了什么。

那人立马去叫来了医生。

深夜里，别墅二楼最里面的那间房里多了好些人出来，周围的声音太杂乱，像是在她的耳边打着鼓，俞熹禾却渐渐安静了。

不知道检查了多久，俞熹禾一直没什么反应，直到有人捏住她的肩膀，警告道："Elvis的电话，三号他会拿钱换人，你给我小心说话。"

一个冰冷的移动电话被塞到了俞熹禾的手里，她的手太冰，几乎感觉不到有物体在手里。她走了一会儿神，面容像是迷茫，又像是害怕，拿起手机时好半天没有说话，指尖在手机后壳上不安地敲来敲去。

她想起在赌场的时候，最后那场赌局的赌桌上刻着的标准摩尔斯电码对照表，思绪一点点清晰，侧脸的线条也越绷越紧。

俞熹禾看不见，也推测不出周围人的表情，而手机那边程煜只在最开始无人出声时疑惑地问了几句，随后很快意识到了什么，屏气听着俞熹禾轻轻敲着手机后壳的声音，一下又一下。

在她重复了三遍比蒂维尔镇这个地名对应的摩尔斯电码后，程煜这才再度开口说道："三号那天，我……会让人来接你，你别怕。"

俞熹禾听到他那边传来奇怪的声音，像是玻璃进裂的声音，听不太清，俞熹禾皱了一下眉，没有多问。

这通电话开的是公放，她不知道身边有多少人在监听或监视，只能沙哑着声音低弱地说道："麻烦你了……"

麻烦程先生了。

再然后，有人从她手中里抽走了手机，她抬起眼睛，却不知道该看向哪里。她视野里只有单一的黑色，看不见的恐慌又一次卷土重来。

医生在一旁说，可能她在车祸时撞到头，爆炸时又受了伤，多种原因导致她暂时性失明，但并不排除永久失明的可能——如果长时间得不到正规治疗的话。

一月三号。

就在和程煜约定交人的前一晚，密什家族的人就程煜给的赎金该如何分配，起了很大的争执。俞熹禾在楼上都听到了动静，除了争吵声外，好像还有枪声。

120克拉以上FL等级的钻石，换成等价的美金，那将是一笔巨款。在分钱这件事上，络腮胡子和简尔的意见不统一。

俞熹禾看不见，也不知道时间，直到有人来给她送早餐和药时，她问了一句，才得知已经八点四十分了。

从对方的声音判断，送早餐的人换了一个。自从视觉丧失后，她的听觉在一定程度上像是敏锐了不少。

那个人放下餐盘后并没有走，俞熹禾听到对方的脚步声渐近。

她警惕地问了一句："你要做什么？"

对方只是沉声用中文说了一句："俞小姐，我是负责来救您出去的。但是现在别墅周围有很多人看守，我一个人带不走您，只能先离开。这段时间里，请您确保自己的安全。"

他弯腰靠近，在俞熹禾的手里放了一把枪。

此时这个房间的监控线路被他切换到了另一间卧室里，别墅里负责这块的人员在短时间里发现不了异样。

"如果我们这组人在今天不能成功地带走您，后续会很麻烦。您可能会被密什家族的人送到其他更危险的地方，所以请您务必提高防范意识。您出事，我们的计划就会很难成功。"

他正要手把手教俞熹禾怎么用枪时，俞熹禾突然小声问了一句："是半自动手枪吗？我会用。"她从来人说的那番话里回过神来，她去过射击场，会用这种手枪，是陈幸亲手教会她的。

上膛，开保险，瞄准，射击……当年陈幸教她时，耐心至极。

那人愣了一下，随后又听见她问："是谁让你们来救我的？"

那人回道："您知道 X 先生吗？两年前在欧洲地下市场抛售黄金，高进低出，把市场搅得混乱不堪的那位。他给了我们很大一笔钱。"

当时，这个突然出现的 X 先生，扰乱了市场规则，令数个公司资金链断裂，黄金市场的混乱影响了资本市场。即使这件事发生在欧洲，也只有短短的一个月，但后续的影响至今依然存在。

这位 X 先生给他们的酬金远远高于 120 克拉以上 FL 等级的钻石的价值。区别就在于，密什家族收了钱不一定会放人，而那位 X 先生要的是十足的胜算，一点差错都不能有。

俞熹禾并不认识什么 X 先生，也许是程煜在欧洲的代称？

那人又叮嘱了几句让她注意安全，并说道："如果我们这方失败，上来见你的，很可能是密什家族的族长，要么杀你，要么……"男人皱了皱眉，没有说下去。

俞熹禾"嗯"了一声。

时间已经到了正午，那个男人离开后不到四个小时，别墅一楼发生了暴动。俞熹禾在楼上听到了数声枪响，但又很快安静了下来。十几分钟后，又从别墅外传来了新的异响，像是别墅远处的树林发生了新的暴动。

然后，枪声再未停过。

俞熹禾看不见光，除了枪声，她的周围没有任何其他的声音，安静得让俞熹禾心慌。她从床上起身，但因为不知道床边被人放了把椅子，被绊倒，摔坐在了地毯上。

她几乎要感觉不到疼了，腿部往上，又僵又冷。

几分钟后，从左手边的方向传来门被打开的响动，细微的一声"咔"让俞熹禾全身的血液都凝固了起来。她握紧了手里的枪，压在身后，"看"向了左边。在来人眼里，她静坐在柔软的波斯地毯上，光从她身后的窗子翩跹落了进来。她在光晕里侧目看过来，一双桃花眼却毫无焦距，沉默，冷淡，毫无波澜。

脚步声慢慢接近，俞熹禾扣着扳机的手指也一点点收紧，心跳剧烈得一颗心就要跃出胸腔。

如果……如果发生了什么……

在那人伸手碰到她脸颊时，俞熹禾拿出枪抵住了他。她不知道枪口对准了哪里，感觉像是胸口。

"你是谁？"

"别动。"那人反手握住了黑色的枪管。

Chapter 06 就像是他的幻觉

　　她"看"着陈幸，桃花眼微扬，带着笑意。陈幸即使知道她看不见，也还是伸手掩住了她眼眸。

　　他想说，你别看我，我会想吻你。

陈幸单膝跪在她面前，看见眼眸无光的她慢慢露出茫然的神色，温软得仿若一碰就碎。

就像是他的幻觉。

他温柔地握紧枪管，从她的手里拿走了那支枪。距离这么近，一旦她开枪，自己也会受伤。

"会伤到你。"他嗓音低柔。

俞熹禾看不见陈幸右脸颊边有一道伤，浅浅的一道，溢着鲜血。

他垂下头，单手捧起她的脸，在她空洞无光的美丽眼眸旁落下一吻。

幽黑纤密的长睫微微上卷，掩不住眼中的浅浅水光。

"我明明答应过你，要陪在你身边的。"

很多年之后，俞熹禾都记得，那天有微凉的液体滑落在她的脸上，就像是她哭了一样。

门外走廊上站着两排雇佣兵，手里都持着枪。

他们年轻的雇主，即那位X先生从房间走出时，怀里多了一个人，看不清正脸，长发垂落在肩侧和X先生的小臂上。

见到雇主出来，他们齐齐抬枪，那队长向X先生出声示意可以走了。

这时候被他横抱在怀里的女生动了动，露出半张漂亮的脸，她小声问道："有其他的人在吗？"

"是警察。"只见那位X先生弯唇笑了一下，连声音都变得温柔极了，生怕吓到她，哪怕只有一点点。

他眼里的爱恋至深。

雇佣兵们面面相觑。

雇佣兵的性质和警察决不一样，他们只为佣金而来。这位X先生出手极为阔绰，给出的佣金甚高，只提出了唯一一个要求——必须保证他的未婚妻的安全。

他们是无国界安保公司的雇佣兵，签过数不清的生死状，之前即使是再危险的任务，也从未有过这么高的酬金。他们在枪林弹雨和血色里穿梭，只为佣金和雇主卖命，从来没有服过谁。

然而眼前的 X 先生是个例外。

那年欧洲某地下市场的风云，他们也略有耳闻。他们第一次看到传闻中的 X 先生时，只看到一个年轻人静坐在猩红的沙发上，面色沉静，眸中敛着刺骨的寒光，比他们这些出生入死的人要冷酷得多。

远处传来刺耳的枪声，伴随着几声爆炸声，紧接着，嘈杂声陡然变近。

陈幸温柔地将俞熹禾放在防弹车的后座，他站在黑色轿车外，刚想离开，俞熹禾抬手拽住了他的衣角。

"陈幸……"

她看不见，却察觉到他要离开，顿时不安起来。他们才刚刚重逢，俞熹禾不想他离开，她拽紧他的风衣，又叫了一声他的名字。

她什么都没有说，但微微颤抖的声音已经表明了一切。

何止是不安和害怕？

她清清楚楚地听到了枪声，刚才在陈幸怀里，她也闻到了他身上的硝烟味，虽淡，却还是残留了一点凶险的味道。

"在车上等我，我很快就回来。"他弯下腰，指尖勾过她肩侧的长发，将它们拢在了她的耳后，低头万分虔诚地在她的唇边落下一吻。然后他取出了一个隔音耳机给她戴上，动作小心轻柔，仿佛重一点会弄伤她。

俞熹禾看不见，自然不知道在她"眼前"，在陈幸背后，发生了什么——原本关她的别墅庭院里发出的响声惊天动地。

"阿禾，我爱你啊。"

可惜她戴着耳机，并不能听见陈幸含着笑说的这一句话。

新年已经过去了三天。之前他一直在费城搜寻着她的下落，冬日的阳光落在他身上，他却仍觉冰冷刺骨。

欧洲某处的地下市场，有无数人领着他的薪水。而现在，他将他在欧洲的大半势力牵引至这里。从得知她当天没有离境记录的时候起，连续三个小时，他派出的人终于查到了俞熹禾失踪前的监控视频，又根据视频里的线索，查到了程煜的仇敌密什家族，刚好这时候程煜也接到了简尔的电话。

陈幸突然出现在程煜面前时，对方吓了一跳。

陈幸不知道自己是怎么度过这几天的。冬天的费城很美，但他没有半点心情欣赏。天这么冷，他都不知道他的女孩在哪里，会不会受冻。

她受一点伤，都能逼疯他。

在比蒂维尔镇某处山林内，枪战还没有停歇。

子弹破空而来，带起迅疾的风声，硝烟弥漫成浓云，激烈得如同好莱坞枪战片。

安格曼坐在另一辆车里目睹了这一切。那天他逃了出去，在高速公路上拦下了一辆车，车主把他带到了最近的警察局，他才知道，这里原来是比蒂维尔镇。

而他才到警察局不到一个小时，还在做笔录的时候，突然有数辆车疾驰而来，停在了警察局外。他瞬间有些惊恐，以为是那些人追了过来。

第一个下车的是个中国人，黑发黑眸，眼里是一片深不见底的暗色。

不知道是怎么回事，上一秒他内心还被强烈的惊恐占据着，这一秒他突然觉得这个人就是那个女生拜托他找的那个叫Chen Xing的人。

一旁的警察局局长走了上去，对那个人说："他就是那个来报案的人，举报有人制毒并且绑架了一位在P大就读的中国学生，很有可能就是你之前报案要找的那位女孩。"

那人抬眸，冷冷地看了过来。

安格曼的心"咯噔"一下，在对方冷漠的视线里，他下意识地挺直了脊背。

在那人身后还站着一个戴眼镜的男人，而其余从车上下来的人全都站在了警察局外，在冬夜里形成一道浓重冷酷的暗影。

后来安格曼才知道，在他逃出来的那几个小时里，俞熹禾以摩尔斯电码的形式，向程煜传达出了"比蒂维尔镇"这个信息，所以这些人才能这么快地锁定比蒂维尔镇。他来报案后不到一个小时，他们就赶到了这里。

此时此刻，坐在车内的安格曼隔着单向的防弹玻璃看着那个叫Chen Xing的人，那些牛高马大、一脸凶悍的雇佣兵尊敬地称呼他为X先生。

比蒂维尔镇前一日下过薄薄的雪，但是很快就在这天午后的阳光下融化进土里，只残留了一丝丝冰冷在空气中。

陈幸朝着被几位持枪雇佣兵层层护住的那辆车走去，脱去了染着鲜血和硝烟味的风衣外套，打开后车门，弯腰拥抱住坐在里面的人，这场面给旁观者一种生别后重逢的震撼感。

安格曼看见警察终于赶到了现场，将别墅内已经被制服的密什家族的人一一拷走，为首的人向陈幸简单了解了情况后，道了声谢，便继续忙公务去了，之后陈幸便转身坐进了车中，而后驱车离开。

大概是要去医院。

这时候有个人敲了敲安格曼的车窗，问他接下来要去哪里。

安格曼认识这人，是陈幸留下来保护他的雇佣兵。现在警察已经过来了，地下工厂的人也已经被一网打尽，这里跟他再也没有关系了。

安格曼想了想，问："能送我回家吗？"

那个人点了点头，拉开车门坐上了驾驶座。

车辆行驶在山道上，窗外景色快速闪过，暮光渐临，这里的一切都将成为过去。

安格曼看着自己手上的伤，一路无话。

这段经历，希望她能忘记。

他和她，谁也别想起，也别再见了。

深夜十一点。

俞熹禾被送进了医院，她身上的伤都需要重新检查一次，也可能要重新上药包扎。而她的眼睛，是医生最头疼的事。

第二天凌晨的时候，俞熹禾终于熟睡过去，几天以来，她第一次睡得这么安稳。

陈幸就守在她的身边，直到她睡着了，才关了灯走出了病房。

这是一家私立医院，俞熹禾的病房在住院楼最高的一层，住在这一层的人不多，环境十分安静。

陈幸刚出门，就看到走廊的尽头站着一个人。

"她……"程煜刚出声，陈幸就拉着他往楼梯间走，一拐弯就对他动了手，拳头撞击血肉传来很闷的一声。

程煜没有还手。

这是在医院，在医护人员赶过来劝阻之前，陈幸就停了手，但那种凛冽气息仍是极盛。

程煜自解救行动开始，一直都在，看见了陈幸冷酷的一面。

即使到现在，程煜也不认为自己有哪里输给了陈幸，不论是在对赌的时候，还是现在。比各自的产业势力，比各自情爱的深浅，他觉得都不相上下，他只不过是输给了俞熹禾的感情。

程煜也明白这整件事都因自己而起，如果不是他，俞熹禾不会被密什家族的人带走，也不会遭受这些痛苦，明明他最舍不得她受伤。

那年那个僧人说的，他会遇到求而不得的人，先前一帆风顺，而后汹涌一生。

原来是这样。

他只想要这么一个人，却不可能如愿以偿。

第二天下午，俞熹禾的血液化验结果出来之前，医生面色凝重地对他们说道："病人之前应该被注射过违禁药品，我这边还在确定药物的成分和含量，病人暂时没有什么问题，但在检测结果出来之前，我也不确定还会不会有其他的副作用，还需要继续观察。"

说完，医生便先离开了。陈幸推开病房的门走了进去，单膝跪地，半蹲在俞熹禾的跟前，他单手捧着她的脸，问她："是不是等久了？"

她摇了摇头。

冬日的暖阳透过病房的玻璃窗落进来，照亮了整间屋子。

也就是在这时候，程煜知道，自己不得不离开了。

直到现在，俞熹禾都没有问过他一句。她知道他就在身边，离她只有几步远，但她从没有提到他一句。原来她只愿意接受陈幸的存在和靠近。

程煜原本还想再争取，但现在他连争取都放弃了，转身头也不回地离开了这里。

原来他和俞熹禾之间的句点，是他亲手画下的。

程煜想起之前发到他邮箱里的那封邮件，自动打开，没有署名，也查不到 IP 地址，内容只有短短的两句话："程煜，你在费城的辉煌已经结束了。别再见她，否则你失去的不止是这些。"

收到邮件的时候，他已经回到了拉斯维加斯，费城的产业在外力的压制下最终宣告结束，而他也没有挽救的意图。

仿佛这样，句号才能画得完美。

他的起点在拉斯维加斯，之后还是回到了这里。

他喜欢的人，此后再也不见。

他是爱她的，而她是自由的。

俞熹禾刚开始失明的时候，她的时间概念总是有些混乱。有时候她会在凌晨五点就醒来，有时候会睡到下午。但她觉得很奇怪，不管她是午睡还是晚睡，她醒来的时候陈幸都在她身边，毫无例外。

这天也是。

陈幸问了一句："醒了？"

俞熹禾判断出他就在自己床边。她坐了起来，有些好奇地问："你不休息吗？"

二十四小时都在她身边，即使是休息也永远醒得比她早，还是他根本就没有休息过？

陈幸笑了笑："我要看好你啊。"

在这之后，只要俞熹禾问起类似的问题，他都不动声色地转移开话题。

俞熹禾微微咬着唇，似乎在想些什么。陈幸将她的长发拢了拢，简单地扎了一个很松的马尾，而后手指温柔地按在她的后脑上，让彼此靠近，吻上她的唇。

一抹温热描摹过她的唇线，在她下意识启唇时又纠缠住她舌头。

有些深的一个吻，吻得俞熹禾觉得有些缺氧。

"别咬着唇。"陈幸小声道。

俞熹禾脸红心跳，思绪被这个吻彻底扰乱。

陈幸见她红着脸不说话，故意装作什么都没有发生的样子。看着她唇上的湿红，陈幸心情好了几分，饶有兴致地问："要我帮你换衣服吗？"

俞熹禾刚来医院的第一天，医生替她包扎好后，她行起来很不方便，动作幅度稍大，就会扯到伤口。

那一天就是陈幸给她换的衣服。宽松的长袖睡裙，扣子从衣领扣到下摆，当他微凉的指尖不小心蹭过她锁骨肌肤时，她忍不住躲了一下。她的眼睛看不见，其他的感官就显得格外灵敏。

"为什么要躲？"

扣好最后一粒扣子时，俞熹禾窘迫地听见陈幸很轻地笑出声，指尖带起的炽热很快从锁骨蔓延到了耳后。俞熹禾感觉到他的指尖碰到了自己的肩侧，她反应过激地想要抓住他的手腕，却因为不知道具体位置，重心不稳，整个人往前倒去，还是陈幸圈住了她的腰。

俞熹禾看不见，自然不知道彼时她和陈幸是哪种姿势。整间病房的摆设简而又简，所有有尖锐棱角的桌椅全被撤走换新，即使开了暖气，病房地板上也铺着柔软的地毯。就像现在这样，她可以赤着脚踩在地毯上，让雪白的脚踝陷在温暖的绒毛里。

只是她整个人依偎在他怀里，手还抓住了他胳膊，无论从哪个角度看来，都像极了投怀送抱。她一身纯黑色的睡裙，几乎和穿着黑色外衣的他融为一体。

"你别欺负我……"她支吾一句，语气有些严肃。如果不是看到她红着脸颊，陈幸差点都要被她镇住了。

"欺负？"陈幸语意不明地轻声念了一遍这两个字，每一个音节都极尽暧昧，足以勾起旁人的遐想。

"你知不知道，我有时候会想把你欺负得哭不出来？"

俞熹禾吓了一跳，指尖从他胳膊上滑下，转而拽紧了他的外套。她有些心虚地说："你不会这样做的。"

陈幸没有回答，而是看着她的脸，目光极深邃。

她什么都看不见，也不知道他轻松的语调背后神色有多疼惜。

医生说不确定她的眼睛之后还会不会恢复。陈幸什么都没有告诉她，只是对她说："别靠窗太近，会冷。"

那语气眷恋而温柔，可俞熹禾总感觉陈幸有事瞒着她，他在担心着些什么。

她又问道："我的眼睛是不是治不好了……之前受伤的时候，密什家族的人给我注射过药物，不知道会不会有什么影响……"她停顿了一下，忽然不知道该怎么说下去。她想问，为什么每次医生例行检查后，永远不会告诉她结果？即使她问陈幸，得到的也是千篇一律的"好消息"。

"陈幸，你再怎么瞒着我，我也迟早有一天会知道。与其等到那时候，你不如让我有点心理准备。"

陈幸开始后悔。

他疯狂地后悔。

他不该让俞熹禾一个人待在美国，不该让她一个人回国……那样，这一切都不会发生。

沉默的时间太长，俞熹禾也没有再开口。不知道过了多久，陈幸抱着她，下巴抵在她肩上，郑重得像是在宣誓："没事的，有我在。"

俞熹禾隐隐猜到了一些，眨了眨眼，视野里依旧是漆黑一片。但也没关系了，总有一天她会适应。

她不信命，但她相信陈幸呀。

俞熹禾略微低头，唇像是触碰到了他的脖颈。她一愣，然后张嘴很轻地咬了一下，很快又退开，感觉陈幸也直起了身在看她。

"只要你在我身边，结局就还是好的。前二十多年，我的人生毫无波澜，遇见你大概是最大的起伏。之前太幸运，现在有一点挫折也是很正常的吧？我不难过，你也别为我难过。"

医院病房的灯光是冷白色的，那种并不温暖的惨淡的颜色。俞熹禾即使猜到了自己可能要面对的不幸，心也是平静的。

先前有人说，一个人所有的幸运与不幸都是恒定的，那她把所有的幸运都用在遇见陈幸上，也不亏啊。她喜欢化学，喜欢自然学科，也喜欢陈幸。

"你要答应我，不管怎样，你都要好好的。"

良久，她听到了陈幸的回答："好。"只是她不知道陈幸还有没有说出的后半句——他可以好好的，只要俞熹禾在他身边。

俞熹禾等到他的回应，弯着唇笑了："那我可以问你一个问题吗？"

"嗯。"

"两年前,欧洲某地地下市场黄金被大量抛售……控局的人是你?X?"俞熹禾想起那时候在食堂,那个曾在欧洲待过的同学无意聊起的话题,以及在别墅二楼时那个给她送早餐的男人说的话。

陈幸没有否认,道:"是我。"

"X,Xing?"俞熹禾又问。

"是 Xi,熹的首字母。"陈幸解释。

大二那年暑假,他去了母亲家族所在的欧洲。忘记当时是什么场合了,需要他签名,那时候他满脑子都想着一个人,鬼使神差就只签了一个字母——X。

"当时地下市场的信号被屏蔽了,我的手机接收不到信息,所以不知道你一直在找我。至于许染,她和父母闹翻后跑来地下市场下注玩,结果被骗了。我无意中遇见了她,也就帮了她一把。之后她一直跟着我,想与我合作。我当时不是很了解当地的行情,也正好需要一个像她这样的熟悉当地市场又可靠的伙伴,所以我就接受了她的合作提议。"

俞熹禾听他的语气,好像有些怕她生气,便板着脸佯装很严肃地问了句:"你为什么不告诉我?"

"那次一回国就看到你受了伤,就算我赢得再漂亮,也开心不起来。什么都没有你重要。"陈幸那时候很后悔,他应该在她身边的。

"那时候刚好我在地下拍卖场救下了一个人。"陈幸继续道,因为怕她误会,所以就没有提过这件事。

"那个人长得跟我很像?"俞熹禾问。

"是。"陈幸承认,停顿了一会儿再度开口道,"你不问我为什么?"

"我想我大概能猜到原因。"陈幸扎马尾的技术实在是不怎么样,现在俞熹禾的马尾已经松松散开,她一偏头,长发就落在了肩上。

俞熹禾试探地问："你救下那个女生，给她自由，是因为你接受不了和我那么相像的人被留在那种黑暗的地方，因为你想起了我……对不对？"

她"看"着陈幸，桃花眼微扬，带着笑意。陈幸即使知道她看不见，也还是伸手掩住了她眼眸。

他想说，你别看我，我会想吻你。

等俞熹禾的身体恢复得差不多的时候，陈幸便带着她回了费城。

俞熹禾的父母不知道她出了事，俞熹禾和陈幸也都选择不把这件事告诉他们，免得他们担心，只是说费城这边临时有事，可能春节也不会回去了。

俞父俞母都很相信陈幸，对此没有过多怀疑。但林桃不一样，那天在机场，她不光是没有接到俞熹禾，就连接下来的那些天，她都没有联系上俞熹禾。林桃差点以为是飞机失事，急得到处乱窜。

俞熹禾拿回手机和手表后，这才连忙给林桃打了个电话报平安，说是自己在去机场的路上意外出了车祸，这些天一直在医院里。

挂断电话后，陈幸要带她再去检查一遍身体，俞熹禾拒绝了坐轮椅或者让他抱，而是让陈幸在走廊尽头等她，她扶着墙朝他慢慢走过来。

陈幸以为她是凭着直觉判断，提着心等她走近，还没先一步扶住她，俞熹禾就准确地握住了他的手。

"你可以看见了？"

"今天早上醒来的时候，发现能看见一点黑色的重影了。"俞熹禾眨眨眼，看向他。这几天她吃了很多药，也动过一些小手术，整个人瘦了不少，陈幸抱着她的时候只觉得怀中的人轻得过分。

就在这天，陈幸接到了一个电话，是许染打来的。手机的那边，许染无可奈何地说："陈幸，温意来美国了，我劝不住她。"

"你告诉她我在这里？"陈幸皱眉，语气有些不悦。

"我没提过，但她好像找了人跟着我。之前我在费城的时候，那些人就在，可能……"许染顿了顿，继续道，"她可能已经知道俞熹禾是谁了。"

美国此刻是深夜，陈幸靠着病房外雪白的墙壁，神色冷漠。

当初那场地下拍卖会结束后，被救下的温意央求陈幸带她走。陈幸救她已经算是仁至义尽，如果不是她与俞熹禾有那么几分相似，他根本不会多看她一眼。

陈幸这种人不会有什么怜悯心，他太喜欢一个人了，对别人的所有怜悯也都是为了她。然而许染毕竟是女孩子，心软，给温意留下了自己的联系方式。那个时候她并不知道这个举动会给陈幸带来很大的麻烦。

温意通过很多渠道才打听到了陈幸在哪里，她不顾别人的警告，偷偷跑来了美国。来之前，她也担心这样会让陈幸生气，但她还是想见见陈幸。在哥哥们的下属传回来的报告中，她第一次知道了那个叫作俞熹禾的女生。

其实看到她的照片时，温意就有几分明白当年陈幸为什么会救她了。大千世界，原来毫无关系的两个人，长相竟也会这么相似。

"俞熹禾。"温意在航班起飞前，默默念了一遍这个名字。

P大化学与生物分子工程系的研究生，来自海市，和陈幸是一起长大的青梅竹马……青梅竹马啊，真是幸运得让人羡慕。

温意再度想起那个人为自己披上外套，掩住赤裸的肩膀时，眼里藏着的对另一个人的爱怜与温柔。是该有多喜欢，才能让他对只是外貌相似却素不相识的自己也如此温柔？

当天晚上，温意在飞机上做了个梦，她又一次梦见了在欧洲救下她的陈幸。

她是家族里最小、最受宠爱的孩子，上面还有好几个哥哥。家人们大多都在国内，而她是跟着一位哥哥在国外读书长大的。那次温意原本是去参加同学聚会的，在回来的路上不慎被人迷晕，而后拐卖出境，从一个国家到另一个国家只花了短短几天的时间。

她被关在狭小黑暗的后备厢里颠簸了数日，最终被藏匿到一个偏僻的地方。身边和她同样被拐卖的年轻漂亮的女孩子来了又不见，最小的才十五六岁。听绑架她们的人说，她们有可能会被卖到各个地方……下场总归不会是好的。

她自顾不暇，顾不得其他的人会被送到哪里去，她自己最后被送到了一个地下拍卖场。拍卖台下有无数双眼睛在盯着她看，她连抬头都不敢，甚至哭也不敢哭出声音。

耳边传来一遍又一遍加价的声音，她浑身都在颤抖，被买下送到后台某个严加看管的房间里时，她终于彻底崩溃了，大哭了起来。

直到有一道略显冷淡的男声响起："你可以走了。"

她惊慌地抬头，桃花眼里水雾一片。在迷蒙的水雾里，那个人站在门边，背后过道的灯光打在他的身上，虚幻得不真实。

温意忽然就懵住了。

是这个人买下她的吗？

不怪她有这种想法，在被拐卖的这一个月里，她想过无数种可能，如果不是还想着回去见自己的父母，她甚至想到了结束生命。她一想到买下她的可能是奇奇怪怪的人，她就觉得恶心……但没想到会是眼前的这个男人。

他那么好看，不像那些不怀好意的人。

温意莫名有些心安，她的眼泪一串串地滚落了下来。那个人见她哭，原本冷漠的神色突然柔软了一些，上前在她冰冷雪白的肩上披上了一件外套。

温意抬眸，迎上了他的目光，片刻的怔愣过后，心像打鼓一样躁动起来。

他太好看了，只要温柔那么一星半点，就足以让涉世未深的少女心动，而后经年不忘。只是这个人不要她，他买了她，却给了她自由，也给了她回家的机会。

离开那个地方时，正是清晨，晨光落下来，暗无天日的日子终于到此为止。然而她央求对方带自己一起走时，他拒绝了。

熹微的晨光好温柔，温意看着眼前的男人一点点收回了先前所有的温柔。

"真的……真的不能带我一起走吗？或者你送我回家也可以，我一个人会害怕……"

少女委屈地抿着唇，无辜又含怯，眼里的水光，脸颊的红晕，从见到他起，就没有淡下去过。她知道自己不应该这样要求，她应该选择自己去警察局，又或者是尽快联系父母和哥哥接她回家，而不是像现在这样求一个陌生人带自己走。但冥冥之中，她又知道，如果她不这样说，她今后就不会有和他在一起的可能了。

既然他能在离中国这么遥远的地方救下自己，那是不是也代表着他们之间有着注定的缘分呢？

她满怀欢喜与憧憬，在劫后重生时格外地想亲近这个人，他却告诉自己："我选择救你，只是因为我有一个喜欢的人。如果你和她不像，我也不会多管闲事。"

他心里有且仅有那么一个人，无可替代。

温意在哥哥们的呵护下备受宠爱地长大，如果没有经历这一个月来发生的这些事，如果没有遇见陈幸，那她可能永远都不会知道什么叫"暗无天日"和"当头一棒"。

温意差点又要掉下眼泪了，他身边的一个女孩子手忙脚乱地给她擦眼泪，安慰她。

"你别哭啊，不会再出事的，我们会送你去警察局，或者你想回家，我们也可以送你上飞机。"

最后也是这个叫许染的女孩子心软，给她留下了一个联系方式。

飞机快到达美国机场的时候，温意才醒，耳边是广播声，她还未完全脱离梦境，浑浑噩噩中，不自觉地叫出了一个人的名字，曾经数次辗转于她唇间的心心念念的一个名字——陈幸。

俞熹禾的视力恢复得不错，她正在看书，旁边的陈幸突然接到一个电话。他全程皱着眉，满脸不悦，最后只说了一句"与我无关"，便不耐烦地挂断了电话。

俞熹禾正在好奇是谁打的电话，让他这么不高兴，就听到自己的电话也响了起来。

手机屏幕上显示着许染的名字。

"熹禾——"俞熹禾刚接通，许染就焦急地喊了她的名字，她道，"温意她并不坏，她也没做过什么坏事，你能不能让陈幸再帮她一次？

她开车撞伤了人，被一些地痞无赖缠住了……"

"温意？"俞熹禾听到一个完全陌生的名字，疑惑地看向了陈幸，刚好迎上他的目光。他也在看她，纤长的眼睫毛微微垂下，显得眸瞳黑得过分。

只是一个表情，俞熹禾瞬间就明白他现在的心情十分不好。

电话里的许染还在继续说着，大概是不知道此时此刻陈幸就在她身边，距离不过二十厘米。

从许染断断续续的焦急话语里，俞熹禾大概明白了事情经过。

那个叫温意的女孩子不远万里来美国找陈幸，但是在路上出了一点车祸，撞到一个地痞无赖，然后被其同伴威胁，那些人拿了赔偿金还不够，又狮子大开口要更多的钱，扬言若是不答应，就把她丢进贫民窟。

许染可能是太着急了，毕竟她和温意从那年在欧洲相遇后就保持着联系，也是有一点友情的。

她说："那时候在欧洲，她才十七八岁就被拐卖……陈幸救了她，在那种场合下，她怎么可能不动心……"

何止是动心这么简单？

在十七八岁的时候遇到危险，突然有个人从天而降，救她脱离苦海，还是一个长得这么好看的人，有几个小姑娘能抵御得了？

可是温意哪里懂，陈幸说了拒绝，那就是一点可能都没有。

俞熹禾也听明白了，这个温意就是长得和自己很像的人。大概是温意没有陈幸的联系方式，便打电话拜托许染，许染因为不在这边，便打给了陈幸，被拒绝后又辗转联系到她。

"为什么不找其他人？她可以报警的。"俞熹禾不知道许染是以什么立场打这通电话的，她为什么会认为陈幸已经拒绝的事，求她就有用？而且那个温意也算是她的情敌，许染并没有考虑过她的感受。

"出事的地点在'三不管'地带，敲诈她的人都是地痞流氓，怕恼急了会做出什么激进的举动，所以暂时还不敢报警。熹禾，温意她毕竟是个女孩子……"许染话说到一半停顿了下来，她也意识到自己逾越了。只是温意打电话求她时，因为害怕，连声音都带着哭腔，让她很心疼。而她自己不在美国，根本赶不过去。除了找陈幸帮忙，她也没有其他办法。

"熹禾，我……"

"许染，我不是陈幸，我不能替他决定任何事，况且……"俞熹禾不是那种听风就是雨的性格，也很少会在还未见面的情况下就对一个人产生抵触情绪，"她来美国是为了见陈幸，那见了之后呢？"

许染哑然。

"许染，我并不大度。"说完这句话后俞熹禾就把手机递给了身边的陈幸，"你接吧，毕竟温意是来找你的。"

从许染刚打来电话的时候，陈幸就有些不耐烦了，他并没有接过手机，而是拉住了她的手腕，问道："不高兴？"

她很少有小脾气的，就算被他欺负惨了，也只会认认真真地控诉他，说一句"过分"。而现在她生气了，不高兴了，是因为她对他也是有占有欲的。

"你还是接电话吧，许染应该很着急。"俞熹禾没有回答他的问题，转移话题道，"虽然我拒绝了许染，但是温意毕竟是个小姑娘，真出了什么事就来不及了，你……还是去看一下吧。"

"真的？"陈幸问她。

俞熹禾想了想，补了一句："我之所以拒绝许染，是不想让对方觉得我事事大方，至少涉及到你，我是很小气的。"

还有，如果她是温意，在那种场合下大概也会对陈幸一见钟情。

她现在被地痞流氓缠住威胁，也确实不太安全。

陈幸接过了她的手机，对那边的许染只说了一句："待会儿再联系。"然后挂断了电话，之后他就一直盯着俞熹禾看。

本来没什么的，但在他专注的目光下，俞熹禾只感觉到耳尖都发着烫，看了一会儿书都不能平静下来，只能无可奈何地重新看向他，问："你怎么还不走？"

陈幸淡淡开口："你说错了一点。"

俞熹禾有些好奇，问："什么？"

陈幸抽走她手里的书，扣住她的手指，将她压在了沙发靠垫上，上半身大幅度地靠近，相贴，就像是广袤草原上一直散漫的狮子忽然锋芒显露，目光微垂，紧紧盯着自己的猎物。

他说："我整个人都属于你，连同我的一切，你可以为我决定任何事。"

他亲吻过耳畔时的气息有些灼热，他低头和她接吻，力道温柔，却是不容拒绝的姿态。

最后，他说："除了让我不再爱你这一点。"

俞熹禾的眼里氤氲着水雾，她的唇珠湿红，微微舔咬一下都能尝到甜味。

草莓没有她甜，车厘子也没有。

俞熹禾伸手扯住他的衣领，把他朝自己拉近，然后仰头咬住了他的喉结。唇下的软骨在被咬住的那一瞬间猛地滚动了一下，温度蹿升。

"我是不太高兴。"她说，"我希望你是万众瞩目的，但又不希望你被很多人喜欢。"

"我想你只是我的。"她说完，攥着他的衣领的手指微微松开，刚往后退一点，就被以更凶狠的力道摁在了沙发上。陈幸捧着她的脸颊深吻，舌头探入唇间。

轻抚重吻之下，衣襟连同气息一起变得凌乱。

就在意乱时分，他在俞熹禾耳边落下一句话："我只是你的。"他的嗓音微哑，十分性感。

之后陈幸便开车去那个贫民窟边上的工地废区找温意。

陈幸不在，俞熹禾便自己去药房拿药。她没想到，在那里会遇到一个熟人。

俞熹禾当时感觉有人在叫她的名字，她听到声音就回头了。这个时间点，美国私立医院的大厅里并没有多少人，俞熹禾迎上那个戴着黑色口罩的男人的视线时还有些诧异。

秦昭初见她的背影与侧脸时还只是怀疑，当他忍不住出声叫出那个名字后，俞熹禾回了头。她明显已经不太记得他了，却还是礼貌地说了声："你好。"

像是读高中时那样，她对待每一个人都很客气，说话的时候声音温温软软。

秦昭摘下了口罩，露出脸来，朝她走了几步。出道后，他成为了国内的青春偶像，但现在他弯唇笑起，看她的眼神比之前面对媒体采访的任何时候都来得专注。

"你不记得我了？我们上同一个高中，一起参加过化学竞赛。"

那时候他们所在的高中举行过一段时间的学生互助活动，由优秀的学长或学姐和老师一起辅导即将参赛的学生。

那时候秦昭辅导的人就是俞熹禾。

不过秦昭只辅导过她两次，后来她向校方说明了情况，就再也没来过了。秦昭也是在和她一起参加竞赛时特意问了她，才知道她后来为什么不来。

那时候获得第一名的小姑娘刚从灯光汇聚的领奖台上走下来，带着一点感冒后的鼻音跟他说："因为放学要和人一起回家，他不肯先走，我怕他等得太久。"因为感冒，她的脸颊微红，带着鼻音说话时咬字也有些含糊，可她眼里闪着光芒，满是欢喜。

秦昭没想到答案会是这个。

俞熹禾以为他不高兴，又补了一句："学长，很感谢你那两天的辅导，对我的帮助很大。"

秦昭笑了一下，没再说话。

他哪里帮到她什么？她明明都会了。

回想起以前的事，秦昭不自觉地笑了起来，视线下移，注意到俞熹禾的左手手背上的置留针，又看向她背后几步之外一直盯着这里的保镖，再开口时声音陡然低沉下来："你怎么了？"

"出了车祸，所以要住院一段时间。"俞熹禾轻描淡写地带过，又不免好奇地问他，"你呢？"

秦昭说起化学竞赛后，她已经差不多想起这个人是谁了，是林桃说的那个现在当了明星的学长。

比起高中那时候，现在见到他，俞熹禾觉得对方真的很有当明星的资本，最起码，他长得就很好看，眉骨漂亮，鼻梁挺拔。

"拍广告的时候出了点意外，过来包扎伤口。"秦昭解释。

他的助理在这时候走过来叫他："昭哥，药拿好了，可以走了。"

秦昭皱了一下眉，转头对一旁的俞熹禾说："你等我一会儿。"然后就和助理走向大厅的另一边。可是……

俞熹禾想了想，让她等一会儿做什么呢？

与此同时，俞熹禾背后的两个保镖面面相觑，其中一个走上前来问道："俞小姐，要回去吗？"

　　"等一会儿吧。"俞熹禾想了想，道，"你们不用两个人一起跟着我，可以轮班休息一下。"

　　两个保镖对视了一眼，没有接话，自然也没有答应。

　　这位小姐可能并不知道她在他们雇主心里的重要程度。保护她的何止是两个人？从他们雇主抱着她走出那栋别墅开始，周围明里暗里保护她的人何止两个而已？

　　那件事之后，陈幸让人配合警方，将那个地下工厂一网打尽，接着警方顺着这个工厂往下查，拔除了一整条灰色利益链，然而牵扯到的利益方太多，谁也讲不好会不会有人伺机报复——即使他们卷土重来又或是暗中报复的可能性很低。

　　秦昭再回来的时候换了件长外套盖住左胳膊的伤，问她："下午有空吗？"

　　"要输液。"俞熹禾扯了谎，其实她的输液时间是在晚上。

　　秦昭看了她一眼，大概知道她这是在婉拒，挑唇笑了一下，道："那我陪你吧。"

　　这下俞熹禾无奈了。虽然她不太熟悉秦昭这个人，但当年他给她辅导过功课，又一起参加过化学竞赛，在这异国他乡，她对他还是有点亲近感的。

　　"你应该还有事要忙吧？不是要拍广告吗？"俞熹禾企图转移话题。

　　"广告已经拍完了，我也跟经纪人请了假。"秦昭说，"其实我是有事想请你帮忙。"

俞熹禾有些好奇，问："帮忙？"她不明白，自己和他很多年没有见过了，她能帮他什么？

像是猜到了她的想法，秦昭连忙解释道："那个，我这边刚好有一档综艺准备开拍了，拍摄地就在费城，其中一期的题材和化学有关，但是节目组还缺一个专业的指导员担任场外嘉宾。"

俞熹禾第一反应就是拒绝。她没有表演欲，也不想背剧本，不愿意参加综艺拍摄。可秦昭像是知道她要怎么开口拒绝一样，补充道："这个场外嘉宾不用出现在镜头前，你也不用担心自己会出现在荧幕上。节目组是担心没有专业的指导人员，容易发生意外……"

他微微低着头，纯黑的发丝垂落一点，看人时显得很真诚。

"我刚出道没多久，这也是我第一次接综艺，我很希望这个综艺从制作团队到拍摄过程都能尽善尽美。我们一起参加过竞赛，我知道你的实力，也比较相信你。"

那时候俞熹禾和秦昭一起去参加竞赛，他们在一起合作过一周，两个人几乎每天都在通宵看文献资料和各高校的试卷，出门在外，秦昭对她也照顾颇多。

俞熹禾想了想，问："那拍摄时间和地点呢？我需要看一下有没有时间，而且我没参加过这类拍摄项目，可能会影响进度。"

她这样说就算是答应了，秦昭立马道："开拍时间大概是下月初，拍摄地点在费城的一个大学里，只拍一期，大概三天就能结束。如果你临时有事的话，后期还可以补拍，并不是全程都要在场。"

俞熹禾想了想，下月初刚好是Ｐ大化学与生物分子工程系开学的时间，开学之初的课业压力不大，空余时间也比较多，时间上倒是没有冲突。

于是秦昭便和她简单地谈了一下报酬，说过几天他会和综艺制作团队一起过来，到时候导演会带一份劳务合同给俞熹禾。

俞熹禾点点头表示同意，秦昭说完话突然停下来，看着她。俞熹禾觉得有些奇怪，她问："那还有其他的事吗？"

秦昭似笑非笑地看着她，揶揄道："怎么了？这么不想和我待在一起吗？"

在秦昭半开玩笑地说完那句话后，原本尴尬的气氛突然缓和了很多，他们之间的距离像是一下拉近了，没有那么陌生了。

"我是觉得你现在的行程安排应该很满，和我聊天有些浪费时间了。"俞熹禾弯唇笑了一下，"你拍完广告后今天就没工作了吗？"

"还有一个服装合约，晚上要去和设计师面谈。"秦昭犹豫了一下，还是问道，"车祸严重吗？"

有一个保镖刚好在这时候上前低声跟她说了句什么，俞熹禾从陈幸要回来的消息中回神，道："不是很严重，我很快就能出院了。学长也要好好照顾自己，手上的伤注意打理，别留疤了。"

她说这句话的时候，秦昭与她身后的两个保镖对上视线。不动声色地互相打量了一番后，秦昭收回了视线，直觉俞熹禾遭遇的车祸应该没有这么简单，也并不是不严重，只是她不愿意告诉自己。

明明已经没事了，他也想不出有什么话题可以继续谈下去，他和俞熹禾时隔几年在异国重逢，他半点离开的心思都没有。

因为秦昭知道，这个小学妹看起来性子温软，但其实是个小没良心的，在毕业后就毫无联系，甚至这些年里，她可能早就忘记了自己是谁。

如果没有再遇见她，秦昭的感情也就这么淡下去了，但偏偏遇见了，那他怎么可能轻易就这么算了？

出道的当天，他在全国观众都可以看到的直播镜头前提过自己喜欢的人是什么模样，长发，桃花眼，有唇珠——是俞熹禾。

另一边，某贫民窟附近的工地废区旁，温意等来陈幸之前，被那些无赖流氓堵在墙角。她可怜兮兮地蹲在地上，厚厚的外套蹭到墙上的灰，她低着头，却没有在欧洲时那样害怕。

她想的是，既然上次陈幸都能在那种地方，将和他非亲非故的自己救出来，那这次他也会来的吧？

那几个牛高马大的地痞一边盯着她一边抽着烟，劣质香烟飘出的青白色烟雾带着强烈的辛辣味道，呛入鼻子里，温意忍不住咳嗽起来。她正咳嗽的时候，终于有人来了。温意听到脚步声兴奋地站了起来，结果看清来人后，又立马垮下了脸。

来的人不是陈幸，而是一个温意不认识的人。男人走到堵她的那些人跟前，冷漠的视线落到她身上。

对方看她的眼神像是在看一件无关紧要的物件，温意被那种眼神看得打了个冷战。那些当地无赖没想到自己讹上的这个东方姑娘居然大有来头，居然引来当地大佬顾为的人，于是立马胆战心惊地溜走了。

温意亦步亦趋地跟着那人出去，小心翼翼地问："是陈幸让你来的吗？"语气期待又忐忑。

男人用余光冷冷地瞥了她一眼，并没有回答。

温意的心情糟糕极了，只觉得全身又僵又冷。

废区外停着两辆车，一个穿着军靴的男人斜靠在其中一辆月光蓝卡宴车身上，他算是当地举重若轻的美籍华人，看起来吊儿郎当的，当年和陈幸在欧洲证券交易所也是不打不相识。

"来美国这么久现在才联系我，够意思的啊。"顾为熄灭指尖的烟，烟雾还在缭绕，显得他更是彪悍，"居然还是为了个姑娘？"

"我和她没关系。"陈幸疏离的目光扫向他，有些冷淡地开口，"离我远点，别把烟味弄到我身上。"

"怎么？要回去见人啊？"顾为揶揄道。

陈幸没有否认。

顾为的好奇心上来了，痞笑着打趣道："不是说你的心上人在国内吗？啧，另有新欢了？"

"她来美国有一段时间了。"陈幸原本不想解释，但按对方吊儿郎当的性子，估计会一直盘问下去，他嫌吵。

"啥？在这里读书？"顾为低骂了一句，皱着眉，整个人由内而外都透着匪气，"这好歹也是我的地盘，来这么久连个招呼都不打，看不起人还是没把我当朋友？"

陈幸没告诉对方的原因，当然是不想让他知道俞熹禾，否则按他的性子，肯定会花式尽地主之谊，恐怕会吓到俞熹禾，只是现在却不得不麻烦他了。

"我有件事要麻烦你。"陈幸没正面回答他，"她之前被拉斯维加斯密什家族的人绑架过，所以，我不在费城的时候，她的安全就拜托你了。"他的人也依旧会留在这里保护俞熹禾，只是不管怎么说，在这边还是顾为的势力更大一些，毕竟他在当地有稳固的地位，有他的保证，陈幸能放心一些。

意识到陈幸的认真和事情的重要性，原本嬉皮笑脸的顾为也严肃起来，当即承诺道："只要她在我的势力范围内，就算把天捅出个窟窿，我也能保证她安然无恙。"

"谢了。"陈幸笑了一下，拍拍他的肩。

"省省吧，你什么时候不对我这么客气我就谢天谢地了。"顾为目光一瞥，看到从废区走出的下属和温意，"话说回来，你和那个女的什么关系？她看你的眼神可不简单。"

温意一出来就看见了车边面容冷淡的陈幸，原本郁闷烦躁的情绪一扫而空。如果不是天冷，自己的小腿冻僵了，她都要小跑着上前了。

她就知道陈幸会来的。

然而没等她走近，陈幸身边的那个男人盯着她突然意味不明地笑了，语气意味深长："她不会是看上你了吧？"

温意的脚步一顿，愣在了原地，又羞又恼。有人将她的心意一针见血地指出来，语气玩味，带着明显的揶揄，温意敏感起来，桃花眼都红了一圈。

"陈幸，我只是想来找你……"温意很怕眼泪会掉下来。她哥哥多，从小就在宠爱里长大，爱哭爱闹也很正常，但在陈幸面前她不太敢哭。之前她让哥哥的手下偷偷跟着许染来费城，也是这样才知道了俞熹禾，对方跟她确有几分相像，但对方不像她这样爱哭。

也是见到俞熹禾的照片后，温意才明白陈幸当初救她，真的只是为了另一个人，许染劝告她的那些话，原来都是真的。

许染说："陈幸有喜欢的人，陈幸已经喜欢她很多很多年了。温意，当初陈幸会救你，就是因为她。"

许染不止一次地在温意追问陈幸的身份时告诫她："你别去招惹他，你把控不住的。"

而陈幸今天之所以会救温意第二次，也是因为同一个人。此刻他垂眸看了她一眼，那张脸和在欧洲见到的没有多大变化。

可能是温意见到俞熹禾的照片后，故意学着她的习惯打扮，她们更相像了。

只是画虎不成反类犬。

陈幸已经明显不想开口，温意接触到他目光的一瞬，勇气突然涌了上来："你和那个俞熹禾是你情我愿的吗？说不定、说不定她不愿意呢？"温意犹豫着，又害羞又胆怯，下一句话就要脱口而出时，陈幸终于开了口："那也轮不到你。"

温意原本想说的那句话是，如果她不愿意跟你在一起，你把我当成她，我也不介意啊。可还不等她表明心意，陈幸就给了她答案。

寒风扑面而来，而陈幸带来的凉薄感不比冷风少半分。

温意咬紧了嘴唇，自暴自弃道："你当初不如不救我！"也省得她念念不忘。温意似乎忘记了，如果陈幸当初不救她，她的下场会很惨。

陈幸声音淡淡："我可以把你从那种地方带出来，也可以把你送回去。"

闻言，温意是真的被吓了一跳，指头揪紧了外套。一旁一副事不关己模样的顾为笑出了声："别啊，我在这里开的店正缺一个小美人坐镇。"他的嗓音低沉且带笑，即使是玩笑，也带着几分匪气。

遇上陈幸，不知道温意是幸运还是不幸运。

反正眼下的她是难堪的，整张脸憋得通红，头一低，酸胀的眼眶里马上就能掉出眼泪。俞熹禾有多好？凭什么陈幸这么喜欢那个人？她也不差啊，她千里迢迢来到这里，就是想见见陈幸，也想亲眼见见俞熹禾这个人。

温意不甘心，很不甘心。

她就算知道了俞熹禾也同样喜欢陈幸，她也不想放弃。喜欢就要去争取，这不对吗？温意坚信，陈幸只是还不太了解她。

这么想着，她的情绪才稳定了一点，但揪着衣服的手还没松。一旁那个面无表情的下属打开了车门，示意她上车。温意后退一步，生怕陈幸真的把她送回欧洲的地下市场，又或者送给他身边那个男的，她顿时慌了神，下意识地看向陈幸，泫然欲泣。

那个下属道："温小姐，请上车。"

温意想往陈幸那儿躲，可又不想显得自己很软弱，只能颤声问："要……要做什么？"

"送您回机场。"

也就是从哪儿来，回哪儿去。

温意想做的事还没开始，听到这样的话有些不满，大声地反驳了一句："我不回去！"说完之后又自觉委屈地咬了一下唇，目不转睛地盯着陈幸，希望他能帮自己说说话。

她的声音弱了下来："我一个人回去，再遇到危险怎么办……我没你的联系方式，只能找许染……"就算陈幸不愿意来救她，许染也可以求陈幸身边的俞熹禾。许染心软，没办法见死不救。

也就是这句话，让陈幸动了怒。

他上前几步，用力捏住了她的下巴，力道强悍，温意瞬间感受到了下巴传来的剧烈疼痛。陈幸看着她，眼底冷漠无比，一字一句都带着冷冽和不耐烦："你倒是敢打电话让许染，求她救你。"

恍惚的几秒间，她又听到一句："这是最后一次，从今以后，你的所有事都与我无关。"

是死是活，都与他无关。

温意迎上陈幸淡漠的眼神，错愕住了："我只是喜欢你，又没做错什么……"

"你以为我不知道你联系许染的目的？"陈幸松开了手，声音冰冷。

温意的神色一变，表情慌张又难看，嘴唇动了动，一个字都说不出来。

是，她是有私心。

她求许染打电话给俞熹禾，无非是想让她知道自己的存在。她想告诉对方，陈幸当年一掷千金救下了我，你知不知道呢？

就算是现在，温意的那一点心思被戳穿，她也还是不想离开。可她清楚，陈幸不是在开玩笑，他说的每一句话都有可能变成事实。她如果不离开这里去机场，那下一秒她就会被"丢下"，不会有人带她离开这片工地废区，也许她自己一个人也能走得出去，但更可能会再次遇上其他的无赖。

陈幸不会再帮她了。

陈幸在回医院的路上就收到了保镖发来的消息，看了一遍后收起了手机。他回到病房时俞熹禾正在输液，用一只手翻着书页。

"在看什么？"陈幸单手解开衣领纽扣，露出了那枚原本被半掩住的咬痕。

俞熹禾闻声抬头看了他一眼，那枚咬痕颜色已经淡了些，但在他修长白皙的脖颈上依然有些明显。她停顿了一下，回答道："老师推荐的书。"

注意到她一闪而过的目光，陈幸弯唇笑了一下，声音低得像是在蛊惑："要不要再咬一下？"

俞熹禾立马摇了摇头，说："不要。"在他出门前，她没打算要咬他的，就是他用这种诱哄式的语气问了句"要不要咬我一下"，她才一时被蛊惑，咬了上去，反应过来后，她的整个脸都红了个彻底。

被拒绝的陈幸唇边的笑意更深了，俞熹禾警惕地看着他，可她左手正在输液，要躲也躲不掉，只能避开他的视线不看他。

这次输液结束后她就可以出院了，残留在身体里的有毒针剂大部分代谢出来了，身体也恢复得差不多，剩下的只要慢慢调养就好了，医生原先担心的副作用，也暂时没有显现出来。

为了转移话题，俞熹禾说起了白天的事："我今天遇见高中的学长了。"

下午发生的事，保镖早已告诉他了，但陈幸还是装作不知道的样子，应了一声："然后呢？"

俞熹禾以为自己成功地转移了对方的注意力，连忙说了下去："他让我帮忙当一期综艺的场外嘉宾，我答应了。"

说完，陈幸久久没有回应。俞熹禾觉得奇怪，仰头看他的时候，上方有一片阴影忽然落下，陈幸一只手抬起了她的下巴，吻了下来。

他的吻带着室外的微凉，绵密地落在她的唇齿间，细腻又缠绵。

俞熹禾动了一下，随后被陈幸按住了正在输液的左手，唇齿相抵的时候，他低低地说："别乱动，你在输液。"

"那你……"还吻过来？

俞熹禾的声音有些颤抖，启唇才说两个字，就又被封住了唇。

温柔掠夺，吻得深重。

他的另一只手抚上了她的脸，指尖蹭过柔软白皙的耳垂，惹得她有些酥麻，忍不住伸手抓住他的手腕，却发觉自己的指尖也是颤抖的。

"陈幸……"她喊他的名字。

"嗯。"喉结轻轻滚动一下后滑出一个单音，极低，极哑。

第二天，俞熹禾就出了院，但并没有回到原来的那套学生公寓。

她的行李，陈幸已经吩咐人提前收拾好，搬到了另一套公寓里。俞熹禾不知道，她搬去的这栋小公寓就在顾为的势力范围内，这里寸金寸土，住在这里的人非富即贵，每一个进来的人都要经过严格的审查。

陈幸从安保公司聘用的雇佣兵还未全部撤走，他留下了几位会中文的女性，让她们在暗中保护俞熹禾，一直到密什家族的余党全部被抓获。

陈幸也给了她顾为的联系方式，告诉她："遇到麻烦的事情就打这个人的电话，有危险也是，或者告诉其他人，你认识他。"

"你的朋友吗？"俞熹禾接过写有住址和电话号码的纸条，有些疑惑，上面的地址也是在费城，"不见一下吗？直接打扰的话，会不会不太好？"

"有机会的话再说吧。"陈幸揉了揉她的发顶，并没有直接告诉她顾为的身份。他不想俞熹禾和顾为接触太多，毕竟顾为在这里这么多年，他的仇家也不在少数。

所以一切的保护都是在暗中进行，尽量减少给她带来的麻烦。

新的独栋公寓里，家具一应俱全，卧室里铺着适应季节的丝毯，客厅与厨房也是开放式的设计，旁边还有个酒柜，只是里面只有一瓶顾为送来的，作为"乔迁礼"的葡萄酒，产自拉图酒庄。

这种酒酒味浓烈，酒质纯净深浓，有着雪松木的芬芳。

陈幸和俞熹禾都没有喝酒的打算，俞熹禾想着酒放着也是放着，就用一点酒做了西餐，有番茄意面和小牛排，以及芒果蛋挞。

俞熹禾煮意面的时候，陈幸就在一旁洗小番茄。濯濯清水滑过宝石红的番茄，再柔柔流过他修长的手指，让俞熹禾想起在高中实验室里林桃说的一句话，她说："谁要是能像秦昭学长那样把试管或者锥形瓶洗出仪式感，我就高价聘来当我们实验组的头牌。"

秦昭在读高中时很出名，他成绩优异，直接被保送去了名校，后来又去参军，回来后就去参加了选秀节目。至于将玻璃仪器洗出仪式感，大概是洗的人颜值出众，手也修长好看，所以在旁人看来格外认真。

俞熹禾把林桃说的话跟陈幸重复了一遍，说："你洗得好认真啊。"闻言，陈幸侧身看了她一眼，喂了她一颗水灵灵的小番茄。他的指尖还是湿的，在她咬住番茄的时候并未从她的唇边拿开，也沾上了那么一点红色番茄汁。

他收回手时轻捻了一下指尖上的那一点番茄汁，看似漫不经心地问："秦昭？"

"嗯，一个高我们两届的学长。"俞熹禾停顿了一下，想了想，继续道，"上高中的时候，我和他一起参加过化学竞赛，好像他大学也辅修了化学。"

他们有着共同爱好，曾经在合作的过程中也配合得默契且愉快。

陈幸的眸色深了深。

他记得这个人，当年就是秦昭在放学后辅导俞熹禾做竞赛题。俞熹禾有多喜欢化学，他比谁都清楚。俞熹禾可能连自己都不记得了，有一次陈幸去找她，她向他提起那位辅导她的学长时，微弯的桃花眼里满是笑意，不经意露出的钦佩，让陈幸生气了好久。

俞熹禾并不知道陈幸在想些什么，补充道："我在医院遇见的那个学长就是他。"

陈幸抽出一旁的纸巾擦了擦手上的水，低眸掩住眼中的暗色："那期综艺你们会一起参加？"

"应该是吧。"

喷，陈幸不由得微微眯起了眼睛。俞熹禾刚咬过一颗小番茄，此时唇珠湿艳。他用舌头顶了顶腮帮，感到有点燥热。

　　早知道……呵，早知道，他也不能替她拒绝。即使陈幸清楚只要他开口，俞熹禾一定不会去了，可是她都已经答应了，陈幸不想她被别人当成出尔反尔的人。

　　见陈幸没再说话，俞熹禾停下手里的动作好奇地看了他一眼，他也正看着自己。她隐隐感觉他好像有点不对劲，便问："怎么了？"

　　"下周日我就要回国了。"他突然换个话题。他的年假要结束了，AK还有一些事务等着他亲自处理。

　　俞熹禾顿了一下，忽然觉得有些遗憾。要不是之前经历了抄袭事件，她一时难过出了国，他们也不用相隔两地。现在她只能安慰自己，在这里专注学术研究也不错。但总归还是有些意难平，而且这对陈幸也不太公平。

　　吃完晚饭一起收拾完餐具后，两人在客厅沙发上看了一会儿电视。看的不是那种很煽情的言情剧，而是再正经不过的新闻播报。可就像是有催化剂存在一样，俞熹禾被陈幸揽住腰，两个人接吻时她都不太记得中间发生了什么。

　　好像是他国内的助理打来电话问他具体的回国时间？

　　俞熹禾走了一下神，就听见他低笑着问了句："喝酒做什么？"陈幸吻她的时候尝到了一点雪松味，芬芳浓烈，齿颊留香。

　　俞熹禾从他的唇上离开，偏着头看他，有些紧张，嗫嚅道："嗯……壮胆？"她原本做好晚饭后就打算将酒放回去，但不知道为什么，鬼使神差的，她突然就尝了一口。酒的醇香一下就漫过了唇舌，如同现在。

葡萄酒的后劲大，加上刚刚深吻时有些喘不过气，俞熹禾的脸颊微粉，眼里水雾蒙蒙，看起来又乖又软。

还不等陈幸问她壮什么胆，俞熹禾突然站起身，结果一不小心打翻了茶几上的杯子，咖啡泼了出来，溅了她一身。

还好，咖啡已经放凉。

"这么不小心。"似乎是觉得她微醺的时候迷糊的样子可爱，他的声音带笑，有些纵容的意味在里面，"要不要我抱你去浴室？"

但陈幸的心里还是想着，以后要让她少喝一点酒。

俞熹禾的反应慢了一拍，还在低头看衣服上的那一片咖啡渍，表情看起来有些苦恼。这和她想做的有点偏差啊……

再然后眼前一晃，陈幸已经将她横抱在了怀里，她回过神来时，自己的双手已经环住了他的脖颈，他白净的皮肤就在她的唇边。

陈幸感觉到有一抹柔软的温热轻轻触碰到他脖颈，他的脚步一顿，停了下来，语气无奈又宠溺，道："醉了？"

俞熹禾觉得酒气正在漫上来，由内而外的灼热感已蔓延到全身的每一处，尤其是与他肢体接触的那些地方。她摇摇头，觉得吐息间都是那葡萄酒的味道，馥郁芬芳。

"陈幸……"她拉长声音，叫他的名字，带着她独有的娇媚和甜软。

陈幸已经抱她进了浴室，把她放在洗手台上，低下头有些凶地吻她，吞下她未说完的尾音。酒香迷醉，又被高温蒸腾。

等他错开她的唇轻柔地咬上她玉白般漂亮的耳垂时，俞熹禾颤了一下，手抵上了他的腹部，指尖即是他线条清晰的腹肌，那里蕴含着力量。感觉到她颤了一下，陈幸不免轻笑，俞熹禾就感觉到有电流窜过，身子酥麻了半边。

可她，还是任由他予取予求。

最后在他停下准备离开让她换衣服的时候，俞熹禾拉住了他的手，她有些不敢抬头，脸颊绯红一片。

陈幸不知道她的意思，以为她是腿软站不稳，于是又把她抱下了洗手台。她被搂着腰贴着墙放下，一面是有些冰凉的瓷砖，另一面是他炽热的怀抱，俞熹禾下意识地往他怀里靠了靠。

温软缱绻，带着眷恋和喜欢。

不知道是谁一不小心碰到淋浴的喷头开关，水一下就淋了下来，将两个人都淋湿了。

陈幸迅速关掉淋浴，抚过她有些湿的长发时，俞熹禾轻轻问了句："得知我被绑架的时候……你是什么心情？"

陈幸垂下了眼睛，静静地看着她。

她不在，世界在他的眼前就只剩下黑白两色。除了一个她，他无心顾暇其他。费城的冬天太冷，他一直都在担心她会冻着，后来新年都已经过了，他都未发觉。

一开始他甚至不知道她的下落，美国那么大，在没找到她之前，他甚至每一寸土地都想掀起看看。

陈幸说不出那时候的心情，一时沉默了。俞熹禾看着他的神色，心里又酸又胀，指头一紧，勾住了他手指，随后被紧紧地反扣住手腕。

他的手心炽热得不可思议。

他还陷在那时的回忆里，就听见怀里的她说了声抱歉，随后一个吻落在了他胸膛左边第三根肋骨的位置上。

"让你担心了。"

她另一只手轻轻拉住他的衣领，把他拉得低下头来，主动又害羞地吻了吻他的唇，明明无关情欲，却能让四周的空气沸腾。

一直到凌晨，俞熹禾才睡了过去，长发落在雪白的肩侧。

他抱她去浴室清洗完再回到干净的床上时她都没醒。

俞熹禾不知道他在她手上戴了一枚戒指，也不知道他垂眸看她的目光有多温柔，他的声音低沉，像在叹息："是你招惹我的，你怎么能不知道有些事开了头就停不下来了？"

一圈铂金，钻石镶嵌在内圈，有"藏爱"的意思，是陈幸原本打算用来跟她求婚的。

♥ Chapter 07 势均力敌

俞熹禾还没有明白他的意思。

"我喜欢你,"陈幸低头吻了一下她的眼尾,轻笑,"像司马昭之心。"

——已经是路人皆知了。

陈幸回国之后不久，P大就开学了。费城的天气开始转暖。俞熹禾刚结束当天课程就接到了秦昭的电话。

那期综艺过几天才开录，劳务合同俞熹禾也已经签过，前一天俞熹禾就见过了这档综艺的导演和制作团队。此时秦昭联系她做什么？

林荫道上停着一辆保姆车，有人从内拉开车门请她上去，俞熹禾上车后就看到秦昭的化妆师正在给他上妆，大概是他的底子好，没两分钟就弄好了。

然后那个化妆师转头看向她，看架势也要帮她化妆，俞熹禾连忙开口道："谢谢了，我不用。"她一个场外嘉宾，不会出现在荧幕上，没必要化妆，就这样就好了。

化妆师露出一点困惑的神色，刚想说参加拍摄的明星有哪个不化妆的，秦昭替她解释道："她是这期综艺的场外嘉宾。"化妆师点点头，坐到另一边去了。

保姆车上有车载电视，上面正在重播秦昭在那个选秀节目上夺冠出道的片段。镜头前的秦昭和现实中的没有多大区别，唯一的区别就是站在舞台中央的他非常耀眼，金色灯光汇聚在他的身后，而他是独一无二的存在，气场十足。

"导演临时改主意，想在今天先试录一个片段。"秦昭跟俞熹禾说明情况，看她手上还带着书，便问道，"你下午还有课吗？"

俞熹禾正准备开口回答说没有的时候，车载电视上的画面播到秦昭告白的场景，他雅痞又帅气，在全国直播的镜头前也毫不怯场。

他说，自己以前喜欢过一个小姑娘，长发，桃花眼，有唇珠。他没有择偶标准，只有喜欢的人。

台下光海晃动，尖叫声此起彼伏。

秦昭是当兵回来后去参加的选秀节目，然后出道。其实，按他的定位,是不应该在出道当天就做出告白这种举动的,公关一旦没有做好,必然会有大批粉丝脱粉。

但从另一方面来讲,秦昭的母亲是已经息影多年的影后,父亲又是曾经的金牌经纪人,由他带过的大明星不计其数,而秦昭有的是才华与资本,并不需要单靠颜值来吸粉,也不需要牺牲个人感情来维系粉丝。

况且秦昭并不打算一直走偶像路线。

这时候,坐在前头的一个人开口道:"这个圈子里漂亮的女明星不少,按理来说,符合我们秦大少标准的人也是有的……"说话的那人平日里跟秦昭很亲近,说着转头打算揶揄秦昭一把,结果撞上俞熹禾的视线时怔了一下,想说的话打了岔,"这就是你向导演推荐的那位场外嘉宾?"

长发,桃花眼,有唇珠……和秦昭交好多年的经纪人的神情一时复杂起来。之前他听秦昭提起过,他要推荐的那个场外嘉宾是他的高中学妹……

秦昭"嗯"了一声,显然是藏着掖着不想把人介绍给好友,毕竟对方是他时隔多年后才重新遇到的,珍而又珍。

了解秦昭的脾性的经纪人此刻也觉得微妙了起来,不知道这个"高中学妹"的出现是好是坏,他客客气气地向她打了声招呼。

"你好。"俞熹禾也礼貌回应道。

车载电视上播放的内容她不是没有注意到,只不过她并没有放在心上,也不认为秦昭的告白对象与自己有关。毕竟在她看来,除了那时候竞赛合作以及课后辅导,她和秦昭是没有多少交集的。

车开向综艺节目的拍摄场地,路上秦昭借了俞熹禾的专业书在看,还有一份实验报告,十几页的报告全是手写的,字迹工整。

秦昭大学辅修的专业是化学，他笑了一下，说："那年你参加竞赛的时候就说以后想从事科研，现在看来，你果然还在这条路上努力。"秦昭的五官深邃，笑起来有着十足的阳光感，帅气英挺。

其实高中的时候关于这位学长的传言真的不少。他成绩优异却爱好打架，没少因为打架的事上学校的通报栏。俞熹禾不知道，那时候他又痞气又嚣张，唯独面对她时收起了吊儿郎当的性子，变得无比认真。

现在，他的性子沉淀了不少，偶尔流露出的锋芒却比当年更甚。

抵达拍摄场地的时候，俞熹禾给陈幸打了个电话，提醒他要记得带家里的那只布偶去体检。前一段时间陈幸太忙，布偶一直是林桃在照顾，林桃说陈幸来她家带猫走的时候，猫一直喵喵叫，估计是以为俞熹禾也会来。

俞熹禾和布偶相处半年，它很乖，也不娇气，毛茸茸的尾巴夺起毛来超级可爱。俞熹禾让陈幸将它接回身边养，是希望他喂猫时自己也能按时作息。

俞熹禾打电话的时候没想要回避，秦昭也在旁边，听到"陈幸"这个名字的时候，他不自觉地皱起了眉。

那个人现在还在她的身边？

陈幸退出模特圈的时候，他刚刚准备进入娱乐圈，避无可避地在网上看到了那组海报。在没见到俞熹禾之前，他还自欺欺人地想，她和陈幸只是青梅竹马而已，关系好也正常。

但现在看她的表情，似乎不止是关系好，他们似乎……在一起了。

拍摄的场地借用的是费城另一所大学的体育场。

秦昭在拍摄过程中往场外俞熹禾的方向看了一眼，因为风太大，她把长发仔仔细细地绾了起来，低头时脖子上的项链露了出来，项链上串着一枚戒指。

阳光钻出云层，那枚戒指反射着微光，秦昭觉得有些刺眼。他闭了闭眼，多少都想到了一点。

那一夜醒来后俞熹禾就看到了手指上戴着的那枚戒指，大小正好合适，款式简洁大方，是她很喜欢的样式，看起来像是定制的。因为戒指太珍贵，俞熹禾怕弄丢，于是找了条项链将它串起来戴在了脖子上。

这时不远处有工作人员叫了俞熹禾一声，她朝那边走了过去。工作人员找她问一个小实验的原理，她详细解释一遍后就站在了边上，方便随问随答。除了这些，这期综艺还有现场问答的环节，涉及数理化相关的内容，其中化学占的比重较大。

俞熹禾回想了一下之前秦昭说的话，这档综艺的主题与"学霸"有关，亮点就在于各个嘉宾的学霸设定。工作人员在出题前可能会向她了解相关知识，在拍摄过程中有关专业知识的细节问题也需要参考她的意见。

拍摄到一半，有个男嘉宾喊了停，说是要休息，之后就径直走到了镜头外。导演的脸色铁青，但也不太好发作，就摆了摆手，示意大家先休息一下。秦昭也就下了场走到了俞熹禾身边，助理给他水，他转而递给了俞熹禾。

"拍摄可能会拖到晚上，你要不要先去我车上休息一下？"秦昭问她。

"不用了，万一工作人员待会儿有事要找我的话，会不方便。"俞熹禾摇摇头道。

他们正聊着天，突然插进了一道突兀的男声："这是哪个嘉宾？怎么刚刚没上场？"是那个拍摄中途说要休息的男嘉宾李云。

俞熹禾看了他一眼，对方的口吻让人不太舒服，上下打量她的眼神更是如此。秦昭侧身挡住了他的视线，眼中透着不耐烦的冷意。边上秦昭的助理连忙解释道："这是节目组请来的专业指导员，来当场外嘉宾的。"

　　李云嗤笑了一声："场外？也就是不能露脸了？这多可惜啊，挺好看的一张脸。不打算进这个圈子？"他往前走了几步，想仔细看看俞熹禾。

　　秦昭的不耐烦已经很明显了，要不是碍于多种原因，按照他以往的性格，早就动了手。他皱着眉打算出声让这个人滚远点的时候，俞熹禾先开了口："承蒙关心，但这和你无关。"

　　对方听了后笑了。在他看来，只要尝到了好处，有几个漂亮小姑娘对光鲜亮丽的娱乐圈不向往的？

　　他还准备说些什么，目光一瞥看到了俞熹禾手腕上的表，表情僵了一下。

　　那次绑架被解救后，俞熹禾的腕表和手机都被找了回来，手表这时候就戴在她的左手腕上，表盘是星空与午夜蓝，像是有星河在璀璨流转。

　　能随随便便买下这种表的哪里会是普通人？一般人就算买得起，也戴不起。

　　李云的表情有些不太好，随便说了两句便找借口离开了，秦昭紧皱的眉这才略微松开一点。圈子就这么大，一点消息就能传得人尽皆知。李云的风评不太好，经常对刚进圈的女艺人动手动脚不说，还惯用一些恶心手段抹黑竞争对手。

　　秦昭知道这个圈子乱，但没想到第一天就让俞熹禾遇见这种人。秦昭有点担心她会连带着对自己也存下了偏见，忙解释道："圈子里不全是这种人。"

俞熹禾"嗯"了一声，看着李云离开的背影。他朝女制片人走过去，不知道说了些什么，哄得对方满面笑容。她疑惑的问道："他和你的关系不太好？"

秦昭低头看着俞熹禾，反问她："为什么这么说？"

俞熹禾收回视线看向他，摇了摇头，道："没什么。"

俞熹禾没明说，秦昭也知道她多半是听到了那些抹黑，中伤他的言论，他突然很想问，也确实问了出来："你相信那些吗？"

俞熹禾回想了一下工作人员模仿李云阴阳怪气的语调嘲讽他时的表情，忍不住笑了，桃花眼微弯，声音也带上了轻快的笑意："学长是个很好的人。"

至于那个李云说的，秦昭经常勾搭别的女艺人，读高中的时候私生活混乱……身为当事人的高中校友，俞熹禾当然不相信，更何况她清楚学长的为人。

"都毕业那么久了，你可以直接叫我的名字。"不知不觉收获一张好人卡的秦昭无奈地笑了一下，手指穿过额前略长的碎发，将其撩起时偏头看向俞熹禾，"叫学长感觉很生分。"

这时导演突然嗓门洪亮地喊了句"继续"，俞熹禾看了一下拍摄场地，又看向秦昭那张轮廓分明的脸，应道："要继续拍摄了，学长……秦昭你快点过去吧。"

秦昭又看了她一眼，有想抱她的冲动，但他很清楚，现在她有喜欢的人，趁虚而入……实在不是他的作风。他让助理在一旁陪着她，喝了一口水后就走向了拍摄场地。

助理在俞熹禾面前情不自禁地感慨了一句："秦哥真的是帅啊！那个谁，占着自己有点小背景就爱胡作非为。"

助理是个可爱的话痨,他断断续续地讲了很多,俞熹禾认真地听着,偶尔也会接几句。等到这天的拍摄结束,她直到被秦昭安排的人送回公寓区,也不知道走前节目组里发生了什么。

李云在拍摄结束后问了几个工作人员俞熹禾的来历,秦昭就在不远处,听到了他们的谈话内容,他冷冷地眯了一下眼睛。随后,在李云吹着口哨回换衣间时,秦昭动了手。

一拳落在对方的腹部,力道之大,足够让他被打的部位泛出淤青,痛个两天。

"你在背后使的那些手段,我都当是小老鼠的伎俩,不想理会。但是只要你敢把手伸到她身上去,我有的是办法让你在这个圈子混不下去。"

秦昭的衣领松垮地散开,袖口也高高折起,活像浪荡不羁的纨绔公子,只是他又帅又酷,还带着点凛冽的不羁。秦昭揪住李云的衣领,将他抵在了换衣间的门板上,目光狠狠地擒住他,一个字一个字地警告道:"别打她的主意,你知道我说的是谁。"

之后几天的拍摄都是顺顺利利的,俞熹禾很少再遇见李云,偶尔碰见了,第一个避开的也是他。俞熹禾不知道发生了什么,觉得有些奇怪,但是也不想多问。

等这期节目在费城的拍摄结束后,俞熹禾作为场外嘉宾的事也告一段落了。节目组启程离开前,秦昭约俞熹禾吃了顿饭。

两个人聊了很多,除了与综艺有关的话题,更多的就是高中时期的回忆了。这顿饭结束后,俞熹禾要回校前,秦昭叫了声:"熹禾。"

走在前面的俞熹禾回头看他,好奇地问道:"怎么了?"

秦昭的脊背挺得很直,他的声音平静得宛如死水:"你和你的那个竹马在一起了,是吗?"

这个话题来得突然，俞熹禾不知道他为什么会问这个，点头道："嗯。你认识他？"

怎么可能不认识！

秦昭的眉微皱起，即使他早就猜到了，听到俞熹禾亲口说出来时，他的心还是猛地揪了一下，他随便搪塞道："就见过几次。"

面前的俞熹禾提起陈幸时，眉眼微弯，像是初升的月牙。他的心弦瞬间绷紧，可他不能表露，只是问道："那他现在是在国内？"

俞熹禾点头。

从青梅竹马走到现在，就算此刻他们远隔重洋，也远比一般的恋人更加亲近。

秦昭明白，有些人错过就是错过。

新学期转眼就过了半个月，俞熹禾和同课题组的成员都忙碌了起来，年前做的那个实验项目随后有了很大进展。两个月里，实验组就发了两篇论文，实验项目还通过了某科研公司的立项审批和核准，也在官网上公开了实验数据。

从原料的选取提纯、有机分析到试样成品出来，每一步的努力和艰辛，大家都深有体会。

忙着做实验项目的这两个月里，实验室的灯就没有熄过，不论哪个时间点都有人待在实验室，盯着数据变化，记录现象，重复实验，论证数据。罗教授在假期就出了院，身体还没有完全康复就来了实验室。他在小组开会的时候一遍又一遍地给大家理思路，大半时间都花在了实验室里。

项目通过审批和核准的消息下来的当天，罗教授给全组成员放了六天的假，俞熹禾也趁这个机会回了国。刚下飞机，俞熹禾就收到了秦昭发来的微信，告诉她那期综艺在某电视台播出了，各大网络平台也同步播出了。

俞熹禾回复了句"好"，拉着装有礼物和衣服的行李箱过了海关，一抬头就看见了陈幸。他像是从公司直接过来的，穿着经典剪裁的西装，西装裤裹着修长的腿，他没有打领带，多了几分随意。

俞熹禾之前见过陈幸穿西装，不过那还是在他作为模特走秀时候，当时的他万众瞩目，光芒汇聚。

陈幸先看到她的，他接过她行李箱的时候看到她眼下有很淡的黑眼圈，问道："这几天很累？"

"在实验室忙了两个月，"俞熹禾看着陈幸，很难不联想他回国前的那几天，她故作镇定地移开视线继续道，"所以成果出来后罗教授放了我们六天假。"

"回国有什么要做的事吗？"陈幸问她。

俞熹禾想了想，说道："先回家吧，我爸妈很久没见我了。我给伯父伯母带了礼物，你帮我转交给他们。林桃还约了我去看电影。"

俞熹禾去美国前，陈家长辈也知道发生了什么事，只是他们不太好问。

她出国算是匆忙决定的，那时候知道她出国的只有几个人，陈幸的母亲还给她转了一大笔钱，不准她退回，俞熹禾并没有用这笔钱，这时候突然想起要把钱还给陈幸。

到了停车区，陈幸拉开车门让俞熹禾坐进去，说："他们给你，你就收下。"

俞熹禾和他距离太近，她仰着头看他，抿了抿唇，问道："不太好吧？我们连交往都是瞒着他们的……"

"有什么关系？"陈幸伸手把她缠进衣领的长发拨在了耳后，笑道，"你以为他们真的什么都不知道？"他的嗓音略低，恍惚间就让她想起那个深夜，那时候他也是用这种语气说话，带着宠溺。

俞熹禾还没有明白他的意思。

"我喜欢你，"陈幸低头吻了一下她的眼尾，轻笑，"像司马昭之心。"

——已经是路人皆知了。

当夜他们住的是酒店，因为下飞机的时候时间已经很晚了，走高速回市中心的公寓也要将近两个小时，两个人只能找个最近的酒店先住下来。

在酒店里，俞熹禾看了一会儿那期综艺，他作为场外嘉宾确实没有出场。她刚放下心来，就看到林桃给她发的微信语音："甜甜！就算没有镜头，你的声音也超级甜！"

接着是一个大橘猫的表情包。

俞熹禾跟林桃说过她去当这期综艺的场外嘉宾的事，彼时林桃边煮泡面边发语音说："你之前还说你和秦大学长不熟来着！小骗子！"语气里是满满的控诉。

"只是帮个忙。"这条消息发出去后，俞熹禾立马转移话题，"我这次回国给你带礼物了，是那款你很喜欢的前调小苍兰。"

林桃同学十分好哄，俞熹禾不费吹灰之力就成功地转移了她的注意力。

林桃一边看节目一边耿直地吐槽："那个嘉宾立的是学渣人设吧？一个敢讲，另一个嘉宾居然也敢听。"

"她私下其实很可爱的，还分过小蛋糕给工作人员。"俞熹禾道。

"难道是呆萌属性？学渣小白兔遇上学渣霸王龙？炸了炸了！秦昭学长也太帅了吧！简直是教科书式的小王子。"林桃更加兴奋了。

荧屏上正好出现秦昭的镜头，有些冷酷的侧脸，勾唇时气势凌人，不羁的帅气感迎面而来。

浴室磨砂门打开的时候带出了潮湿氤氲的水雾，陈幸出来的时候就看见俞熹禾在用手机发消息，一头湿黑的长发柔顺地披在肩上，整个人在柔和的光晕下显得肤白又温软。

陈幸拿过一条浴巾盖在她的发上时，看到了电视屏幕上正在放着的综艺，问道："怎么不先擦干头发？"

"刚刚在回消息。"浴巾带着长发蹭过她的耳后，有些痒，俞熹禾歪头看他，道，"你的头发也是湿的，我先帮你吹干吧？"说着，她就起身去衣柜里找吹风机，然后让陈幸坐在沙发上。

俞熹禾开着中档热风给他认真地吹着头发，手指间是他柔软的短发，空气中飘散着洗发水的清香。她心无旁骛，没注意到陈幸渐深的目光，直到他喊了一声："好了。"

吹风机的声音有些大，俞熹禾一时没听清楚，关掉吹风机后又问了一遍："怎么了？"她低下头正好对上陈幸的视线。

"阿禾。"只一声，声音暗哑性感，很是温柔。

下一秒，他抬手圈住了她的腰，将她带入怀里。隔着宽松的睡衣，俞熹禾坐在他怀里，她的心跳快得不行，隐约感觉到一丝危险。她的手刚握住他的小臂，就听见陈幸笑她："你的手心好烫。"

俞熹禾的段数哪里有陈幸高？她下意识地松开了手，解释道："是吹风机热风吹的。"被他这么一说，俞熹禾都不知道该把手放在哪里。两个人离得太近，他身上温热的气息传过来，她觉得炽热难当。

俞熹禾还想解释，他的一个吻忽然而至，极轻地蹭过她的脸颊。

陈幸在她耳边轻声说了一句："我们公开好不好？"

公开吗？俞熹禾有些奇怪，问："爸妈不都已经知道了吗？"不止是伯父伯母，她的父母应该也早就知道他们在一起了——虽然他们从来没有提过，但也没有刻意隐瞒过。

"我说的是结婚。"陈幸看着俞熹禾，说，"我要娶你。"他想公开的是他要娶俞熹禾的打算，唯有这样，才能让他安心。

俞熹禾愣了一下，犹豫道："会不会太快了？我们连交往的事都还没有告诉他们，就突然说要结婚……"

"如果我知道有一天你会去美国，我可能会更早求婚。"陈幸的头埋在她的颈窝里，声音闷闷的。听到她说"我没有准备"时，又补了一句，"你有我就够了。"声音软得有点像撒娇。

所有的一切，他来准备就好了。

只要她想要，天上的星星，沉海的银河，他都会送至她面前。

"好吗？"陈幸捧起她的脸，将她的脸靠近自己的胸膛，那里是怦怦的心跳，一下又一下，"我用它跟你求婚，求你嫁给我。"

第二天俞熹禾和陈幸直接回了俞家，客厅的沙发上坐着的，除了俞父俞母外，还有陈幸的父母。

两家人全都到齐了，俞熹禾进门前还紧张了一会儿。

下车前，陈幸将她项链上的那枚戒指摘了下来，亲手戴在她右手的无名指上。

他笑道："参加全国比赛的时候，你都没有这么紧张。"

他看起来与平时无异，冷静从容。俞熹禾觉得不公平，伸手捧起他的脸，仔细地看了看，发现他真的一点都不紧张，道："比赛是比赛，我已经有把握了，而且就算输了，也没有关系，我可以重头再来。但现在不一样啊。"

"确实。"陈幸抬手握住她的手腕，力道轻柔，"我这么爱你，已经不能重头再来了。"

他这么爱她，已经没有可以重新再来的机会了。

很早以前，陈幸和俞熹禾还没有在一起，在他步步为营地诱引她深陷的时候，严嘉拉他参加过一个酒会。

酒会上，严嘉问过他，能不能别那么喜欢俞熹禾。

那时候，灯光迷离，照进每一杯摇晃的酒液里，荡漾出璀璨的光影。有的人迷醉，有的人则清醒无比。

那时候，陈幸无比清醒地回复他：已经不能了。

两个人一进门，陈幸就被俞父叫去了书房，陈父也跟着一起进去。俞熹禾则留下来陪两位妈妈聊天,陈幸的母亲看到她手上戴着的戒指，摇摇头笑着说了一句："到底还是便宜了他。"

他很小的时候就比同龄人聪明得多，也不太黏父母，常常顶着张精致的娃娃脸来俞家和俞熹禾一起写作业。

陈家长辈很疼爱俞熹禾，大概是家里没有女儿，陈幸又完全不需要他们操心，陈母那时候都想过把两家的孩子换一换。

大概过了两个小时，陈幸才被两位父亲从书房里放出来。彼时俞熹禾正在厨房里洗茶具泡红茶，听到脚步声后转头就看见了他。陈幸一上来就从后面抱住了她，下巴抵在她肩上，声音微低，像是在撒娇："咱爸好不容易才肯把你让给我。"

这个"爸"指的是俞父……

"我爸他说了什么吗？"俞熹禾停下泡茶的动作，偏过头看他。因为两个人距离太近，她忍不住眨了一下眼眸。陈幸亲了亲她的眼尾，直起身，但并没有松开抱着她的手。他压低了声音，重复了一段俞父对他说的话。

俞父说："我就这么一个女儿，她是我的掌上明珠。如果今后你们有了裂痕，你让她难过了，就算她会原谅你，我也不会。"

听了这些，俞熹禾突然有些感伤。

父亲从小就对她很严苛，也很少对她表达过父爱。身为他的女儿，俞熹禾也处处以高标准要求自己，希望自己能成为他的骄傲。

俞熹禾忽然说不出话来。陈幸知道她在想什么，捏了捏她精巧的下巴，认真道："我们之间不会有裂痕的，因为我舍不得你难过。"

俞熹禾偏头看向他，问："你就没有想过，会有我不喜欢你这种可能吗？"

陈幸静静地看了她一会儿，他说："想过。"

不止一次。

深夜从梦中惊醒时，在树下见到有人向她告白时……他想过无数次。有些事不能开头，否则根本停不了，比如爱她这件事。一直以来，他习惯了在胜券在握的情况下做决定，对俞熹禾更是如此，不能容忍有任何的意外与差错，于是他将自己的耐心发挥到了十二万分。

步步为营，意在得她。

如同陈远年说的，这个圈子里什么人都有，但他就从没见过像陈幸这样的，明明有足够的背景和天赋去支撑自己获取所有想要的，却从不声张，几乎是克己。

俞熹禾又问："如果我到最后还是不喜欢你，你要怎么办？"类似这样的问题俞熹禾也想过，如果陈幸不喜欢她，那她就一心从事科研，不会再喜欢谁了。

　　陈幸说："我没有想过。"

　　"为什么？"她问。

　　陈幸看着她，认真地说："唯独这件事，我不想给自己留后路。"

　　订婚的日期定在了八月中旬，刚好俞熹禾放暑假，至于婚礼，则会等她研究生毕业后举行。

　　回海市的翌日，俞熹禾回了原来在 S 大附近买下的那套公寓。陈幸就算没有住在这里，也会定期让人来打扫。

　　那只布偶猫也回到了这里，见到俞熹禾时兴奋得在她的怀里滚了又滚，毛茸茸的大尾巴在她的胳膊上扫了一遍又一遍，最后用肉垫扒住了她的衣服，蓝汪汪的眼睛一直盯着她看，似乎是怕她再一次消失。

　　"它好乖啊。"俞熹禾摸着它的爪子的时候感叹了一句，她之前还担心陈幸不会养猫，会照顾不好它。

　　其实，某人实在很忙的时候是把它放在宠物店托人照顾的……

　　在一旁慢条斯理地喝了半杯水的陈幸有些心虚，问她："下午要不要陪我去公司？"

　　"我下午和林桃要去看电影，你不是知道的吗？"俞熹禾把布偶猫的大蓝眼轻轻蒙住，倾身很轻地亲了一下他的唇畔，笑吟吟地说，"我明天陪你去呀，剩下几天都和你在一起。"

　　得到想要的答案后，某人心满意足，看她眉眼温软的漂亮模样，心尖一颤，低头吻了一下她的额头。

　　布偶猫看见了，喵喵喵地叫个不停。

　　下午俞熹禾和林桃如约去看了电影。

电影开始前，俞熹禾轻轻捏了一下林桃的脸颊，笑意浅浅道："别生气了，不就是没买到最后一份爆米花吗？"

林桃鼓了一下脸颊，像是又想起什么，欲言又止了一会儿，说道："其实有一件事……"电影刚好在这时候开始了，她一愣，又不知道该不该说了——说了影响到她家俞甜甜的心情怎么办？她好不容易才回一次国呢！

"嗯？"俞熹禾疑惑地看着她。

林桃立马转移话题道："待会儿电影结束的时候我再说吧……"

俞熹禾也没有再问。直到电影结束，两个人坐在了火锅店里，林桃才说了那件事。

俞熹禾参加的那期综艺，导演和制片人把综艺花絮放了出来，虽然正片里没有俞熹禾，但花絮里有她的镜头。俞熹禾出现的镜头不多，但大部分镜头都是和秦昭同框。

花絮里，她和秦昭是在聊综艺拍摄的问题和注意事项，没想到会被镜头录进去，更没想到会被作为花絮放在网上。

这本来没什么，但是粉丝总能将喜欢的人的一举一动都放大，觉得秦昭扬唇笑起来的样子温柔又阳光，更何况花絮里的俞熹禾完全符合秦昭出道时那段告白的描述。

秦昭虽然出道不久，但流量很高。不知道谁把他们同框的画面剪辑成了视频，放到网上。那视频剪辑精致，画面好看，一下子就得到了近万条的转发。

在剪辑的视频里，秦昭五官俊朗，碎发下的一双眼睛深邃漂亮。评论里大部分人都在夸他的颜值，评价他眼神温柔，还有一部分人在猜测俞熹禾的身份。

林桃有个微博号是做美食推文的，所以平常也比较关注微博热搜。

她出门前才看到这个视频，那时候话题还排在榜单的最底下，没想到才短短两个小时，就迅速蹿升到了前六。

热度上升之快，将林桃吓了一跳，她没想到秦昭的粉丝流量会这么大。

在这个话题的热门微博下有人评论了一句："花絮里的这个女生好眼熟啊，之前微博卡到崩的时候，我好像在首页微博见过她？"

有人跟着回复："我知道！好像是 Xin 退圈时那组海报里的'桔梗花'？"

林桃把自己的手机递给俞熹禾，让她自己看看视频和评论。俞熹禾大致浏览了一遍后，拿出自己的手机，想问问秦昭那要怎么处理。结果一打开手机才发现秦昭原来给她打过电话，只不过因为她之前在电影院里，手机设置了静音，所以没有注意到。

她回拨了过去，那边很快就接通了。

秦昭道："看到那条热搜了吗？抱歉，我事先也不知道导演会把花絮放到网上。"

"没关系。我是想问你，你的团队要怎么处理这件事？不撤下热搜吗？"

秦昭那边沉默了一会儿，道："经纪人和公司那边商讨过，说这条热搜暂时没有什么负面影响，非必要的话，不用撤下热搜。熹禾，我先前打电话给你，就是想问问你，如果你介意，我让经纪人想办法把它撤下来。"

俞熹禾不了解娱乐圈，她道："我不想引起不必要的误会。"

已经有不少秦昭的粉丝在怀疑俞熹禾就是他出道时表白的那个人了，而与此同时，另一个话题也上了热搜——Xin 的桔梗。

陈幸退圈时发的那条微博重新上了各大博主的首页。群众经过对比，确认了那个未出现在综艺正片里的场外嘉宾，就是 Xin 的海报里的女主角。然后，数不清的人纷纷在话题里发了微博。

"我就说她怎么那么眼熟！我 Xin 的桔梗花！"

"C 位出道的大明星和男模圈的天之骄子！我的天，这个女生什么来历啊？"

"真的是'桔梗'啊，视频生图都这么漂亮……"

在俞熹禾和林桃吃火锅的这段时间里，新的热搜也跟着上了前三。有不少路人或是粉丝在问这个"桔梗"跟 Xin 和秦昭到底是什么关系。单纯的合作吗？这也太让人羡慕了。

部分粉丝有些激进，那时候陈幸退圈，耿耿于怀的人就数不胜数，现在加上秦昭的粉丝，网上更是乱成了一团。

不知道是路人还是谁的粉丝恶意发了一条微博说："这个女生也高攀了吧。"

不论是 Xin 在男模圈的耀眼成就，还是秦昭在娱乐圈的资本与前景，大家都有目共睹，就算是不了解这两人的人，经过搜索或大众科普后，也会感慨他们的优秀和出众。

但俞熹禾不同，她不是公众人物，并不为人所知。

就在大家快吵起来的时候，有人偷偷用小号发了微博："我是女生的同学，但先声明，我不会透露女生的任何个人信息。你们都消停一会儿，女生特别特别优秀！光在校成绩就可以完美虐败在场所有人，更别说她的颜值了。我个人觉得，她完全配得上这俩男主角中的任何一个，一点都不夸张。"

秦昭挂断电话后，靠着墙皱眉思考了一会儿。

他的经纪人在一旁看着网上的各种评论，说："八成是因为你之前的出道告白，就算现在那个剪辑视频坐实了暧昧，也不会有什么太糟的负面评论。"而且对秦昭而言，这次热搜中大多粉丝的评论都是友善的。经纪人又翻了翻评论，看到一条说场外嘉宾的阴阳怪气的评论，便随口提了一句，没想到沉默半晌的秦昭突然开口："怎么说她的？"

经纪人花了好几秒才反应过来，这个"她"指的是俞熹禾。

"呃……说她高攀？"经纪人又看了几页评论，惊住了，"你这个学妹就是那个退圈的男模Xin的海报女主角？我就说我第一眼见她怎么觉得很眼熟。"Xin不在娱乐圈，但他曾经的知名度不低，尤其是那组海报的热度实在是高得想不知道都不行，否则微博也不会崩盘两次。

秦昭有些不耐烦地"嗯"了一声，思绪还停在评论说俞熹禾"高攀"上，听到"Xin"时，他的眉头皱得更深了。其实这件事，如果那个人不是俞熹禾，即使这个话题能给他带来再好的热度与影响，只要牵扯到绯闻，他一定会立马澄清，一点浪花都不会让它掀起来。

秦昭的行事，要看心情与对象。

经纪人还在继续说："我先前还好奇怎么没人挖他进圈呢，后来才知道不少金牌同行前仆后继地联系他都没个结果，看来是有更好的方向。"

秦昭说了那句话后就没再开口，而是转身就去了音乐房。他会弹吉他，但后来除了写歌，就很少碰了，多半是心情很好或很糟糕时才会碰，眼下显然是后者。明明什么糟糕的情况都没有，他也正在走他喜欢的音乐道路，可偏偏他的心情烦闷透顶。

现在的局面是，一部分人准备站俞熹禾和秦昭这对情侣组。秦昭的那场出道告白，俞熹禾完全符合标准，而秦昭在场下和她交谈时的神情又是真的很温柔，不少人都在怀疑俞熹禾是否就是秦昭的告白对象，两个人是不是已经在一起了。

一部分人在线问，俞熹禾难道不是 Xin 的"桔梗"吗？难道两个人不是男女朋友的关系？

还有一部分人在观望。

三个小时后，已经离开他住处的经纪人打通了他的电话，只是说了一句："去看 Xin 的微博。"

秦昭放下了吉他，打开手机上了微博，有很多未读消息显示，他看也没看，直接搜索某个微博昵称，再然后他就看到了那条评论和转发都在持续暴增的微博。

微博正文只有三个字母——Xin，而评论里还有一句："我和 @秦昭是朋友关系，大家别误会。"

秦昭的心瞬间被捏碎。他看了一眼热搜榜，终于知道为什么会有这条微博出现了——有人发起了投票，问题是："这个桔梗小仙女喜欢谁啊？"选项只有两个，无非是他和 Xin。

这样一看，使用这个微博号的人是谁，一目了然。

是俞熹禾。

秦昭的舌尖抵了抵牙，这个名字在舌尖辗转了一遍又一遍，最后只能压下。他猛地起身，因为他的动作幅度太大，椅子往后倾倒，发出很响的一声，他没管，兀自去桌边倒了一大杯冷水喝下才冷静了一点，喉结却仍是滚了又滚。

俞熹禾喜欢谁？

她第一时间给出了答案，使用的也是那个人的微博号。

这一整天，秦昭紧皱的眉头就没舒展开过。他攥着手里的玻璃杯，思来想去，回忆停留在他第一次见俞熹禾的那一天。那时她穿着校服，站在老师办公室里，她背后，窗外的湖水在阳光下波光粼粼。

那个小姑娘就那么站在窗边，听到声音后转头看向他，很有礼貌地叫了声"学长"。那一瞬间让秦昭想起他学会的第一首吉他曲，以至于到现在他还念念不忘。

他对她的情感，如梦初醒，又无疾而终。

秦昭靠在桌边，攥着玻璃杯的手指早就泛了白。他想起那通电话里，俞熹禾跟他说的那句话："我不想引起不必要的误会。"

如此简明扼要。

她冷静自持，拒绝所有无关人的靠近，比很多人都懂得分寸。

秦昭还看到了那条微博下的另一条评论，有人问："小仙女不考虑我们秦公子吗？他也超帅超酷的！"

而她只回复了一句："我和Xin是青梅竹马。"

单单是这层关系就是所有后来者比不上的。

谁知道桔梗花还有另外一个花语？是"无望的爱"。

俞熹禾，也是秦昭心尖的桔梗花。

半个小时前。

从火锅店离开后，俞熹禾和林桃两人去了一家网红奶茶店买了两大杯奶茶。俞熹禾在路上喝了小半杯，剩下的回到公寓也没有喝完，刚好陈幸回来，就顺手递给了他。她眼眸亮晶晶地看着他，写满了要他帮忙喝完的请求。

"甜的？"陈幸问。

是很甜，奶味还很重，喝多了就会腻的那种。

俞熹禾刚要说话，下一秒就被堵住了唇。她一只手被捏住扣在了墙面上,腰也被他揽住,他温热的舌尖仔细地描摹着她还带着甜味的唇,再挤入唇间搅动她的舌尖,轻轻吮咬,她的舌头温润得像是奶糖。

微微分离之际,她听到陈幸带笑的一声:"奶味的。"

她这么柔软,真想把她化在他的心上。

再然后,他继续加深这个吻,却是从温柔缠绵,渐渐变成了有些凶猛的攻城掠地。

两个人的心跳加速,呼吸也纠缠在一起。

如果说一开始俞熹禾没有察觉到不对劲,那现在也多少猜到陈幸应该是看到热搜了。呼吸微微平稳了一点后,俞熹禾仰头看他,主动坦白:"热搜那件事我会解释的,我和秦昭没有什么,只是朋友呀。"

陈幸目光沉沉地看她。

他知道,俞熹禾和秦昭只会是朋友,但是在俞熹禾这里,他的心眼一向小。

她问:"可以把你那个微博号借我一下吗?我想澄清一下。"陈幸只有一个微博个人号,还是那时候退圈发海报时注册的,明明只发过一条微博,粉丝却一直在增长,直到现在,那条微博下还有人留言说在等他回来。

陈幸把账号和密码告诉了她,一起走到沙发边坐下时,他都不忘带上那杯奶茶。俞熹禾刚坐在沙发上,就被他捞了起来放在膝上,坐在他的怀里。俞熹禾一偏头就看见他喝了口奶茶,薄唇湿润,奶茶甜丝丝的味道仿佛化成呼吸,落在了她的耳畔。

俞熹禾的耳根一红,立马移开了视线,登上微博,仔细想着要怎么澄清。

事关她和秦昭,现在还牵扯到了陈幸,她一时不知道要编辑一条怎样的微博来解释了,说多了不好,说少了也不好。她正想着,就看到话题的下面有一个投票，问："这个桔梗小仙女喜欢谁啊？"

陈幸在她身后也看到了，低下头，将下巴搁在她的肩上，指尖捏了捏她柔软绯红的耳垂，嗓音低哑，问："喜欢谁呢？"

他的声音太酥了，有些醉人，明明他喝的是奶茶，又不是掺冰的烈酒。

也是在这个时候，俞熹禾决定了自己要发什么微博来回应网友。

她喜欢陈幸呀，青梅竹马那么多年，只喜欢他，也最喜欢他。

俞熹禾的假期只剩下三天了，除了期间陪自家母亲和陈母一起逛了近三个小时的商场，这几天俞熹禾都陪着陈幸。她回来没几天，陈母就送了她很多东西，聊天时也掩饰不住心疼，舍不得她去美国这么远的地方读书。

俞熹禾回美国前的第二天，陈幸带她去参加了严嘉的生日会。

按严嘉散漫的性子，当然是懒得大张旗鼓地弄这些没有意义的事，往年都是和兄弟几个聚一聚就完了，但是今年他家老爷子非要他把生日会弄得热闹点，以便找个孙媳妇儿回来。

严嘉的生日会在一家酒店举办，请了很多人来，有严家生意场上的，有严嘉交往甚密的朋友，自然也少不了海市的未婚名媛。

陈幸揽着俞熹禾的腰进场没多久，陆谨言就看到了他们，立马跑过来，笑起来依旧像是漫画里走出的美少年。他和陈幸打完招呼聊了几句后，看向俞熹禾，道："好久不见呀。"她也笑着跟陆谨言问好。

没一会儿严嘉也过来了，他刚应付完几个"相亲对象"，现在有些心烦地扯着自己有些紧的领带，来陈幸这边躲一下。

"上次没帮到什么忙，抱歉。"严嘉看到俞熹禾后有些不好意思。

实在是她那件事不太好插手，一旦处理不好，她在学术圈里就很难再待下去。

俞熹禾反应过来他指的是什么，摇了一下头，说："我知道那件事是很棘手，而且本来就和学长你没什么关系。"

严嘉道："你太客气了，你是我的未来弟妹，没照顾好你，我可难辞其咎。"

生日会还没正式开始，严嘉把他们带上了二楼的一个大房间里，里面的人有几个俞熹禾也认识。严嘉还要下楼招呼客人，告诉他们生日会开始的时候会上来叫他们，就先离开了。

陆谨言回国挺长时间了，但还是不太习惯这种场合，此刻和俞熹禾坐在一旁聊天。俞熹禾答辩的时候，陆谨言不在国内，回国后才知道发生了什么。抄袭这种事在哪都有，画作抄袭现象也多，陆谨言不齿这种行为，同时也很替俞熹禾惋惜。

他是小少爷，被人捧在手心里长大，看到俞熹禾的第一眼就很喜欢她，此刻正像个话痨似的扯着俞熹禾聊天。

陆谨言问："过几天邻省博物馆开放，有珍贵展品，你想去看吗？"

俞熹禾答道："我后天就要回校了。"

陆谨言又问道："那我可以去费城那边找你玩吗？"

俞熹禾笑了笑，说："欢迎啊，费城也有很多艺术馆。"

在场的人都认识陈幸，聊起天来也不拘束，氛围一直很好，直到房间的门被从外面打开。

侍者的后面跟着两个人，站在前面的是一个穿着西装的男人，面容冷沉，挡住了门外大半的光线，看到他身后护着的那人后，在场的人多少都露出了一点惊诧的神色。

那人一进来就叫了一声："陈幸……"声音娇娇的，有着显而易见的惊喜。

原本在和陆谨言聊天的俞熹禾抬头看过去一眼，愣住了，而后就反应过来她是谁——原来那个温意的脸长得和她这么相像。

陆谨言也很惊讶，在场有大半人的目光都落在了温意和俞熹禾的身上。如果不是陈幸的气场太冷，此刻也一定不缺明目张胆地盯着他的人。

将温意护在身后的人是她的二哥，她二哥在海市这边和严嘉有点生意来往，严嘉不知道温家小妹妹和陈幸还有段故事，见他正好在海市，也就让人顺道送了请柬过去。此刻在楼下的严嘉还不清楚楼上发生了什么。

陈幸站在俞熹禾的左手边，斜对着门口，有着压制感。温意第二次叫他的名字时，他的目光终于在她身上停留了一秒，但也只是一秒。温意顿时委屈起来，心想，他怎么能用那样冷漠的目光看自己！

温意愤愤地咬着唇，视线一转就看见了陈幸身边的俞熹禾，眼睫猛地颤了一下，一句话脱口而出："我可以和你谈谈吗？"

"你倒是敢。"开口的人是陈幸，声音很平静，漆黑冷淡的眸子瞥了一眼温意。温意像是被他看透了一般，呼吸猛地一窒。她吓了一跳，拽了拽一旁二哥的手。她二哥是真的疼她，也从她那儿听说了一点他们间的过往，就算他觉得自己的妹妹有些地方做得不对，心也还是偏向她的。

温家二少沉声说了句："陈少能保证今后不与温家合作吗？"

场内海市人都护自己人，有人不爽了："示威啊？也不看看这里是海市。"

“温家的人口气这么大？别忘了平起平坐才是合作，一高一低那叫攀附。”有人附和道。

要是前几年，陈家和温家确实算得上是平起平坐，平分秋色，但现在不一样了，两家首席执行官都更换成后辈，权势比重也完全变了。

温家二少到底也算是温家杰出的后辈之一，听到这些也只是皱了一下眉。温意反应过来后，气得涨红了脸。她被几个哥哥哄着长大，就算在陈幸那里吃了闭门羹，也从来没有在这么多人面前受过委屈，此刻气得连眼眶都红了起来。

俞熹禾从温意出现的时候就没开过口，这时候看温意红着眼左顾右盼，最后目光乞求般地落在自己身上。温意和她的长相是真的相似，俞熹禾的心情一时有些微妙。温家目前和严家有些生意来往，而这又是严嘉的生日宴会，俞熹禾不想给严嘉惹麻烦，在温意的眼泪马上要掉下来之前对陈幸说了一句：“我和她谈一下。”

他尚未来得及说“不必要”，俞熹禾又补充道：“都是你的桃花债。”说这句话时，她的声音放得很轻，带着一点点可爱的气恼。

随后俞熹禾起身走到了门边，对温意道：“我们到外面谈吧。”说完她率先走了出去。

温意亦步亦趋走到房间外的走廊上，酒店里的灯火辉煌，从二楼这边的过道往下看，可以看到一楼大厅的景象。俞熹禾在走廊尽头停下，转过身问她：“你有什么要对我说的吗？”

温意的心跳有些快，怦怦的，但她还是把先前演练过数次的话说出了口：“你就不好奇我和陈幸发生过什么吗？”她想添油加醋地说一点，想让他们之间产生猜忌，哪怕一点点也好。她感觉很不舒服，凭什么这个人和她长得那么像？凭什么她喜欢的人是因为这个人才救的自己？凭什么她都出现在这个人的面前了，她还能这么冷静？

"他买下我的那天，我们——"

"温意，"俞熹禾止住她的话，也是第一次叫她名字，"就算你真的不在意自己的名声，你也要想清楚，你的一句话会让温家背负上什么后果。"

这话仿佛给了温意当头一棒，她有些清醒过来，咽回那句差点冲口而出的话。她挥霍着哥哥们与父母的宠爱长大，也没接手过家族产业，自然不用理会各种利害关系，因为多的是人为她善后。

先前没有人对她提过，她也就没有在意过。

"这里是在海市，你有没有想过，你这样会让你哥哥很难堪，他的生意在这里也会寸步难行？"俞熹禾说完这些话后，温意的神色已经很不好看了。她无措又尴尬，她对俞熹禾说的这些一无所知，她也从来都没有考虑过。

一方面，温意潜意识里不相信俞熹禾说的这些话，毕竟在她心里，温家一直都是一家独大；可另一方面，她想起她央求二哥带她来海市时，他犹豫无奈的表情，不免有些乱了阵脚。

俞熹禾也没有多说，只是想，自己如果像温意一样，在哥哥们的呵护下长大，应该也会像她一样——因为喜欢上一个人，固执地想要得到他。

俞熹禾说完便撇下温意，自己一个人原路返回，路过楼梯口时，站在楼梯拐角的严嘉一抬头就看见了她，他长腿一迈，跨步上来拉过她的手。

"学长？"俞熹禾一惊，差点推开他。

严嘉连忙小声地跟她解释："熹禾你帮我挡挡，再这样相亲下去，我都不知道会发生什么。"

　　温意心乱如麻地在原地站了半晌，她二哥来找她时叫了她几声她才回过神来。她二哥的眉宇间有着隐隐的疲惫，为了谁，不言而喻。他对外无情，对唯一的妹妹却很是疼爱，他问："谈了些什么？有没有受欺负？"

　　温意摇摇头，刚想说没有，一抬头就看见朝这边走过来的陈幸。二哥顺着她的视线转头，也看到了他。

　　温意的父亲在他们兄弟几个面前没少提起过他，多次劝告他们，如果和这种人成为不了盟友，那也别主动招惹。

　　"陈家不会和温家作对，但是我会。"陈幸止步在几步之外，神色冷漠。

　　"如果我再在圈子里听到那些关于她的谣言，我会让整个温家成为众矢之的。"陈幸警告道。

　　这句话看似是说给温意听，但更多的是在警告她的二哥。既然温意没长心，那就让她二哥多操点心。如果不是俞熹禾如今就在他的身边，他的脾气决不会这么好。

　　闻言，温意的脸色变得很不好，她拽紧了二哥的手腕，带着哭腔道："哥，我们回连州吧……我错了，我想回去了……"

　　温家二少摸了摸她的发顶，抬头看向神色冷漠的陈幸，沉声道："我妹妹不懂事，还望俞小姐海涵。"

　　他道歉的对象是俞熹禾。

　　当初他唯一的妹妹被绑架拐卖的时候，整个温家的内部都陷入了恐慌，然而她安然无恙地回来后并不是一切都好。她说，她喜欢上了那个救她的人，但她不知道他是谁。于是，温家上下都在派人帮她海底捞针地找这么一个人，经过无数次调查后，才惊觉那个人原来是海市陈家的陈幸。

是谁都好，但不能是他，陈幸不是温家可以掌控得了的。

带温意提前离开举办生日会的酒店后，温家二少拿湿纸巾慢慢冷敷她的眼睛，她闭着眼哭腔明显地问道："我、我是不是给哥哥带来很大的麻烦了？"

"是麻烦也没有关系，哥哥会处理好。"他安慰道。

"为什么啊……我和他喜欢的人那么像，可他为什么就不喜欢我呢？"

温家二少动作轻柔地抬起她的下巴，迎上她睁开的红眼睛。

"意意，你和俞小姐是很像，但也只是长相相似。你觉得陈幸是那么肤浅的人吗？他会因为外貌喜欢一个人？还是说，你觉得哥哥也会因为俞小姐和你长得像而把她和你混淆？"

温意哑然，呆呆地看他，刚刚止住的眼泪又掉了下来。

不能善终的，是她的喜欢。

严嘉的生日会上，俞熹禾和他跳了一支舞。

海蓝色的礼服裙上覆着仙气飘渺的薄纱，薄纱上点缀着点点碎钻，似是璀璨繁星，转身时裙摆漾开波纹，像是渐变的星空。

跳舞的时候严嘉一直在叹气，俞熹禾不免好奇地问了句："那些姑娘，学长都不满意吗？"

严嘉眉头微皱，道："大概是因为珠玉在前，其他人都看不上眼？"

"珠玉在前？"俞熹禾有些疑惑。

严嘉的眉舒展开，笑了一下，开玩笑道："你就是珠玉。"

俞熹禾眨了眨眼睛，弯着唇没有接话。虽然严嘉高了她几届，大学也不在一起，但俞熹禾也知道严嘉大学期间换了好些个女朋友。

那段时间，俞熹禾听到的有关严嘉的话题里，最常出现的一个词就是"渣帅"，渣且自知，帅且俊美，对每一个女朋友都不霸道，完全处于放任状态。

后来俞熹禾才从陈幸那里知道，严嘉是被初恋甩了才变成了这样。严嘉最后浪子回头，也是因为他重新遇见了那人。那个女生是学医的，严嘉开制药公司也是为了可以碰见她。

俞熹禾曾经感慨过严嘉的好耐性，即使这么长时间过去，他也没能忘记第一个喜欢的人，甚至为了能遇见她，脱离家族产业，选择从事医药行业。

当然，俞熹禾不知道的是，如果只是为了遇见才做这么多事，那他就不是严嘉了。

他之所以这么大费周章，处心积虑，当然是要有后文的——把喜欢的人牢牢圈住，一再占有，让她再甩不掉自己……这才是严嘉会做的事情。

一支舞结束后，俞熹禾回到了陈幸的身边。她已经有很长时间没有在这种正式的场合跳过舞了，并且有些不太适应这种甜蜜浪漫的舞种，但在陈幸朝她伸手的时候，她还是接住了他的手。俞熹禾本来以为，他是要带自己进舞池的，可他只是用手指勾着她的手指，然后十指相扣，把她拉进怀里，嗓音低沉道："以后不许和别人跳舞了，至少别在我面前。"

"怎么了？"俞熹禾仰头看着他。

他低着头，下颌线清晰漂亮，道："我会想抱你。"

俞熹禾莞尔，软着声音问他："这是独裁吗？"

"嗯。"在她的注视下，陈幸认真地回答道，"这样不对。可是阿禾，我改不过来了。"心在你那里，命也在你那里，我已经没有不爱你的办法了。

俞熹禾没想到他会这样坦白，他还说："所以你要好好教我改正，用余生的时间。"

俞熹禾愣了一下，应道："好。"

另一边，下了舞池又立马被老爷子抓去"相亲"的严嘉隔着人群遥遥看向陈幸这边，真实地羡慕了。

等他把那甩了他的人抓回来……严嘉低头笑了一下，抓回来又能怎样？他也舍不得对她不好。

而后近一年的时间里，俞熹禾都在专心实验。这期间，她在核心期刊上发表了两篇论文，其中一篇是她独立完成的。这篇她作为唯一作者的论文得到了诸多业内专家的肯定，而她的实验研究也有了突破性的进展。

在即将要研究生毕业的时候，她受邀回国在某个学府的学术报告厅里做了一场报告。

阶梯教室的前排坐着几位学术圈的知名教授，这不是在海市，但是她一直很尊敬的老教授和本科导师也在。他们曾经见证过她那场糟糕的毕业答辩，现在千里迢迢地来听她这一场报告。

在学术这条路上，她感激很多人。

俞熹禾念了这篇论文的最后一段："至此，这篇文章送给一个人。从年少到如今，他给了我岁月的惊艳和温柔，是我的有限和无际。从生命开始到所有元素彻底消亡，他是我全部的历史。"

话音落下。

掌声如潮。

只有一个人没有鼓掌。他坐在教室的第一排，靠着椅背抬目看着讲台上的她，听到她念的论文结尾后，目光瞬间下沉。他下颌线紧绷，心脏的血液仿佛在逆流，是近乎缺氧的感觉。

　　有一首歌的歌词中有一句：至此，我十二万分地爱你。

　　可是陈幸觉得，这也已经不够了。

－正文完－

♥ Chapter 08 番外

冷峻帅气的实验室老师又补了一刀："不过桃花这种东西，当面说也好。"

林桃连忙摆手，道："不、不了，我是江湖骗子……"

01. 欧洲那一年

陈幸大二那年暑假去欧洲的时候，和人谈了笔生意，最开始是在摩纳哥蒙特卡洛大赌场的赌局上。那儿一面是歌剧院，一面是赌场，有着乳黄色的外墙和亮绿色的拱顶。

和俞熹禾在拉斯维加斯的那个赌局有点像，陈幸不在意输赢，每一把都是押上全部的筹码。他这个人本就深谙心理学，对人心的把握精准到了分毫——谈判桌上，不会一点心理学怎么能摧毁对方最后的防线？

于是他最后坐在了大赌城独立的私人房间里，长而宽的奢华赌桌的另一头坐着当地的尔雅曼先生。

在赌局上，尔雅曼没有同意和他合作，虽然他很欣赏年轻人的勇气和魄力，也相信假以时日，他会是强者，但现在，尔雅曼觉得他还是太年轻了。

后来，陈幸做了两件事。

第一件事，他把在赌场上一天一夜赢来的全部筹码兑换成英镑——那是一笔不小的财富，他全部用来买了黄金，之后又低价抛售。尔雅曼先生就是靠金矿起家的。彼时当地的经济本就不景气，黄金价格下跌，直接对经济造成了很大影响。

第二件事，他约尔雅曼在射击场见了面，那天，陈幸一共开了二十枪，虽然没有全部命中靶心，但也是弹无虚发。

他拿枪的手很稳，每开一枪神情都很平淡，专注度极高，压迫感也很强。

就是在射击场上，尔雅曼先生不再犹豫，答应了同他合作。

陈幸之所以会和尔雅曼合作，纯粹是因为他舅舅把主要产业迁去了欧洲，而尔雅曼的公司刚好堵死了其中的一条产业链。

除了帮他舅舅这个忙外，他来欧洲的另一个目的是想在这里试试水，结果他赢了。可在他回国的那天，俞熹禾受了伤，他就算赢得再漂亮，也弥补不了不在场的愧疚感。

02 宝宝

俞熹禾受了伤，脚踝崴了。

此刻她坐在床边，纤细温热的脚踝被陈幸托在了手里抹药，原本白皙的脚踝现在红肿一片，她垂着的长睫似乎在轻颤。

在他抹好药，又耐心地揉完后，俞熹禾小心翼翼地想要收回脚，可还是被他握住了小腿不放。

陈幸的视线停在她的脚踝上，那里仍旧红肿着，他的眉头微皱，表情比受伤的她看起来还痛苦。俞熹禾想说些什么，就听见他低低地喊了一声："宝宝。"

03. 实验室老师

某天，林桃给俞熹禾发了一条微信："大家都以为田鸡是鸡，其实不是的。就像大家以为傻猪是猪，其实傻猪是我。"

这句话颇为自损，俞熹禾好奇地回了一条消息："怎么了？"

林桃回道："我真傻，真的。我今天在实验室看到一个冷峻帅气的师兄，我跟吸了乙醚似的昏了头，上前就找人要微信号，结果！"

俞熹禾愈发好奇了，问："结果？"

林桃愤愤打字："他是昨天刚来的实验室老师！我昨天溜了号，没去实验室！"

然后第二天就被冷峻帅气的实验室老师逮了个正着。

04. 小骗子

新实验老师上岗的第七天，林桃依旧战战兢兢。

实验老师也姓林，严格来说并不是林桃的老师。他带的是大二的有机实验，但林桃作为一个研究生，还是得叫他一声老师。

林桃的导师："林同学？对对对，就是你，听说你看上刚来的那个小林同志了？不错不错，眼光很好，小林可是刚从国外回来的青年才俊啊。"

不知所措的林桃：这种消息怎么传得这么快？她只不过要了个微信号啊！

林桃很生气，又觉得自己真傻，她愤愤地扭头就走，结果在走廊和青年才俊撞了个正着。

林桃抬眼一见是他，立即就想脚底抹油溜走，丝毫没有六天前去撩对方，要微信号的流氓劲儿，却只能装成文明好学生，规规矩矩地低头说道："老师您好，您请先走。"

其实初见那次，林桃说的是："师兄，你要不要算命？我觉得你最近桃花可能有点多，这样吧，你给我个微信号，我详细跟你说说。"

不该，真的不该。

傻，她真傻。

彼时，他就是一副似笑非笑的神情。

此刻，他挑了一下眉毛，居高临下地看着眼前不着六四，皮到飞起的学生，问："微信号给了，怎么还没加？"

抬脚正准备溜走的林桃一僵。

冷峻帅气的实验室老师又补了一刀："不过桃花这种东西，当面说也好。"

林桃连忙摆手，道："不、不了，我是江湖骗子……"

实验室老师又道："欺骗老师这种行为是要写检讨反省的，你确定？"

妈呀！这话她没法接！

林桃的心里有一万只土拨鼠在叫：俞甜甜你快来救我！

05. 爱与罪

经历了那次绑架之后，俞熹禾有很长的一段时间没有再见过程煜，而他也没有联系过自己。

其实获救住院的那一天，她知道程煜就在身边。虽然她的眼睛短暂性失明了，但她听到了他和医生交谈的声音。后来和他再遇见，是在跟罗教授出差落脚的酒店里。

酒店大厅，她带着笔记本电脑走出电梯时和他正面遇上。他大概是来这边谈生意的，戴着眼镜，看清她的那一瞬间绷紧了下颌线。

他看起来很平静，隔着镜片的那双眼里没有一丝波澜。

俞熹禾怔了一下，下意识地停住了脚步。这时候如果装作陌生人直接擦身而过未免太不礼貌，可停下来她又不知道该怎么打招呼才能避免尴尬。

"跟罗教授来这边出差？"先开口的人是程煜，除了最开始停顿了一下，后面就看不出情绪波动了，而他也直接省略了无关紧要的寒暄。

"嗯。"俞熹禾点点头。

"看来身体恢复得不错。"程煜垂眸看了她一会儿，忽然道。

距离那次绑架事件已经过去有大半年了,俞熹禾听到他这么说时,隔了几秒才反应过来,点头道:"好多了。"

"我没想到那些人会找上你,是我的错。"程煜认真地向她道歉,他垂着眼,敛下眼底的情绪。

俞熹禾说不出"和你没有关系"这种谅解的话,毕竟确实是因为他,她才会被绑走。

两个人沉默了一会儿,气氛有些尴尬,俞熹禾转移话题道:"那天我离开医院时你给的那串佛珠散了,我托人送去一所佛寺,想看看还能不能重新串起来。"这种有关信仰的事,她不敢随意,她叹了一口气,继续道,"朋友回来后跟我说,那边僧人说不可以,缘已经散了……后来我一直没有见你,也不知道要拿这些佛珠怎么办。"

缘散了啊?

程煜皱了一下眉,这是他再清楚不过的结局,可他仍旧很难释怀。

"佛珠现在还在你那里吗?"他问。

俞熹禾点了点头,道:"一开始就是要还给你的,我没有保管好它。"

"不必还给我。"程煜最后看了她一眼,冲她笑了一下,而后从她的身边走过,连一句道别也没有,"有些东西,我是没办法收回的。"

爱与罪,永不止息。

他收不回来,放在她那里久一点也是好的。

06. 喜欢的人

俞熹禾在P大实验室连续几个通宵赶项目进度的时候,隔壁课题组的一个新加坡女同学问她:"为什么要提前毕业呢?时间太赶了,你看起来很累。"

本来在这种知名学府求学，课业已经是非常不轻松了，可她还要提前毕业，越早越好。

彼时俞熹禾倒了杯咖啡正站在饮水机旁，一旁是明亮的玻璃窗，玻璃那侧灯火通明，不少人在奋进夜读。听到女同学的疑问时，她解释说："我喜欢的人在国内，我不想让他等太久。"

女同学看着俞熹禾，她很漂亮，性格也格外坚韧，咖啡的雾气缭绕在她漂亮的桃花眼前，眼眸清澄如湖水。

女同学不由得感慨了一句："能被你喜欢，他一定也很优秀。"

俞熹禾抿唇笑了一下，应道："嗯，他很优秀。"

07. 新年快乐

又一年新年，烟花璀璨地绽放在深蓝的天幕间，余烬像是星光。

陈幸一手扶上俞熹禾的腰，另一只手按着她的后颈，把她向自己拉近。

零点时分，两个人站在露台，相互拥吻。

烟花还在燃放，与遥远星河相互映衬，缱绻的凉风送来喜庆的硝烟味儿。

她的桃花眼里蕴着笑意，声音绵软甜蜜："新年了。"

"嗯。"他的声色低沉而慵懒，带着点笑意，"新年快乐，陈夫人。"